Ina Dentler
Im Schatten der Schwester

Ina Dentler

Im Schatten der Schwester

Roman

demand.

ISBN13 978-3-935093-59-0

© demand verlag, Waldburg 2007
Umschlaggestaltung: demand Grafik, unter Verwendung eines Bildes
von Karin Bahrs
Herstellung: Books on Demand GmbH, Hamburg
Printed in Germany

Für B. D.

Halb noch im Schlaf tastet Ellens Hand über Kleewiesen. Seidige Flächen. Weiche Leere. – Sie begreift, ist enttäuscht, empfindet so etwas wie Wehmut.
Dabei ist sie es, die das Zusammenwohnen mit Inka noch immer dem mit Hannes vorzieht. Vor allem, weil sie sich mit ihrer künstlerischen Arbeit gegenseitig inspirieren und ermutigen. Wenn dagegen Hannes den Blick gelegentlich von seinen ‚Alten Meistern' losreißt, um sich einer ihrer Leinwände zuzuwenden, kann Ellen das tagelang blockieren. Und das, obwohl er in den Entstehungsprozess eines Bildes nicht hineinredet.

Vor drei Jahren hat Ellen von ihrem Erbe eine Zweizimmerwohnung plus Kammer gekauft, die durch die Aufteilung einer Altberliner Wohnung frei wurde. Den Ausschlag hatte Inkas Werkstatt und Laden im gleichen Haus gegeben und diese verrückte Idee mit der Mädchenkammer, die wie ein Nest über dem Badezimmer schwebt. Die hat sich Inka als ganz persönliches Reich erbeten.
Zuvor lebten sie beide allein. Inka war die zehnjährige Beziehung zu einer Frau in die Brüche gegangen. Ellen hatte sich in diesen Jahren immer mal wieder in einen Mann verliebt, aber nie den Mut aufgebracht, eine feste Bindung einzugehen.

Ob Inka in der Nacht von ihrer Verabredung zurückgekommen ist? Gehört hat Ellen sie nicht. Sie steigt leise die Stiege zur Kammer hinauf, steht handbreit unter dem

Efeu, der die Decke berankt. Wie Notenlinien bringen schwarze Regalschienen und Bilderrahmen Halt in das Weiß rundum. Dieses Kleinod offenbart das Wesen der Freundin, indem es sich dem Blick Fremder entzieht. Inka ist der Hitze wegen nur mit einem Laken bedeckt, das sie über den Kopf gezogen hat. Ihre Haare stechen goldgelb wie geschnittener Weizen darunter hervor. Das Fenster ist geöffnet. Auf dem herabhängenden blassen Rollo werfen die Birken im Hof Schattenspiele.

Viel zu früh, um aufzubleiben, denkt Ellen, doch von Schlaf keine Spur. Ungewöhnlich diese Schwüle im Mai. Selbst die Nacht hat keine Abkühlung gebracht. Dazu all ihre Gedanken! Wie durch Fahrradspeichen gezogene Bänder kreisen sie ohne Anfang und Ende und überschlagen sich. Der Rückwärtsgang zeigt nicht die erhoffte Wirkung. Er bremst und schleudert vorwärts. – Und damit beginnt alles von vorn.

Irgendwann hört Ellen die Badezimmertür, dann nackte Füße, die sich ihrem Bett nähern. Sie schlägt die Augen auf, und schaut in Inkas fragenden Blick.

Schlecht geschlafen Ellen? Ich hol' dir Orangensaft.

Das Glas, das Inka ihr bringt, ist beschlagen. Ellen drückt es gegen die Wangen, bevor sie trinkt.

Dös' noch ein bisschen.

Ellen dreht sich zur Wand, damit sie das Sonnenlicht nicht stört. Inkas Schritte entfernen sich über den Flur in die Küche. Es klappert und klirrt gedämpft. Dann rauscht es und pladdert. Wieder das Hin und Her der Füße. Ein Rhythmus, der immer leiser, kürzer und intensiver wird, der Worte bildet und Widerworte, die wispernd in Ellen einzudringen suchen:

Blut ... Gruppe ... Blut ... Gruppe ... Blutgruppe ...
Welche?
Das müssen Sie doch wissen.
Eine seltene, selten ... weiß nicht ...
Sie müssen! Sie m ü s s e n sich erinnern!
Erinnern?

Ihre Schwester braucht eine Bluttransfusion.
Dickflüssig und klebrig fließt Blut aus dampfendem Fleisch.
Die Erzählstimme der Mutter: Hungernde schnitten und rissen es aus einem eben krepierten Pferd. Das war bei Kriegsende.
Ihre Schwester Berti ...
Verhungert, ich weiß.
Blut. Fäulnis. Wurmstichiges Fallobst, modriges Laub, ein verendeter Vogel. Federlos.

Inka schaut ins Zimmer herein und ruft zum Frühstück.
Schon ist sie wieder in der Küche. Kaffeeduft weht herüber. Ellen schiebt mit der Decke das Schaudern zurück, läuft ins Bad, schlüpft in den Bademantel. Friert trotz der Wärme.
Inka trägt ausgeblichene Jeans, direkt von der Leine, ein weißes Baumwollhemd, darüber ihre übliche Weste; der Hitze wegen ein buntes Häkelgespinst.
All diese Frische für den staubigen Kunstmarkt?
Sie kann es nicht fassen. Aber so ist Inka. Ellen mag das an ihr, auch den Guten-Morgen-Kuss, mit dem ihr der Geruch geschnittenen Grases in die Nase steigt.
Der Frühstückstisch unter dem Küchenfenster wirkt heiter. Die Toastscheiben springen in die Höhe. Vertrauter morgendlicher Duft.
Im Hinterhof gegenüber goldbraun glänzende Fensterscheiben, die Ellen an den Palazzo Protzi erinnern: Asbestverseucht. Zu Tode saniert. Ausgehöhlt. Abrissbereit zwischen den Zeugen der Vergangenheit.
Inka blickt prüfend zu Ellen hinüber und fragt, ob sie schlecht geschlafen habe. Ellen schweigt. Jedes Wort stemmt sich gegen den Kehlkopf. In ihren Händen kribbelt es eisig.
Der Anruf von diesem Jörg, dem Jugendfreund deiner Schwester, sagt Inka zögernd, der macht dir zu schaffen.
Er wird fragen, ... wissen wollen, wie und warum, ... all diese Erinnerungen an Berti.
Ellens Finger bewegen sich fahrig durch die Luft. Inka setzt

sich neben die Freundin und legt ihr den Arm um die Schulter. Für einen Moment dämpft weiße Stille Ellens Aufruhr. Ihre Hände legen sich müde auf ihre Knie.

Der Besuch kann kurz und knapp sein, das hast du doch in der Hand, redet ihr Inka gut zu, und bis dahin solltest du etwas tun, um dich abzulenken.

Aber das will ich ja! Ihr Aufschrei stürzt in hilfloses Gestammel herab: Ich will mich nicht erinnern. Aber es hört einfach nicht auf! Es denkt in mir – unablässig.

Versuch' an Schönes aus eurer Kindheit zu denken.

Kaum ausgesprochen fragt Inkas Seitenblick, ob das womöglich als Plattheit aufgenommen oder missverstanden wird und verletzt. Doch Ellen, froh über jeden Vorschlag, der sie ihrer Stimmung entkommen lassen kann, greift Inkas Anregung auf. Sie spricht über ein Foto von Bertis Einschulung, von abstehenden Rattenschwänzen und tiefen Grübchen seitlich der Mundwinkel, und der Schultüte, die fast größer als dieser Kobold war. Nur Dummheiten im Kopf. Die Eltern sprachen ernst, aber wenn sie sich wegdrehten, schmunzelten sie. Berti schien das zu spüren – oder wusste sie es? Dieser kleine Teufel. ...

Unvermittelt beginnt Inka den Tisch abzuräumen. Bemüht, es unauffällig zu tun, geschieht es zwar leise und langsam und mit allerlei Verrenkungen, um im Blickkontakt mit der Freundin zu bleiben, doch Ellen ist irritiert.

Alle haben Berti geliebt, aber mich ...

Sie stoppt mitten im Satz, führt ihn nur in Gedanken zu ende: Ich war immer die Große, die Klagemauer der Mutter. Deren besonderes Lob: ‚Du bist doch meine Große', hat mich als Kind glücklich und stolz gemacht.

Ellen lässt mit hartem Strahl Wasser ins Spülbecken laufen. Sie schaut auf die Uhr. Der Kunstmarkt fällt ihr ein. Deshalb also Inkas plötzliche Unruhe.

Du musst los! Nun ist es Ellen, die drängt.

Bin schon weg! Und entschuldige, aber du weißt ja ...

Die Stimme der Freundin klingt erleichtert. Die pünktliche Ablösung ihrer Partnerin auf dem Kunstmarkt nimmt Inka ernst. Schließlich hat die schon um sechs Uhr die Ware transportiert und mit dem Aufbau des gemeinsamen Standes begonnen.

Noch flüchtig die Ermahnung, bei guten Erinnerungen zu bleiben, dann eilen Inkas Füße auf den hölzernen Stufen des Treppenhauses davon; ein Resonanzboden, der nachklingt. Auch in Ellen, wie ein Zitat: Zurückbleiben.

Und da ist er wieder, der Schmerz, den sie kennt. Das darf ihr bei Hannes nicht passieren.

Mit ihm wird sie wegen Jörgs Besuch nicht wie sonst das Wochenende, sondern stattdessen Sonntag und Montag verbringen. Montags und dienstags hat sie unterrichtsfrei. Die Stunden ihrer Halbtagsstelle sind auf Mittwoch bis Freitag verteilt. Drei harte Unterrichtstage. In der übrigen Zeit Werbeaufträge und daneben das Malen. – Daneben! Nebenbei! Dabei hat das die Hauptsache in ihrem Leben sein sollen. Sie fragt sich, ob sie je von den grafischen Aufträgen und dem Malen wird leben können, und den Lehrerberuf an den Nagel hängen kann. Beinahe schien es schon so, aber dann … Sie hat sich umstellen müssen. Die Computergrafik hat die Privatkunden vertrieben. Von den Betrieben sind bis auf zwei nur die kleinen geblieben. Mittlerweile gefällt ihr die Arbeit am Computer, aber es wird immer schwieriger, Aufträge zu bekommen. Die Konkurrenz ist groß. Trotzdem – sie könnte längst weiter sein. Es ist nicht zu leugnen: Seit sie die Wochenenden mit Hannes verbringt, fehlt es ihr an Zeit und Energie. Oft lebt sie vom Fundus statt von neuen Ideen. Was das Malen anbelangt, waren ihr in den letzten Wochen allerdings einige Entwürfe geglückt, die sie unbedingt ausführen muss.

Die Hände im Spülwasser dreht sie den Schwamm in einem der Gläser während sie, die letzte Skizze vor Augen, korrigiert, verändert – die Gewichtung vor allem. Das ist es, viel besser, denkt sie und greift nach dem Trockentuch, mit dem sie sich über die Stirn wischt. Schon am

Morgen ist die Wärme unerträglich. Vielleicht etwas Eis? Der Kühlschrank summt laut ...

... das merkwürdige Dröhnen unter der Eisschicht des Sees. Berti blieb ängstlich an meiner Hand. Ein Hund in der Nähe stand unbewegt, lauschte. Schlittschuhläufer glitten in einiger Entfernung vorüber. Nur am Rand des Sees hatte die Mutter es erlaubt. Da war es holprig durch eingefrorenes Holz und Gestein. Nicht spiegelglatt wie weiter draussen. Berti zottelte neben mir her; konnte nicht einmal schlittern. Es zeigen, erklären? Sinnlos, x-mal versucht. Statt auf ihre Füße, sah sie auf meinen Mund, als würden nicht Worte sondern Murmeln herausspringen. Lachte, freute sich, hüpfte wie Rumpelstilzchen. Die anderen flogen lachend über die silberblanke Mitte, riefen nach mir. Berti spürte meine Ungeduld. Ihr Blick, seitlich am Arm hinauf – erbarmungswürdig. Die Hände rot und kalt. Die Fäustlinge baumelten an schneeverharschten Stricken aus den Jackenärmeln. Nicht anzusehen war das. Eilig versicherte ich ihr, dass ich gar nicht so angeberisch herumflitzen wollte, streifte ihr die Handschuhe über, wie schon dreimal zuvor, und band den Schal neu, der verrutscht war. Doch Berti mochte keine Enge, reckte den Hals heraus, als würde ein Hahn zu krähen beginnen. Ärgerlich zog ich alles wieder zurecht. Schließlich sollte sie keine Erkältung wie im Jahr zuvor bekommen. Damals hatte sie tagelang rotfiebrig dagelegen, unverständliche Worte geplappert und mit ihren winzigen Fingern nach Unsichtbarem gegriffen. Die weinende Mutter hatte ihr Wadenwickel gemacht. Ob Berti sterben müsste, hatte ich gefragt. Die Mutter hatte den Kopf geschüttelt, aber mit dem Weinen nicht aufgehört. Da sah ich Berti steif wie den erschossenen Hasen im Wald liegen – unbeweglich mit glotzenden Augen – und war ebenfalls in Tränen ausgebrochen. Mutter hatte erst ihre, dann meine mit einem Küchenhandtuch ...

Ellen blickt auf das Geschirrtuch. Das Glas. Sie fragt sich, wie lange sie es noch polieren will? Sie umfasst es fester, presst die Finger über die Rundung, hält den Atem zurück, und drückt mit aller Kraft zu. Das Knirschen des Glases tut ihr gut. Sie lässt Tuch und Scherben auf die Küchenfliesen fallen. Es klirrt wie ein helles, spitzes Auflachen.

Inka hat nicht recht. Der sanfte Schmerz schöner Erinnerungen zieht wie Gift durch den Körper und macht wehrlos. Es ist besser zu handeln. Und es wird Zeit. Bevor Jörg kommt, muss sie die Alben aus dem Keller holen und durchsehen, um nicht unvorbereitet zu sein und womöglich von etwas Unangenehmem überrascht zu werden. Dennoch nimmt sich Ellen Zeit, ihre Garderobe auszusuchen und sich sorgfältig zu schminken. Sie hat sich für einen Hosenanzug und einen ärmellosen Seidenrolli entschieden. Die schmale Jacke und den kurzen Rollkragen empfindet sie wie eine zweite Haut, sicher und geborgen, und eben noch erträglich bei den Temperaturen. Und die passenden Schuhe? Sie wählt Slipper, in denen sie gleich darauf die Treppe hinunter in den Keller eilt. Vor der Tür des Verschlages bleibt sie stehen. Sie starrt auf das Vorhängeschloss. Feuchtigkeit greift nach ihr. Abwasser rauschen, schrecken sie auf. Das Schloss öffnen, befiehlt sie sich, und lässt es aufschnappen. Um die verzogene Brettertür nach innen zu schieben, braucht es einige Kraft. Mit einem unerwarteten Schwung stößt sie an die Truhe, die den Großteil des Kellerraumes ausfüllt. Abweisend steht sie mit ihren eisernen Beschlägen da, angefüllt mit dem, was von Berti geblieben ist: Notizbücher, die Marionetten Ellen und Berti, fest in Laken gewickelt, der Rumpf ihrer ersten Schneiderpuppe, und der Kinderkoffer mit ihren Tüchern. Ellen wendet sich dem bauchigen Küchenschrank zu. Seit Berti und die Eltern tot sind, hält sie hier Ordner, Hefter und Fotoalben unter Verschluss. In ihrer Wohnung gibt es kein einziges Foto; weder von der Schwester, noch von Vater oder Mutter.

Sie blättert in den Alben, um die von ihrem Besucher gewünschten Bilder herauszusuchen. Modergeruch steigt auf – eine Mischung aus Leim, vergilbtem Papier, Wachssüße und dumpfer Kellerluft. Einige Fotos zeigen neben der siebzehnjährigen Berti den wohl zwei Jahre älteren Jörg Landsberg. Erstaunliche Aufnahmen. Alle geben eine heitere Stimmung wieder.

So hat Ellen die Schwester nicht im Gedächtnis. Als von allen, auch von ihr, heiß geliebtes kleines Mädchen, das ja. Sie meint Milchbrei und Fenchel zu riechen, Bertis Haut zu spüren, die sich warm und weich anfühlt. Nicht so die der erwachsenen Berti, die zum Skelett abgemagert in jeder Nische ihres Gehirns hockt. Ihre grau-grünen Augen fragend auf sie gerichtet; Seen gleich mit gefährlichen Strudeln, die der Wind für einen Moment geglättet hat.

Fragen. Vielstimmig fallen sie übereinander her. Dissonanzen, die Furcht auslösen, und bei Ellen nur noch den einen Gedanken, all dem zu entkommen. Sie klemmt zwei der Fotoalben unter den Arm. Nur weg hier; so schnell wie möglich in die Wohnung hinauf. Die Tür des Verschlages fällt hinter ihr zu. Das Geräusch des zuschnappenden Schlosses bringt Erleichterung. Doch die hält nicht an. Als sie Fotos für Jörg heraussucht, schlägt sie die Seite mit der letzten Aufnahme der Mutter und Berti auf. Zwei übereinander geratene Bilder. Das sechsunddreißigste Foto ihres letzten Urlaubs in Franken: Mutter und Berti schemenhaft vor einem Bauernhaus. Darüber ein zweites, das siebenunddreißigste, vielleicht schon in Italien aufgenommen, wohin sie weitergereist ist: Eine aufgerissene Tür, ein hängen gebliebener Schal, auf dem Weg zerstreut Zeitungen. Das Bild einer Flucht, gesteht Ellen sich ein. Ihre rasenden Herzschläge pochen in den Ohren.

*

Sie sind sich nie zuvor begegnet. Und doch trägt er mit jedem seiner aufwärts strebenden Schritte, die Vergangenheit heran. Ellens Puls beschleunigt sich. Sie weicht einen Schritt in den Flur zurück.

Jörgs Händedruck ist fest und trocken. Das Blumenpapier raschelt. Als sich ihre Augen treffen, verändert sich sein Lächeln für den Bruchteil einer Sekunde. Ein Augen-Blick, den Ellen nicht versteht.

Danke, dass ich kommen durfte.

Der Strauß muss in die Vase. Gut, erst mal etwas zu tun.

Inka kommt im richtigen Moment, bittet ihn Platz zu nehmen, und bietet etwas zu trinken an. Doch Ellen weiß, dass die Freundin gleich in ihre Werkstatt im Souterrain muss, um die Keramik im Brennofen zu kontrollieren; nur deshalb ist sie kurz vom Kunstmarkt herüber gekommen. Sie wird mit dem Jugendfreund der Schwester allein bleiben.

Was reden? Sie weiß nichts von ihm. Hat keine Vorstellung, was er erwartet. Was hat Jörg gerade gesagt?

...'zig mal in Berlin, wollte es endlich wahr machen. Was hab' ich mir nur dabei gedacht?

Ein schiefes Lächeln hängt zwischen seinem Oberlippenbart und den verengten Augen, als müsse er sich für eine Dummheit entschuldigen.

Klingelte, ohne das Namensschild zu lesen, kam mir gar nicht in den Sinn ... erst als ein Fremder ...

Die Polster des maßgeschneiderten Blazers können seine abgesunkenen Schultern nicht verbergen. Er verschränkt die Finger. Sie hört es knacken. Einmal. Zweimal. – Wie Vater. Auch seine Hände, erschreckend groß.

Als sie den Blick von Jörgs Händen löst und ihn ansehen kann, sind seine Pupillen hart und blank auf sie gerichtet; das schmelzende Weiß rundum verrät die innere Bewegung.

Jörg berichtet, dass der Fremde über den Hauskauf fünf Jahre zuvor sprach, aber nicht wusste, wo die Voreigentümerin abgeblieben war. Nur die Tante, die in der Mansarde wohnte, war ihm im Gedächtnis geblieben.

Jörg erzählt vom Besuch bei ihr im Seniorenheim, ihrer Freude über sein Kommen, seine Verlegenheit darüber und ... Er unterbricht sich, putzt seine Brille.
Berti, seit acht Jahre tot.
Ellen vermeidet es, ihn anzusehen.
Ziemlich verwirrt sei ihm die alte Dame erschienen, als sie den Namen des Friedhofs nannte, laut und bestimmt, mehrfach hintereinander. Doch erst vor dem Grabstein ...
Wie von Sinnen sei er durch die Grabreihen zur Gärtnerei gelaufen, habe Pflanzen gekauft, im Boden gewühlt, Wurzeln hineingepresst, Gießwasser geholt, in den Handtellern.
Ellens Augen bleiben an ihnen haften.
Ich weiß, ich habe unerlaubt eingegriffen, ein Blumenbeet hinterlassen, murmelt er.
Ellen erklärt, dass sie nur am Heiligabend zum Friedhof fährt, dem einzigen Tag, an dem sie die Gedanken an die Weihnachtsabende ihrer frühen Kindheit mit allen Verstorbenen versöhnt.
Ich kannte ihr Zuhause nur hell und heiter, sagt Jörg. Obwohl, die Zeit – sorgenfrei war sie nicht.
Stimmt.
Ellens knapper Feststellung ist anzuhören, dass sie nur die Sorgen meint. Das führt ihn zu Berti zurück.
War sie lange krank?
Acht, neun Jahre – jedenfalls, nachdem wir es wussten.
Bei Nierenversagen?
Das also hat ihm Tante Elsbeth gesagt, hält daran noch immer fest.
Um Zeit zu gewinnen, gießt Ellen Kaffee nach. Der Duft verbreitet eine unangebrachte Gemütlichkeit. Seine Frage wartet in hochgezogenen Brauen.
Die unmittelbare Todesursache ...
Ellen ist unsicher. Soll sie wirklich darüber sprechen?
Ja? fragt Jörg und sieht sie abwartend an.
Zuerst gab man Bertis Krankheit keinen bestimmten Namen. Alles blieb vage. Eine psychische Störung, behandlungsbedürftig ...

… Ellen meint Berti wieder auf dem Krankenbett liegen und abwehrend den Kopf schütteln zu sehen, als wollte man ihr etwas Giftiges verabreichen. Dazu das Klagelied der Mutter: Was sie denn falsch gemacht hätte, sie, die immer nur das Beste für Berti wollte. Für Berti, die besessen an ihrem stoppligen Haar riss, dann das Tuch vom Hals, als würde sie ersticken, und krächzte: Raus! Ich muss hier raus! Ihr kurzes Nachthemd war verrutscht, entblößte den abgezehrten Körper; die Oberschenkel, das Becken, den fast unbehaarten Schamhügel.
Ellen möchte die Schwester anschreien, warum sie die Mutter so gequält hat, statt endlich zu essen?! Weil sie nicht konnte? Warum konnte sie nicht? Warum nicht?

Um ihr Zittern vor Jörg zu verbergen, verschränkt Ellen die Arme vor der Brust, und drückt sie fest an sich.
Anorexie tritt immer häufiger auf, antwortet sie stockend. Die inneren Bilder liegen auf ihrer Stimme, und machen das Sprechen schwer.
An … ? Jörg will verstehen, sucht Orientierung.
Magersucht.
In seinen Gesichtszügen suchen die verschiedensten Empfindungen einen Weg. Das Pendel der Standuhr schlägt die Zeit hin und her.
Nach unserer Trennung?
Langsam werden die Worte in die Stille geschrieben, als könnte er damit der Heftigkeit seines Erschreckens Einhalt gebieten.
Der allgemeine Schlankheitswahn. Und Berti machte schließlich Mode für Mädchen und Frauen, wehrt Ellen ab.
Das war nie unser Thema, obwohl, ihre Mutter meinte es zu gut, gab viel zu viel zum Essen und Naschen mit. Wenn wir uns nach der Berufsschule trafen, warf Berti es fort.
Seinem Gesichtsausdruck ist anzusehen, dass er das missbilligt hat.
Erneut lässt sich Schweigen nieder, füllt mehr und mehr den Raum. Ellen nimmt das Gespräch wieder auf, und

zieht seine Frage nach der Schuld auf sich: Nach dem Abitur bin ich in eine Studenten-WG gezogen. Dachte, dass meine Eltern und Berti ... das Zusammenleben könnte ohne mich harmonischer sein. Aber Berti fühlte sich von mir im Stich gelassen.

Jörgs Erstaunen, aber keine Frage dazu. Stattdessen danach, wie Berti gelebt hat. Seine Stimme verrät, dass Ellen ihm das Schuldgefühl nicht hat nehmen können.

Soll sie die Schwester wieder aufleben lassen, ihr gemeinsames Leben in der Familie, ihrer aller Handeln, Verhindern, Unterlassen? Nein, nur einige Fakten – Jörg werden sie genügen, wie sie Hannes genügt haben. Aber welche? Die gleichen? Gefahrlos sollen sie sein, keine besonderen Nachfragen heraufbeschwören.

Berti hat nur für ihren Beruf gelebt. Sie wollte Erfolg. Ein Atelier wurde eingerichtet. Unsere Mutter half mit fachmännischem Rat und Handreichungen. Schließlich war die Schneiderei ein vertrautes Metier für sie, schon für meine Großmutter. Wenn ich an die Beiden denke, sehe ich sie mit Stecknadeln zwischen den Lippen und abschätzendem, scharfen Blick, als wäre Längen und Kürzen, Weiten oder Abnähen das einzig Entscheidende auf der Welt.

Ein kurzes Auflachen in der Kehle, dann erzählt Ellen von Aufträgen, die für Szeneläden übernommen, und Modellkleidern, die von Berti entworfen und vorgeführt wurden. Arbeit Tag und Nacht.

Und Erfolg, hatte sie den?

Aber ja! Ellen reicht Jörg eine Aufnahme, die die Schwester bei der Vorführung eines ihrer Modelle zeigt und versichert, dass ihr das atemberaubende Farbenspiel dieses weißroten Modells und seine Wirkung auf die Gäste der Modenschau, unvergessen ist.

In Jörgs Hand bewegt sich das Foto, als wehe ein Luftzug durch die stehende Hitze.

Für solche Erfolge hat sich Berti völlig verausgabt. Sie war permanent überarbeitet, keine Frage. Also griff sie nach

Tabletten. Zuerst Aufputschmitteln. Dann nach und nach gegen alle erdenklichen Beschwerden. Die Folge: Zusammenbrüche, Krankenhausaufenthalte. Stets hat sie vehement hinausgedrängt, um zu Hause ihr gewohntes Leben fortzusetzen. – Mit den Medikamenten, ergänzt Ellen für sich. Und es wundert sie wieder einmal, wie es Berti an der Mutter vorbei gelungen war, selbst noch als Bettlägerige, an alles heranzukommen. Und das Geld dafür, woher?

Warum nur?, fragt Jörg fast unhörbar.

Erwartet er eine Antwort? – Das ist es ja gerade!

In ihren Tagebüchern, was hat sie darüber geschrieben? Die hat sie doch weitergeführt, oder? fragt er wie nach einem unersetzbaren Beweisstück.

Ich habe sie nicht gelesen.

Nicht?

In seinem Blick paaren sich Unverständnis und Vorwurf.

Sie sind nicht für mich bestimmt. Ich verwahre sie in einer Truhe im Keller, verteidigt sich Ellen, und fragt sich, warum sie die Notizbücher eigentlich aufgehoben hat.

Sie sollten es tun, hört sie Jörgs Stimme, die jetzt sehr viel ruhiger klingt.

Was?

Sie lesen, oder … wenn Berti nicht allein war, … da war doch sicher wieder jemand …

Ich glaube nicht, sagt Ellen und denkt, dass sie das aus Bertis Aufzeichnungen wissen könnte, und dass er unzufrieden mit ihrer vagen Antwort sein muss. Deshalb versichert sie nochmals entschieden, dass sie ganz sicher ist, dass Berti allein war. Wie sollte es anders gewesen sein, in ihrem Zustand, rechtfertigt sie für sich das Gesagte. Und um von den Tagebüchern abzulenken kommt sie noch einmal auf das Foto von der Modenschau zurück und fragt Jörg, ob ihm Bertis Hände, richtiger, ob ihm die Besonderheit ihrer Finger aufgefallen sei.

Verwirrung, nicht nur des Themenwechsels wegen, denn Ellen neigt ihre Finger ein wenig dem Handinnern zu. Ihre Daumen berühren fast die Zeigefinger, während sich die anderen locker nebeneinander reihen. Ein weicher Schwung gewölbter Flügel. Ein verstehendes Aufblitzen in Jörgs Augen. Berti griff nicht einfach zu. Sie ergriff alles von innen heraus, sinniert Ellen. In ihren Händen lebten die Stoffe. Ein seltsames, fast voyeuristisches Gefühl war es, ihr zuzusehen. Anfangs mit den Fingerspitzen tastend, dann mit geöffneter Hand sie zwischen den Fingerkuppen reibend – behutsam erst, dann kräftiger. Mit aufgerissenen Augen lauschte sie den Stoffen und nahm deren Gerüche und Farben wahr, als wittere sie etwas.

Doubleface, murmelt Jörg.

Ellen sieht ihn fragend an.

Nichts Tiefsinniges, ein Gewebe aus Halbseide oder Chemiefaser mit verschiedenfarbenen Seiten. Berti war ganz verrückt nach diesen gleitenden Stoffen mit ihrer schillernden Zweifarbigkeit.

Ellen streift das Foto mit dem Modellkleid, zu dem ein langer roter Schal gehörte, und spricht von Bertis Vorliebe, mit geschlossenen Augen Tücher zu befühlen. Zuletzt nicht mehr die leichten, sondern samtene und wollige Gewebe, nach denen es ihren erkaltenden Körper bis in die Fingerspitzen verlangte. Die Schwester hatte diese entrückten Zustände zu erklären versucht: Die Stoffe würden Farbe annehmen – ihre ganz eigene, nicht die äußerlich sichtbare – und eine wunderbare Verwandlung erfahren, die sie, Berti, geradewegs in eine schönere Welt entführe. Verraten hatte sie das, damit Ellen diese Zustände nicht aus Sorge um sie beende. Einmal war sie dabei gewesen, und hatte deren Wirkung auf Berti wahrgenommen. Was sich darin ausdrückte, beginnt sie erst jetzt zu ahnen.

Jörg schaut nach längerer Zeit auf und blickt Ellen eindringlich an. Eine tiefe Kerbe hat sich zwischen seine Brauen aufgestellt. Zeige- und Mittelfinger seiner Rechten gleiten mehrfach über die Lippen, ziehen und zupfen nervös am Barthaar.

Meine Frau weiß nichts von Berti, ... nichts von diesem Besuch. Ich verdanke ihr viel ... da sind die Kinder ... der

Textilbetrieb ... Heimlichkeiten sind sonst nicht meine Art. Aber Berti ... sie war meine erste Liebe, meine erste und meine einzige.

Ellen mag keine Geständnisse hören. Als Jörg sich stattdessen über die Augen fährt, entsteht keinerlei Peinlichkeit, sondern Mitgefühl, als wären sie einander dadurch vertraut, dass sich ihrer beider Lebensgeschichte durch Berti berührt hat.

Die erste Liebe, nicht einzig, einzigartig, stellt Ellen fest, und versucht damit dem Gesagten die unangenehm empfundene Theatralik zu nehmen. Die eigenen Worte klingen ihr wie von weit her. Zart und flink wie die Luft zwischen einigen wenigen Wimpernschlägen, weht Vergangenes heran. Sie hat mehr als einmal geliebt, jedes Mal anders, doch nicht weniger tief. Sie hat nicht wie Berti Liebe erwartet, gefordert sogar, sie hat sie zu gewinnen, zu verdienen gesucht. Dennoch haben ihre Beziehungen nie gedauert. Und jetzt, die mit Hannes – ihre Erfahrung hat sie gelehrt, sie weitgehend frei von belastender Familiengeschichte zu lassen.

Jörg hat sich tiefer in die Rückenpolster gedrückt, räuspert sich, schweigt. Was hat er mit seinem Besuch bei Berti bezweckt? Er wollte sie sehen, aber was dann? Und hier, bei ihr, was hat er erwartet? Sie fragt sich, warum Jörg die Schwester verlassen und ob das ihre Krankheit ausgelöst hat. – Oder hat sich Berti von ihm getrennt?

Als sie ihn anschaut, trifft sie noch einmal das seltsame Aufleuchten der Begrüßung. Gleich darauf ist es erloschen. Es ist, als habe er gerade etwas von dem gesehen, was er erwartet hat.

Da ist so vieles ... ich muss erst begreifen. Vielleicht ... ich bin wegen meiner Eltern häufig in Berlin, mein Vater ist recht hinfällig ... können wir uns nochmals treffen?

Aber ja, sagt Ellen freundlich und erschrickt. Ihr ist, als habe er ihr den Schlüssel der Truhe aufgedrängt. Dazu Blick und Händedruck bei der Verabschiedung. Die brennende Erwartung, sie werde in den Tagebüchern Antwort finden. Eine, mit der sie beide würden leben können.

Ellen will gerade die Tür hinter ihm schließen, als Inka die Treppe heraufkommt. Müde lässt sie sich aufs Sofa fallen, und schaut die Freundin fragend an.

Warum Berti gestorben ist? Als ob ich das wüsste!

Tränen füllen Ellens Augen, rinnen über die Wangen, finden den Faltenweg neben den Mundwinkeln, fließen ungehemmt über das Kinn den Hals hinab. Inka schiebt Ellen ein Taschentuch in die Hand, legt den Arm um ihre Schultern – schweigt und wartet.

Wie er mich angesehen hat – von Anfang an.

Du bist Bertis Schwester.

Ja und?

Vermutlich sucht oder sieht er Ähnlichkeiten.

Gibt keine! Ellen zerzupft das durchnässte Tuch. Verschiedener können Schwestern nicht sein; äußerlich, innerlich – keine Gemeinsamkeiten, beharrt sie und schiebt energisch die Papierfusseln von ihrer Hose, blickt zu Boden. Vor ihren Füßen Schneeflocken. Einen Moment hält sie inne. Trotz der Hitze hat sich kalter Schweiß auf die Haut gelegt. Wie für sich selbst, murmelt sie: Würde sie noch leben, ich bin sicher, wir hätten uns nichts zu sagen. Warum sich also jetzt in ein Zwiegespräch mit der Toten zwingen lassen?

An das letzte erinnert sich Ellen nur zu gut: Die gemeinsame Autofahrt nach Bayreuth. Bertis Stöhnen, Seufzen und Murmeln, alles verschmolzen zu einer einzigen Qual, übertönt vom Schlagergedudel der Gruppe Kraftwerk: ‚Wir fahr'n, fahr'n auf der Autobahn'…. Wie der Text waren ihre Gespräche, ein vom Fahrbahngeräusch ersticktes monotones Gestammel in dem, anders als in dem Song, nie helle, glockenklare Töne Himmel und Wolken begrüßten und priesen. Allem, was an ihnen vorbei flog war die Farbe entzogen – und dieses zischende Geräusch …

Ellen sieht Inka den Verschluss der Thermoskanne fester drehen, lockern, wieder nachziehen. Der heisere Ton ist verschwunden.

Du bist früh zurück. Hast du den Brennofen schon aus-

geräumt?, fragt Ellen unsicher; vielleicht hat Inka davon schon gesprochen, während sie ihren Gedanken nachhing.
Früh? Schau mal aus dem Fenster, es ist stockfinster. Dieser Jörg, konnte sich wohl gar nicht von dir trennen; dabei ist dir anzusehen, dass es dir damit nicht gut gegangen ist.
Ellen winkt ab und sagt, dass es so schlimm nun auch wieder nicht war.
Den Brennofen habe ich tatsächlich schon ausgeräumt. Zwei Schalen mit toller Glasur sind dabei. Wirst staunen. Muss noch aufräumen, sagt Inka, aber das hat Zeit. Ihre Hände schieben die auf dem Tisch liegenden Fotos auseinander. Sie schaut von einem zum anderen; nimmt das Bild von der Modenschau in die Hand. Ellen wartet auf einen Kommentar. Doch nicht einmal ein bewunderndes ‚Schön', noch das ‚Apart' der Elterngeneration oder ein ‚Cool' kommt Inka über die Lippen. Sie ist so sehr in die Betrachtung versunken, dass es schließlich Ellen ist, die zu erzählen beginnt:
Ich saß am Ende des Laufstegs. Sah wie sich Bertis androgyne Gestalt näherte, und der weiße, seidige Stoff ihren zarten Körper wie in Blütenblätter hüllte. Im Wechsel ihrer gleitenden Bewegungen zeigten sich Licht und Schatten – glänzend oder stumpf, in und auf den Falten. Und ihre Finger, Faltern gleich, schwebten neben den Hüften, während sich mit jedem ihrer Schritte seitliche Schlitze öffneten und mit ihrer rot schillernden Innenseite verwirrten. Im gleichen Rhythmus rote Schuhspitzen, die sich zeigten und entzogen, und den lüsternen Blicken der Zuschauer ein Geheimnis entgegen zu tragen schienen. Erst als sie die Mitte des Laufsteges erreichte, rissen sich deren Augen los, hoben sich und folgten den changierenden Linien des Stoffes, betasteten die zarte Wölbung der Brüste, ahnten weiß unter seidenweiß, befächerten ihre Pupillen mit den Lidern, um sich auf dem halsfernen Purpurschal mit bewunderndem Atemzug niederzulassen. Doch im Luftzug einer Drehung verloren ihre Blicke den Halt und folgten fasziniert den nun sichtbaren, nach hinten geworfenen Enden des Schals – fließendem Rot.

Eine Flamme, schockgefroren. – Inka hat die Sprache wiedergefunden.

Eine seltsame Beschreibung für Berti als Model, kann Ellen gerade noch sagen, als sie spürt, dass die aus dem Fundus der Erinnerungen zuvor herangetragene Geschichte sich wieder in den Vordergrund drängt.

Keine fünf Jahre später, auf meiner Reise nach Rom, als ich zuvor meine Mutter und Berti zur Erholung in die Nähe von Bayreuth brachte, – zum Glück gab es keine Grenzkontrollen mehr. Kein Thema für Berti. Deren Welt hatte der Mauerfall ein halbes Jahr vorher gar nicht erreicht, – trotzdem mussten wir die Fahrt immer wieder unterbrechen, Pausen einlegen. Dann lag sie zusammengekrümmt auf einer roten Decke. Verendend, wie eine angefahrene Katze. Diese Assoziation damals – zwei Tage vor Bertis Tod, – hat das Entsetzen eingeprägt. Die von mir bewunderte Modenschau dagegen hatte ich völlig vergessen.

Wie die Kindheitsgeschichten, die ich dir heute früh ans Herz gelegt habe.

Nicht ganz, aber die anderen holen mich immer wieder ein, gibt Ellen zu.

Wie wär's, wenn du mir eine der schönen erzählst?

Jetzt?

Warum nicht. Dich wird es beruhigen – von Berti kommst du heute sowieso nicht mehr los – und mich entspannen. Stunden habe ich heute nur gestanden und mit Kunden gefeilscht. Inka schüttelt sich, dann kuschelt sie sich in die Sofakissen.

Also gut, aber zuerst ...

Mit einem Sprung ist Inka wieder auf den Beinen. Mit dem Versprechen, eine frische Kanne Darjeeling und extra bittere Schokolade mitzubringen, von der mit großem Kakaoanteil, die Ellen besonders mag, ist sie in der Küche verschwunden.

Ellen lässt sich gern überrumpeln. Sie schiebt die Fotos unter die Deckel der Alben. Soll sie weiter düsteren Gedanken nachhängen und Hannes morgen unausgeschlafen und schlecht gelaunt in der Gemäldegalerie treffen? Immerhin hat er gute Miene zur Verlegung ihrer gemeinsamen Tage gemacht.

Sie geht in ihr Zimmer, um den Hosenanzug gegen Jeans auszutauschen.

Ziehen kann der Tee auch hier, sagt Inka, als sie auf dem Tablett die blaue Tonkanne mit den passenden Teeschalen hereinträgt. Gleich darauf lümmelt sie schon wieder auf dem Sofa. Kein Geschirr, das nicht aus Inkas Werkstatt ist, denkt Ellen mit Genugtuung, während sie eine Rippe der Schokolade abbricht und sie genüsslich zu verzehren beginnt. Die Anspannung lässt nach. Sie hangelt nach einem Hocker für die Füße.

Auf einem Bein kann man bekanntlich nicht stehen, sagt sie als Inka den Tee eingießt. Silberfolie knistert.

Berti und ich als Attraktion eines Kinderfestes.

Erzähl', fordert Inka sie auf.

*

Das Geburtstagsfest eines Nachbarjungen sollte im Garten seiner Großmutter stattfinden. Eierlaufen, Dosenwerfen, Sackhüpfen. Wir Älteren fühlten uns dafür zu erwachsen. Warum sollten wir nicht für die Jüngeren ein Zirkusprogramm anbieten? Eine Idee, die für die nächsten Wochen zum Geheimnis von uns Elf- bis Zwölfjährigen wurde, denn es sollte eine Überraschung für die 'Kleinen' sein. Auch untereinander verschwiegen wir unsere Pläne.

Berti musste ich allerdings einweihen, denn ich brauchte sie für mein ehrgeiziges Vorhaben: Ich wollte als Old Shatterhand mit meiner Squaw auftreten.

Berti hüpfte aufgeregt wie ein Jojo. Eine Darbietung mit Ponys, das wäre was, aber selbst der riesige Rex kam zum Reiten nicht infrage, schon gar nicht, um auf ihm auch

noch Kunststücke zu vollführen. Pfeilschießen? Old Shatterhand rund um seine Squaw herum? Schießen konnte der wie keiner, und seine Squaw war mutig, aber ich wollte Berti nicht ängstigen. Einig waren wir uns: Es sollte eine Nummer so gut wie auf einem Pony sein, nur eben ohne. Die Squaw auf Old Shatterhands Schultern: Ein Bein nach hinten gestreckt, der Oberkörper vorgebeugt. Old Shatterhands Hände loslassen, die Arme zu beiden Seiten ausbreiten. Der Höhepunkt: Old Shatterhand dreht sich – langsam, sehr langsam. Und die Squaw steht freihändig in der Waage und lächelt.
Toll fanden wir das – uns vor allem. Mit Sicherheit die Sensation!

Wir übten in einer Ecke hinter dem Haus, wo wir unbeobachtet waren. Außerdem war dort die Teppichstange, an der sich Berti festhalten konnte, wenn es zu wackelig wurde. Wir probten unverdrossen. Zuerst den Aufstieg: Berti von meinem Knie auf die Schultern. In der Hocke, bis ich mich aufgerichtet hatte. Ich schwankte unter ihrem Gewicht. Wir hielten uns bei den Händen. Feucht waren die, doch Anstrengung und Angst gestanden wir uns gegenseitig nicht ein. Indianer zeigen keinen Schmerz.
An einem Regentag übten wir im Kinderzimmer. Diesmal die Waage. Aufstieg und Stand, das klappte schon. Berti musste gleichzeitig ein Bein nach hinten strecken und den Oberkörper vorbeugen. Meine Knie wollten nachgeben. Ich biss die Zähne zusammen, hielt Bertis Hände, fürchtete den Augenblick des Loslassens und die leichte Drehung, die ich vorhatte. Ich schwankte, die Waage wackelte. Wo waren Bertis Hände? Nirgends ein Halt für sie! Beherzt machte ich einen Schritt auf das Sofa zu. Berti landete auf dem äußersten Rand, ein Arm auf den Boden gestützt. Sie war stumm vor Schrecken, ich vor Erleichterung. Wenigstens war sie nicht auf die Erde gestürzt. Berti begann zu weinen. Der Arm, mit dem sie sich abgestützt hatte, schmerzte. Ich legte ihn auf ihren Bauch. Sie wollte schreien. Ich drückte meine Hand

auf ihren Mund. Sie strampelte, bis ich sie wieder zurückzog, jaulte wie der Hund, der wenige Tage zuvor in unserer Straße angefahren worden war.

Berti, Bertilein. Du bist doch meine Squaw. Bitte, bitte, weine nicht, bettelte ich, knipperte mein kleines Halstuch auf, und gab es ihr. Sie zog es in die Faust des verletzten Armes und steckte den Daumen des anderen in den Mund. Das hatte wir ihr mit Schulbeginn gerade abgewöhnt.

Was tun? Unmöglich, die Mutter bei der Arbeit stören. Sie musste zu Hause soviel arbeiten wie im Büro. Schließlich war sie nur da, weil Vater sich um eine Stelle bewarb. Mit Nivea-Creme rieb ich Bertis Arm ein. Sie brüllte in meine Hand. Dann verstummte sie mit aufgerissenen Augen.

Verstaucht, er ist bestimmt verstaucht. Du brauchst einen Verband, sagte ich, um sie zu beruhigen, während mein Herz – viel tiefer als sonst – unter der Bauchdecke schlug.

Den Verband konnte ich ihr nur anlegen, indem ich drohte, die Mutter zu holen. Die würde schimpfen – am meisten wohl mit mir, dachte ich im Stillen – und am Ende auch einen Verband anlegen, fester als ich. Bertis Tränen hatten bereits den Kragen ihrer Bluse durchnässt. Auch als der Verband angelegt war, ließ ihr Weinen nicht nach. Ich flüsterte Trostworte. Ohne Erfolg. Es wäre wohl doch besser, die Mutter zu holen, sagte ich, sprach davon jetzt wie von einer guten Verheißung und ging ins Wohnzimmer.

Berti ist vom Sofa gefallen. Ihr Arm tut weh, sagte ich leise, um die Mutter nicht zu erschrecken. Das Klappern der Tasten hörte nicht auf. Ich musste meinen Satz noch einmal lauter wiederholen.

Vom Sofa? Dann kann's so schlimm nicht sein, gab Mutter zurück, und ließ den Wagen der Schreibmaschine zurückschnellen, drückte eine Hand in den Rücken und streckte sich.

Sie wimmert ganz schrecklich, erklärte ich. Ausgerechnet heute, bei all der Arbeit, schimpfte Mutter vor sich hin. Du weißt doch … und Berti soll sich nicht so anstellen. – Ihre geliebte Berti.

Also gut, sagte sie, sobald ich den Brief fertig habe sehe ich nach ihr. Mit einem tiefen Seufzer wandte sie sich wieder der Schreibmaschine zu. Ich schlich zu Berti zurück.

Die Mutter kam und hörte kopfschüttelnd nochmals, dass Berti vom Sofa gefallen sei.
Einfach so, wiederholte sie gedehnt.
Sie sah den Verband und entschied, dass wir zum Arzt müssten. Mehr Zeit als für das Anlegen des Gipsverbandes brauchte der, um Berti mein Halstuch abzuschwatzen. Als der Verband angetrocknet war, steckte der Arzt es ins Gipsmaul unterhalb des Daumens. Augenblicklich hörte Berti zu weinen auf.
Und das Kinderfest?
Zwischen Berti und mir brauchte es keine Worte. Berti suchte unseren Kopfschmuck zusammen. Ich nähte ihn auf zwei rote Bänder. Einmal erwischte ich sie, als sie einem Huhn im Lauf eine Feder herauszupfte. Teufelsbraten! Und wir übten. Berti war um den Gips schwerer. Wenn sie auf meinen Schultern stand, schoss mir alles Blut in den Kopf. Wir hätten uns die Schminke sparen können.
Unsere Darstellung wurde von niemandem überboten. Und das, obwohl wir uns mit seitlich gestreckten Armen fest bei den Händen hielten. – Frei schwebend, das hatten wir aufgegeben. – Berti, lächelnd in der Waage, ich mit einer Drehung nach rechts, dann nach links. Die Augen der Zuschauer folgten uns gebannt. In meinen Ohren rauschte es wie bei einem Höhenflug. Und so fühlte ich mich auch, als das lang gezogene Ooooh der Zuschauer folgte.
Wir wurden von allen bewundert. Wir waren glücklich.

*

Latte Macchiato? fragt Hannes. Mit einem Lidschlag bejaht Ellen und sieht ihm nach, als er zur Theke geht und die Getränke holt. Keiner, da ist sie sicher, würde in diesem sportlichen Mittvierziger den Lesesüchtigen vermuten, der sich am liebsten in Bücherberge vergräbt. Ellen freut sich, ihn so erfolgreich für entsprechenden Ausgleich gewonnen zu haben. Genau genommen ist das Inkas Verdienst, weil die wiederum sie in Trapp hält.

Ellen betrachtet eine im Shop der Gemäldegalerie gekaufte Karte: ‚Maria mit dem schlafenden Kind' von Mantegna. Das Original hat sie vorhin an das Bild der Kahlo ‚Meine Amme und ich' erinnert. Jahrelang hatte davon eine Postkarte auf Bertis Schreibtisch gestanden. Warum fällt mir das jetzt ein? fragt sie sich, unwillig, dass Berti damit wieder auf sich aufmerksam macht.

Hannes spricht von seiner bevorstehenden Reise nach München, einem Vortrag …

Ellen weiß, dass er sich nun in aller Breite über geplante Veröffentlichungen, Beiträge für Funk und Presse, Vorlesungen an der Uni und verschiedene Ausstellungen auslassen wird.

Das ist kein Beruf, das ist eine Obsession. Erst recht seine Entdeckungstouren in die Antiquariate. Seit ihm Inka auf den Kopf zugesagt hat, dass er an einer ausgeprägten Bibliomanie leide, vermeidet er es ihr zu begegnen und von Neuerwerbungen zu erzählen.

Während er redet, als hätte er einige seiner Studenten vor sich, mustert ihn Ellen: Seine dunklen Haare, an den Schläfen von silbernen Fäden durchzogen. Seine Augen, ein dunkles Blau. Winzige Splitter – honigfarben wie seine Haut – glänzen in der leicht nach vorn gewölbten Iris, die alles Überflüssige weg zu schieben scheint, und sie zuweilen mit verwirrenden Gefühlen vereinnahmt.

Unerwartet nimmt Hannes die vor Ellen liegende Postkarte und beginnt von der dünn aufgetragenen Leimfarbe des Gemäldes zu sprechen, auf der die zarte, intime Wirkung beruht, und vom Gesichtsausdruck des mit Leinentüchern eng umwickelten Kindes ...

... ein Kokon aus Bändern. Die Truhe – ein Sarkophag. Mein Traum letzte Nacht. Der immer wiederkehrende. Geschrieen habe ich, um aufzuwachen. Vergeblich. Habe um mich und auf das Bündel aus Bändern eingeschlagen, dem ein Kinderbild als Mumienportrait ins Leinentuch eingepasst war. Doch der Traum gab mich nicht frei. Ich begann die Bänder zu lösen. Spannte sie beim Rückwärtsgehen. Ging Meter um Meter ins Dunkel, ins Ungewisse. Schwankte vorwärts beim Aufwickeln des Leinenbandes, ahnte, dass ich so lange würde zurück- und wieder vorgehen müssen, bis ich dem Kind ins Gesicht sehen könnte, dem hinter dem Bild ...

Sie fährt zusammen. Am Tresen zischt die Espressomaschine. Ellen richtet sich auf, lehnt sich fest an die Stuhllehne, versucht sich auf Hannes zu konzentrieren, und seiner verwischten Sprache zu folgen. Zerfaserte Sätze, sobald er von seinen ‚Alten Meistern' spricht. Als wisse das Gegenüber alles weitere, nähme sozusagen an einer intuitiven Kommunikation der besonderen Art teil, lässt er einzelne Worte aufleuchten und verblassen. Ellen freut sich, wenn es ihr gelingt, das nachzuvollziehen. Jetzt gelingt ihr das nicht. Arme Studenten! Sicher hält er für sie eine andere Sprechweise bereit. Nicht, dass sie ihm seine Art zu dozieren vorwirft. Schon gar nicht die bayerische Tonart, die allem eine warme Färbung verleiht. Ist sie zu abgespannt, um seinen Ausführungen zu folgen, lauscht sie nur liebevoll und beinahe gerührt, wie eine Mutter den Lautmalereien ihres Säuglings. Doch darauf kann sie sich heute nicht einstellen.
Er spricht sehr einfühlsam und sehr ernsthaft. Nur nicht mit mir, denkt Ellen.
Nein, eifersüchtig ist sie nicht auf seine Hingabe an die ‚Alten Meister' und seine Bücher. Lächerlich! Doch ab und an, gerade jetzt ...

Was hast'n?, fragt Hannes und legt eine Hand auf die ihre.
Sie hört Geldstücke auf dem Messing der Theke klirren, die Kassentastatur tickern, und spürt einen wild surrenden Ventilator Luft durchs Haar wirbeln. Die Pendeltür schlägt hin und her.
Sie springt auf, läuft in die Geräusche hinein zum Tresen, stürzt das Mineralwasser, kaum dass sie wieder sitzt, hinunter. Die Kohlensäure nimmt ihr den Atem.
Hannes' Lider flattern aufgeschreckt.
Was ist denn? Schon als du gekommen bist …
Das fragt sie sich selbst. Die am gestrigen Abend mit Inka zurückgewonnene Ruhe hat nicht einmal die Nacht überdauert.
Lass' uns gehen, ja.
Erst als sie das ausgesprochen hat, wird ihr das Verlangen nach Bewegung bewusst. Laufen. Nur laufen, nichts sonst. Zweimal um den Schlachtensee joggen und der Sonntag ist gerettet.
Wenn'd moanst, murmelt Hannes mit Stirnrunzeln.

*

Ellens Blick wandert über das blaue Weiß der leichten Zudecke. Ein vom Mond beschienenes 'Kuvert' nach südländischer Art. Hannes' nackte Zehen halten ihre schweifenden Augen auf.
 Wie spät mag es sein?
 Vor der offenen Balkontür lastet schwül die Nacht. Ellen hebt den Kopf. Phosphorgrüne Zeiger rücken auf Mitternacht vor. Je kürzer der Schlaf, um so mehr täuscht er in der Zeit. Sie hat kaum eine halbe Stunde geschlafen. Hannes ist aus der Umarmung fortgetrieben. Sie dagegen ist in diese Wachheit geschleudert. Der Wind schwingt die Vorhänge hin und her. Hannes bewegt sich unmerklich, dreht seinen Kopf seitwärts, so dass er Ellen das Gesicht zuwendet – leuchtend wie sonst nur, wenn ihre Hände, seine Hände... dieser unaufhörliche Wunsch nach Berührung.
 Ellen tappt leise auf bloßen Füßen zum Balkon, stellt die Tür fest, geht dann zur Küchenzeile hinüber. Im Durcheinander des schmutzigen Geschirrs sucht sie ein Glas. Warum nicht gleich alles abwaschen? Das könnte ihn wecken. Überhaupt, darin ist er heikel.
 Sie denkt an einen seiner seltenen Ausbrüche: Ordnung um jeden Preis! Abwaschen, aufräumen, all dieser spießbürgerliche Quark, nun auch du!
 Sie gießt sich Saft ein, trinkt. Dann geht sie den Flur entlang zu Hannes' Arbeitszimmer, zwischen Regalen, die hinter- und übereinander mit Büchern vollgestopft sind. Sie stolpert über Schuhe, die neben Reisetasche und Akten herumliegen. Tritt auf zerknülltes Papier, das unter den Füßen knistert. Die Wände des Zimmers sind von oben bis unten voller Bücher; genauso wie die zwei gegeneinander gestellten Regale, die die Mitte des Zimmers durchziehen. Über deren Sprossen sind etliche Schals geschlungen und Bügel mit Kleidungsstücken eingehängt, die Hannes gerade zu tragen bevorzugt. Davor türmen sich Bücherkisten; noch vom Umzug. Gut zwei Jahre ist es her, dass er von Rom ins

grüne Lichterfelde zog, und sie sich wieder begegnet sind.
Vor dem Fenster der Schreibtisch. Darauf nur der Laptop unter einer gebogenen Messingleuchte. Der Zugwind fährt durch die Zettel der Pinnwand. – Sein Schreibtisch. Diese Klarheit und Strenge plötzlich. Als wäre sie hier fremd, nimmt sie die oberste Zeitschrift von einem Papierstoß und wendet sich wieder zur Tür. In der Villa gegenüber ist nur noch ein schmales Fenster erhellt. Eines wie in Inkas Kammer. Die wird im Bett liegen und lesen, denkt Ellen und schlägt die Zeitschrift auf. Die fett gedruckten Überschriften stoßen wie Balken gegen ihren blinden Blick.
 Sie hat sich ans Fußende des Bettes gesetzt. Hinter ihr Hannes. Ein weißes Bündel auf der riesigen Liegefläche …

…eine ebensolche war für Bertis ausgemergelten Körper im letzten Lebensjahr nicht nur Bettstatt, sondern einziger Lebensraum: Erhebungen aus Kissen, Decken, Tabletts für Gläser und Medikamente, Schreibutensilien, Stapel von Zeitschriften und Katalogen. All das nach ihrem System angeordnet und sorgfältig unter Schals und Stoffresten verborgen. Mütterlicher Ordnungssinn hatte nach erbitterten Kämpfen am Rand dieser Liege seine Grenze gefunden. Ringsum hatten Abbildungen ihrer Modeschauen gehangen; Zeitungsausschnitte in Reih' und Glied. In Augenhöhe auf dem Regalbrett neben der Liege, waren chronologisch eine Sammlung gerahmter Fotos aufgestellt.

Vor dem Balkon biegt sich die Krone der Linde, die in voller Blüte steht, dehnt ihr Geäst, dass es ächzt und knirscht, schüttelt die Blätter. Der Lindenduft schlägt in Verwesungsgeruch um.

 Ellen weiß noch, wie bei ihrem letzten Besuch ihr Blick von einem der Bilder festgehalten wurde. Einer Weihnachtsaufnahme aus dem Jahr, als sie das Marionettentheater geschenkt bekamen. Kleinkindhaft hatte die Erstklässlerin Berti darauf ausgesehen.

So wolltest du bleiben – lebenslang.
Sie hatte die Schwester, das Foto, dann wieder die Schwester angesehen. Nie zuvor war ihr die Veränderung in deren Gesicht so krass erschienen: Statt der blonden Haarfülle auf dem Kinderbild umgab schwarzer dünner Flaum die scharfen Züge. Die Haut war über den Knochen gespannt, als hätte in diesem Gesicht nie ein Lächeln gewohnt, sich nie an ihren Lippen gekräuselt. Eingerahmt von schattigen Furchen, verschlossen sie den fast zahnlosen Mund.
Wie fremd du mir geworden warst.

Ellen sieht aus dem Fenster. Die Kammer im Nebenhaus ist jetzt dunkel. Kein einziger Stern am Himmel. Nur die Mondsichel, die eine tiefe Wunde in den Horizont schneidet.

Dei Haut ... so koit?
Hannes' schlaftrunkene Stimme erschrickt Ellen. Die Arme um sie geschlungen, zieht er sie auf die Liege zurück, und breitet das Bettzeug über sie beide.
Was hast'n? Was is' mit dir? flüstert Hannes und wiegt Ellen in seinen Armen. Das erinnert sie an die kühle Hand der Mutter auf fiebriger Stirn, an besorgte Blicke, an Honigmilch und sonnenfarbene Obstscheiben. Ihr Mund an seinem Brusthaar schmeckt Salz. Ihre Faust hat unter seiner Achsel ein Nest gefunden, sein Knie lastet zwischen ihren Schenkeln. Sie gleitet in leichten Schlaf; hört das erste Vogelgezwitscher, versinkt in nebliger Stille, lauscht dem Rascheln und Rauschen der Linde, um gleich darauf wegzudämmern, bis die Sonne über das Bett streift.
Als sie wach wird ist Hannes schon aufgestanden, um Tee aufzubrühen. Den trinken sie immer im Bett, noch vor dem Frühstück.

Umtriebig in der Nacht. Warum?, fragt er, als sie ihm einen ‚Guten Morgen' wünscht.
Ein ungutes Gefühl beginnt sich in Ellen auszubreiten, mit

dem sich die nächtlichen Gedanken anschleichen. Entschlossen richtet sie sich auf, rutscht ans Kopfende, und lehnt die Kissen gegen die Wand.

Sag' schon ... magst nicht reden?

Nichts war, nur die Hitze.

Hat es mit diesem Jörg zu tun? Hannes sieht sie misstrauisch an, während er die Teetassen neben dem Bett abstellt.

Unsinn, was du denkst, antwortet Ellen unwillig.

Aber ich spür's doch. Irgend was ist mit dir.

Hannes setzt sich auf die Bettkante, nimmt sie bei den Schultern, betrachtet sie stumm, folgt mit den Augen jeder Linie ihres Gesichts, bevor er sie zu sich heranzieht. Er streicht ihr über das Haar.

Bitte ... Ellen, was ist los?

Da ist noch ein B i t t e ! Ganz nahe an ihrem Ohr. Bertis einschmeichelnde Stimme, die aus Kindertagen in die Krankheit hinüber gerettete. Der langgezogene gepresste Laut, hatte dem ‚i' seinen Klang genommen, und beschwor durch seine bettelnde Länge eine Krankenhausszene herauf.

Welche? Irgendeine, Berti drängte immer aus den Krankenhäusern hinaus.

Sie hört sich von der Hilfe einer Therapie sprechen. Matt klang das, abwesend. In Wahrheit war sie wohl schon dabei, alle Argumente zu sammeln, um die Ärzte zu überzeugen, dass die Schwester zu Hause am besten aufgehoben sei.

Dass die Psychologen Mutti ins Verhör nehmen, ihr Vorwürfe machen, kannst du doch nicht wollen? spielte Berti eine weitere Karte ihres Repertoires aus – die sicherste, wie sie wusste.

Ellen hielt die weinende Mutter in den Armen, die sich im gleichen Augenblick mit einer unvermittelt heftigen Bewegung frei machte, aufrichtete und sie zornig anfuhr:

Tu doch endlich was!

Ganz die Mutter von einst, vor Bertis Krankheit: nicht groß, aber von beeindruckender Statur, vollschlank mit weißem

üppigen Haar, strengen Gesichtszügen und gebieterischen Habichtsaugen.
 Hol' sie hier raus! ...
 Ebenso plötzlich brach der fordernde Ton zusammen. Ein geradezu gläubiger Blick war auf sie gerichtet.
 Du schaffst das!
 Die Augen der Mutter, gerötet. Der Kranz der Lachfalten – helle, flache Striche, seit Jahren nicht vertieft.
 Und dann war es Bertis Aufschrei, der sie aus der Erinnerung riss: Mich kriegen die nicht. Lieber spring ich! Ein höhnender Aufschrei, bei dem sich Bertis gelbe Gesichtshaut über den Knochen straffte.

Eine Totenmaske, stößt Ellen hervor, und schiebt Hannes von sich weg. Ich habe Berti den Tod gewünscht! Sie sollte sterben, tot sein, endlich Ruhe geben.
 Als würde ein Scheinwerfer ausgeknipst, erlischt in Hannes' Gesicht jeder Ausdruck. Die Muskeln erschlaffen. Es bleibt eine weiche Masse, die von starren Pupillen gehalten wird. Es dauert, bis er sich gefangen hat. Ein zuerst vorsichtiges, dann nachsichtiges Lächeln, dann sagt er: Nimms net so tragisch. So denkt ma halt und moant's net so.
 Es klingt begütigend, aber er rührt sich nicht, berührt auch sie nicht, sitzt stocksteif da. Sein blauer Blick streift hin und her.
 Ich habe es aber ernst gemeint, wehrt Ellen seinen Versuch, das Gesagte wegzureden, ab. Aus vollem Herzen habe ich es gewünscht, und bei klarem Verstand. Als es dann soweit war .... in ihrer Kehle überschlägt sich ein abgepresster Ton ... denke nur nicht, ich hätte es bereut.
 Hannes steht auf, bleibt unschlüssig stehen, reibt sich das Kinn.
 Was hat denn dieser Hundling, dieser Jörg, mit dir gemacht, dass du derart durcheinander bist?
 Nichts, gar nichts, ...
 Was weißt denn du, denkt Ellen. Ihre Finger verschlingen

sich, werden gegeneinander gedrückt. Die Knöchel verfärben sich weiß. Doch woher soll er wissen, wie ihr zumute ist? Sie hat ihm weniger als Jörg erzählt. Und Hannes hat nie nachgefragt.

Das tut er auch jetzt nicht. Er setzt sich auf einen Stuhl, nimmt die Teetasse und pustet angestrengt darüber hin; unentwegt, als könnte er damit die seltsame Stimmung vertreiben.

Ich möchte ja helfen, aber eine solche Situation ... statt Ellen in die Arme zu nehmen, hält er noch immer die Tasse zwischen den Händen ... mir ist das fremd, gänzlich fremd ... besser professionelle Hilfe, ...

Die Therapie, die Berti nie gemacht hat!

Ellen wird von einem hysterischen Lachen geschüttelt. Hannes weicht zur Küchenzeile zurück, leise, als ginge er auf Zehenspitzen. Er will ihr ein Glas Wasser holen. Das täte ihr gut, versichert er, bleibt aber in dem gewonnenen Abstand und wartet, dass sie sich beruhigt. Dann ist es still, wie es zwischen ihnen noch niemals war. Irgendwann trinkt er das Wasser. Seine Schluckgeräusche fallen in das Schweigen. Erschrocken hält er inne, spricht davon, dass sie später noch einmal darüber reden sollten, aber jetzt, in ihrer Verfassung ...

Weiter hört Ellen nichts mehr. Sie ist an ihm vorbei ins Badezimmer gegangen, und hat die Tür hinter sich geschlossen. Unvermittelt steht sie ihrem Spiegelbild gegenüber, fixiert sich. Erst als die Erregung aus ihren Gesichtszügen gewichen ist, stellt sie die Frage nach Ähnlichkeiten. Die mit Vater und Mutter hat sie mit zunehmendem Alter immer häufiger bemerkt – erstaunt und nicht gern. Aber Ähnlichkeit mit Berti, wie Inka gesagt hat, daran hat sie nie gedacht.

Berti, zuletzt ein Skelett mittlerer Größe. Von kräftigem Körperbau, was das Ausmaß der Auszehrung lange verbarg. Sie dagegen, schmal und durchtrainiert wie der Vater, größer als er. Auffallend ihre kupferfarbene halblange Haar-

krause im Gegensatz zu Bertis dunklem Flaum, bei dem hier und da die Kopfhaut durchgeschimmert hatte; das Gesicht fahl und blaufleckig. Sie hat nicht einmal die für Rothaarige üblichen Sommersprossen. Plötzlich erscheint ihr das eigene Gesicht erschreckend leer. Langsam fährt sie mit dem Mittelfinger über ihre rechte Augenbraue, spürt die feine Narbe darüber, einem Faden aus Spinngewebe gleich, von der Schläfe bis zur Nasenwurzel. Unter den Brauen die gleiche Form der Augen. Bertis waren graugrün, tief in die Augenhöhlen gesunken. Die ihren, dunkelbraun wie die der Mutter, blicken ihr skeptisch entgegen. Ganz anders die Mundpartie – gefühlvoll, wie auch Schwester und Mutter sie hatten.
Und Bertis Wesen? – Nicht das von allen, auch von ihr geliebte Kind ist gemeint. Ellen konzentriert sich auf die Erwachsene und versucht, während sie sich duscht und ankleidet, Gegensätze zu entdecken.
Wofür? Wogegen? Sie weiß es nicht.
Verwirrend die Ähnlichkeiten der Gesichtszüge, und das, obwohl der Altersunterschied von vier auf gut zwölf Jahre angewachsen ist. – Nur Berti bleibt unverändert sechsundzwanzig.
Hinterrücks springt Ellen die alte Furcht an, hindert sie, die Spurensuche fortzusetzen, sitzt unter den Schulterblättern, lässt sie erbeben. Und der Herzschlag flattert sinnlos. Ein Vogel im Käfig.
Ich will nicht wie Berti sein!
Sie wehrt sich mit Gedankenfetzen, Partikeln die an die Oberfläche des Bewusstseins steigen, sich anstoßen und zusammensetzen.
Ich bin nicht wie Berti, ich suche nicht den Tod! Im Gegenteil! Leben will ich, leben!
Anders als Berti hat sie das ihre im Griff; im Großen und Ganzen jedenfalls. Und so soll es bleiben. Wenn auch das Malen, Hannes, Liebesbeziehungen überhaupt … Wird schon werden, irgendwann. Braucht Zeit.
Die Unruhe bleibt, jagt im Wechsel eisig oder heiß über

ihre Haut. Und darunter ein Summen, ein Ton, der im Kopf dröhnend anschwillt.

Als sie ins Zimmer zurückkehrt, steht Hannes mit dem Rücken zu ihr auf das tiefe Fensterbrett gestützt am Fenster. Sein Kopf ist weit vorgebeugt, als suche er etwas. Schulterblätter und Rippen zeichnen sich unter dem Polohemd ab. Die Wirbelsäule herab hat die Hitze eine feuchte Spur hinterlassen. Dieser mutlos herabhängende Kopf rührt Ellen, macht sie traurig. Sie möchte zu ihm gehen, sich anschmiegen. Doch sie kann es nicht. Ihre ambivalenten Empfindungen – einerseits von den Erinnerungen an Berti, anderseits von den Spannungen zwischen Hannes und ihr ausgelöst – halten sie zurück. Sie steht da, als wäre der Platz unter ihren Füßen der einzige Punkt, an dem alles noch im Gleichgewicht ist.

Und plötzlich ist der Augenblick einer möglichen Hinwendung vorüber. Hannes streckt sich. Scheint entschlossen. Wozu? Er nimmt ein bereitliegendes Buch vom Tisch, das er während sie im Bad war herausgesucht hat, und reicht es ihr. Es ist ein Bildband von Mantegna.

Dich hat das Bild von dem Kind fasziniert, ich dachte, es würde dich freuen, … vielleicht auch einwenig ablenken, sagt er mit versöhnlichem Klang in der Stimme. Und Ellen weiß, dass es etwas besonderes ist, denn Hannes trennt sich nicht gerne von Büchern. Sie nimmt es mit zaghaftem Lächeln entgegen, während sie sich fragt, ob dieser Bildband jetzt gerade richtig oder völlig falsch für sie ist. Doch ihre Gedanken weichen aus, klammern sich stattdessen an das Wort ‚versöhnlich'. Versöhnen, mit ihm? Es geht doch um etwas ganz anderes, denkt sie, spürt aber, dass sich etwas sehr Verschiedenes miteinander verquickt hat.

Um den Tag zu retten, wäre es gut, ihn einfach wie einen üblichen Montag zu nehmen, schlägt Ellen vor.

Du meinst, statt miteinander zu reden …

Genau das. Ich gehe mit Mantega zu meinem Grafikprogramm, und du bereitest dein morgiges Seminar vor. Einverstanden?

Nur wenn du dafür den Mittwochabend freihältst.
Einverstanden.
Sie schauen sich erleichtert an, und ihre Verabschiedung fällt nicht weniger herzlich als sonst aus.

*

Zu Hause angekommen wirft sich Ellen in einen Sessel. Sie sieht ihre Konturen auf dem dunklen Bildschirm des Fernsehers. Die Unschärfe wirkt beruhigend.

Wie konnte das passieren? Die letzten vierundzwanzig Stunden; ein Durcheinander von Bildern, die nicht zueinander passen. Traumfetzen ähnlich fliegen sie auf und versinken wieder. Ellen wartet wie damals an Bertis Bett, wachsam lauschend, will die vergangenen Stunden bis in die feinsten Verästelungen der Gedanken und Empfindungen wachrufen, um zu verstehen. Doch dann ist es ebendieser weit zurückliegende Tag mit Berti, der sich statt des gerade mit Hannes verbrachten nach und nach zusammenfügt:

Unbewegt lag die Schwester im matten Licht einer mit Tüchern verhüllten Lampe. Bertis Gesicht war unnatürlich verfärbt. Karminrot den Hals hinunter. Auch ihre Hände, die flach neben ihrem abgemagerten Körper lagen. Zwischen den Fingern der linken Hand ein Samttuch mit taubengrau glänzenden Streifen. Wie immer trug sie schwarze Leggins, darüber einen schwarzen Überwurf. Eine Bekleidung die nicht verbarg, wie abgemagert sie war, im Gegenteil.

Nichts war zu hören als die Schritte der Mutter, ratlos und rastlos in der Küche nebenan.

Das tägliche Ritual, gemeinsames Kaffeetrinken, damit die Mutter ihren Kummer loswerden konnte. An diesem Tag war Berti an neue Tabletten gekommen. Durch den Zeitungsboten, vermutete die Mutter. Nichts gegessen hatte die Schwester, nicht einmal ihren Joghurt, klagte sie, und dass Berti beim Waschen getaumelt sei. Sie hatte sie gerade noch auffangen und ins Bett schleifen können. Sie fragte sich, wie lange ihr das wohl noch gelingen würde.

Das Plätschern der Worte. Ihr monotoner Klang. Ober- und Unterlängen durch 'zigfache Wiederholungen abgeschliffen. Dazu die halben Gesten der Mutter, die abgebrochen in der Luft hängen blieben. Vorsichtig, als wollte sie Schmerzen vermeiden, legte sie verstummend ihre Hände übereinander. Diese Hände, faltenlos, weil prall geschwollen wie ihr Gesicht. Die Finger von den Spitzen an weiß abgestorben. Der Anblick stimmte Ellen weich, machte sie zum Zuhören bereit. Auch der Blick der Mutter, der sie beschämte – vertrauensvoll, dankbar. Und ihr um Nachsicht bittendes Lächeln, das sogleich wieder der Anspannung wich, mit der sie auf jeden vermeintlichen Laut aus dem Nebenzimmer horchte. Nur der tropfende Wasserhahn war zu hören, den ihre steifen Finger nicht mehr fest genug zudrehen konnten. Ein Seufzer durchfuhr ihren Körper. Eine eilige Hand verschloss den Mund.

Ellen sprang auf, um nach Berti zu sehen. Nur so war die Mutter zu beruhigen. Lieber hätte sie deren Hand in die ihre nehmen wollen, doch das würde sie noch besorgter machen. Liebevolle Gesten waren seit jeher besonderen Gelegenheiten vorbehalten. Es blieb nur zu gehen, und auf dem Weg den Wasserhahn zuzudrehen.

Berti lag unverändert – bewegungslos, ohne etwas wahrzunehmen. Sie reagierte nicht auf den Lärm von der Straße, der sie sonst aufregte. Konzentrierte sie alle verbleibende Kraft auf die Beschaffung von Tabletten für Schlaf und Verdauung, gegen Schmerzen und Gewicht. Bekunistabletten aus dem Reformhaus. Jede Nachbarin besorgte ihr die. Die schadeten ja nicht. Allein davon bis zu hundert jeden Tag, dazu Mengen verschiedener Mittel die, – weiß Gott wie ihr das gelang – immer andere Personen beschafften. Davon ahnten sie nichts. Wie sollten sie? Und selbst wenn. Mutter, die Bewahrerin der Familienehre, hätte jeden denkbaren Verdacht zu zerstreuen gewusst.

Auch sonst lag Berti nach erfolgreichem Vorhaben friedlich, fast apathisch auf ihrer Liege. Aber an diesem Tag war ihr Zustand ein anderer.

Karminrot gefärbt Bertis Haut. Extremer Flüssigkeitsmangel.

Berti liegt im Koma. Trocknet aus. Stirbt!

Ellen atmete gegen das Vibrieren in ihrem Körper an, das hinter geschlossenen Lippen lauerte. Herausgelassen hätte sich schon der erste Ton überschlagen und schrill gegen die Wände geworfen. Doch da war die Mutter. Sie folgte ihrem Atem die Wirbelsäule hinunter bis unter die Fußsohlen. Einmal. Zehnmal: Die Schwingungen verlangsamten sich, flatterten unter der Haut. Schüttelfrost, der sich in sanftes Beben verwandelte.

Zwanzigmal: Mühsame Atemzüge. Niedergeschlagenheit, die durch ihr Inneres kroch, und jede Lebendigkeit erstickte.
Ich warte bis Berti …
Sie saß und wartete wie in Trance: zerfließend, aufgelöst.
Erlöst!? Ich, die Mutter, alle!
Ein Lachen, dem Grauen sehr nahe, rettete sich in ein trockenes Aufschluchzen hinüber.
Ich sitze und warte bis Berti tot ist.
Tot. In ihrem Kopf wuchs das Wort, vermehrte sich. Tot, tot, tot, hämmerte es gegen die Schläfen.
Dahinvegetieren – wofür? In Wahrheit bist du längst tot. Willst du leben, um uns zu quälen; vor allem die Mutter? ‚Mutti gehört nur mir!', hast du zwölfjährig erklärt. Und hast es wahr gemacht.

Sie beugte sich vor, packte die Schwester bei den Schultern, schüttelte sie. Als sie losließ fiel der Oberkörper wie der einer Stoffpuppe zurück. Und der für den abgemagerten Körper viel zu große Kopf federte auf und nieder wie ein Ball – und traf. Ein Stoß, eine Erschütterung in ihrem Innern, die sie aufschreckte. Ein nervöses Zittern jagte durch ihren Körper und über ihn hin, als sie versuchte, den Puls der Schwester zu fühlen. Sie zwang sich zur Ruhe. Tast- und Gehörsinn mussten zueinander finden, um den Puls in die Fingerspitzen zu holen. Er war erst spürbar, als ihn der eigene Herzrhythmus aufnahm, übernahm, so als könnte er ihn kräftigen. Puls in Puls. Zusammengehörig. Geschwisterlich.

Ich wäre lieber tot! Ich, aber sie, was will sie!?
Berti mit ihrer Todessehnsucht. All die Selbstmordversuche. Nicht ernst gemeint? Oder Aufschreie, die niemand verstand.

Vor ihr lag Berti. Im Koma. Hunger und Tabletten vollzogen ihr Werk; langsam und unaufhaltsam. Plötzlich der Griff zum Telefon. Für sie selbst überraschend. Danach sprang sie auf und stürzte in die Küche. Die Mutter fuhr erschrocken zusammen, obwohl im Laufe der Jahre immer häufiger der Notarzt oder die Feuerwehr gerufen werden mussten. Doch die Wiederholungen hatten weder Angst noch Schrecken genommen.

Gut sei es, dass der Vater nicht da ist. Vor Sorge wäre der sowieso nichts als wütend. Kurzatmig hatte die Mutter das hervorgestoßen, und dass sie nachkommen würde, sobald er zurück wäre. Sie standen gemeinsam an Bertis Bett. Zwischen ihnen die stumme Frage, ob sie es noch einmal schaffen und zurückkommen würde. Die Feuerwehrsirene und das Schrillen des Rettungswagens waren zu hören. Sie lief nach unten, ließ die Männer ein, und rannte mit dem Arzt vor den Feuerwehrleuten die Treppe wieder hinauf. Alle eilten achtlos an der Mutter vorbei, die neben der Wohnungstür stand und nicht aufhörte, die Finger immer neu ineinander zu verschlingen.

Der Arzt warf einen Blick auf Berti und den Schal in deren Hand. Sollte sie ihn entfernen? Wie in einen Zopf verflochten umschlang er Finger um Finger, fest, als hätte die Schwester befürchtet, der Samt könnte ihr entgleiten. Sie schüttelte den Kopf, ohne dem Blick des Arztes auszuweichen. Der fühlte den Puls an der freien Hand, schob Bertis Augenlider hoch und gab den Leuten mit der Trage ein Zeichen.

Sie wollte wissen, ob Berti es schaffen könnte. Erst als sie schon gefragt hatte, sah sie, dass die Mutter hinter ihr stand.

Allerhöchste Zeit sei es, hatte der Arzt geantwortet und war zusammen mit ihr der Trage gefolgt. Der Rettungswagen raste, als könnte er die versäumte Zeit einholen. Der angelegte Tropf schaukelte in jeder Kurve zum Wagendach empor. Keiner sprach, als würde das etwas von der wertvollen Zeit kosten. Vor dem Krankenhaus scharfes bremsen, hastig aufgeschlagene Türen. Jemand rief: Intensivstation. Sie wurde zurückgehalten, um die Personalien anzugeben. Die Aufnahmeformalitäten waren immer die gleichen, schienen aber jedes Mal mehr Zeit zu beanspruchen, die anderswo nötig war.

Aber wo denn? Sie keuchte, als hätte es einen Wettlauf mit dem Rettungswagen gegeben und nicht nur die kurze Wegstrecke im Laufschritt neben der Trage. Atemlos beantwortete sie endlose Fragen, die sie auf die Stuhlkante vor einen Schreibtisch gezwungen hatten.

Je ruhiger ich antworte, umso schneller wird es gehen.

Schließlich zeigte die Angestellte auf den Fahrstuhl zur Intensivstation. 3. Stock. Oben angekommen, wurde ihr von einer Schwester wortlos die Tasche abgenommen. Fragen? Sie fragte nichts. Sie wartete, dass sich die Tür, hinter der sich Berti befand, öffnen und die Miene der Ärzte Antwort geben würde.

Lass sie es schaffen – noch einmal!

Sie war verwirrt darüber, dass sie sich an IHN wandte. Und wofür überhaupt? Sie spürte, wie sich ein Gewicht auf ihren Rücken herabsenkte und die Arme im Schoß schwer wurden – wie in Gips gelegt. Blicklos starrte sie auf die weiße Tür, bis sie ihr schwarz vor Augen stand.

Tot, sie wäre besser tot.

Irgendwann ein Räuspern, ein Arm, der sie in den Raum hinein winkte. Trotz des Wartens geschah dies so unvermittelt, dass sie vergaß, in dem Gesicht zu lesen. Bertis Bett von Geräten umstellt. Rote und grüne Signale leuchteten auf oder sandten dünne, spitze Töne aus. Morsezeichen. Woher? Wohin? Schwarze Linien zuckten über einen Monitor. Ein Apparat fertigte eine grafische Zeichnung an. Gallefarbene und durchsichtige Flüssigkeiten tropften aus aufgehängten Flaschen in die Venen. Bertis Kopf lag erschreckend körperlos in dem weißen Bettzeug. Sie sah von Bertis Gesicht in das des Arztes, der am Kopfende stand. Er blickte offen und ernst zurück, hob die Schultern um eine Nuance. Sie fühlte keine Hoffnung, sondern Mutlosigkeit. Ihre Glieder waren noch immer schwer, doch der Körper summte gleichförmig wie eine Überlandleitung. Sie sehnte sich nach einem anderen Ort.

Ellen weiß nur zu gut, dass es den nicht gibt, bevor dem Spuk mit dem Sarkophag kein Ende gesetzt ist – das Mumienportrait abgerissen, dem dahinter Verborgenen ins Auge gesehen. Den Bruchteil einer Sekunde zögert sie, dann geschieht alles wie im Zeitraffer: Sie springt auf, greift nach den Schlüsseln, und läuft los. Die Treppe hinunter, die Hand am glatten Lauf, mit Schwung in jede Kurve, bis vor die Kellertür. Erst vor dem Verschlag kommt sie zum Stehen. Ihre Finger zittern, so dass es Zeit beim Aufschließen braucht, aber sie lässt weder Zweifel noch Angst an sich heran. Kaum vor der Truhe, reißt sie den Deckel hoch. Die verrosteten Riegel geben nach, und lassen ihn gegen den Küchenschrank schlagen. Die geriffelten Scheiben des Aufsatzes klirren. Ellen schiebt die Aquarellmappe des Vaters unter die Achsel. Auf den Unterarm gestapelt trägt sie Bertis Notizbücher in die Wohnung hinauf; schwer und unbequem sind sie zu handhaben. So werden sie bleiben, denkt sie, und schiebt sie hinter Romanstapel und Nachtischlampe. So bald wird sie darin nicht lesen. Aber immerhin, ein Anfang ist gemacht.

*

Das Sonnenlicht fließt ihr orangerot entgegen, steigt an, lässt Zweige glühen, Baumkronen und Dächer, bevor es sich auf gerußten Wolkenstreifen davon macht. Auf der Wand zwischen den Fenstern ein anderer Sonnenaufgang – der ihre und der seine. Die Aquarelle hat sie der Zeichenmappe des Vaters entnommen, die sie mit Bertis Notizbüchern aus dem Keller geholt hat; unberührt liegen die neben ihrem Bett. Die Bilder von dem gemeinsamen Malausflug jedoch – dem einzigen mit dem Vater – hat sie an die Wand geheftet. Eine ihrer schönsten Kindheitserinnerungen, wenn auch nicht ungetrübt.

Ellens Blick schweift von den Aquarellen weg durch eines der Fenster hinaus. Über dem Dächermeer zittert das Morgenlicht.

Sie mag den Blick nicht abwenden, greift blind hinter sich nach dem obersten Notizbuch, dem ältesten von 1982. Erst als sie das Band zwischen den Seiten hochzieht wird ihr bewusst, dass sie die Handschrift der Schwester nicht kennt. Es hat nie einen Anlass gegeben, Briefe zu wechseln. Sie kennt das Schriftbild ebenso wenig, wie sie von Berti jenseits ihres zwölften Lebensjahres weiß. Und das, obwohl sie und die Schwester noch drei, vier Jahre ein Zimmer geteilt haben.

Unbemerkt war eine Kluft entstanden, ein Spalt mit viel Platz für Schatten.

Ohne zu lesen folgt Ellen den Schriftzügen, dem Rhythmus der Bewegungen, die sich in ihr fortsetzen, den zaghaften Aufschwüngen, die sie wie Finger berühren. In all dem ist eine Lebendigkeit, die Berti in die Gegenwart holt, wie es kein Foto vermocht hat.

Aber will sie das denn? Will sie von dieser Berti erfahren, von diesen Schatten, die sie selbst nicht bemerkt hat? Da ist wieder der Zweifel, ob sie nicht lieber alles beim Alten lassen sollte. Nur weil Jörg daherkommt!? Ist das ein Grund sich mit der Vergangenheit herumzuschlagen? Ellen legt das Notizbuch aus der Hand und flüchtet in die Betrachtung der getuschten Sonnenaufgänge.

Der Vater hat bald darauf nicht mehr gemalt. Nachdem er die Anstellung beim Bauamt bekam, saß er stattdessen bis zu seinem Herzinfarkt, wenige Wochen vor der Pensionierung, Abend für Abend über das Reißbrett gebeugt. Er wollte so gut wie seine hoch studierten Kollegen sein, besser als sie. Anerkannt, wie die Mutter es wünschte. Ein Glück für ihn, dass ihm sein Beruf Freude machte.

Bei ihrer Berufswahl war danach nicht gefragt worden. Ein Studium der Germanistik und Englisch. Studienrätin sollte sie werden. Sicherheit für's ganze Leben. So stellten es sich die Eltern vor, während es für Ellen nur zwei Gedanken gab: Weg von zu Hause, vom Vater, und malen! Ersteres fand sie für alle gut, denn sie empfand sich als Störenfried. Ihr wachsender, wenn auch unterdrückter Widerspruchsgeist, war dem Vater nicht verborgen geblieben und nährte seine Stimmungsschwankungen noch.

Am besten Sport und Kunst belegen, höhnte der, als sie zu den Vorschlägen schwieg, und dass das ‚der jungen Dame', wie er spöttisch hinzufügte, so passen würde. Er lachte sie aus und verbat sich jedes weitere Wort.

Bisher hat sie noch gar nichts gesagt. Erst jetzt, nun gerade: Malerei will sie studieren, sonst nichts! Sagte es, drehte sich um und griff nach der Türklinke.

Der Vater schnellte aus seinem Sessel hoch, stand mit zwei Schritten vor ihr. Wer ihr zu gehen erlaubt habe, schrie er, und dass sie gefälligst zu bleiben habe. Kein Widerwort wolle er hören. Schließlich sei eine wichtige Entscheidung zu treffen.

Ja, meine!

Die Stricknadeln der Mutter verstummten.

Ellen stand noch immer im Türrahmen. Der Vater vor ihr, das Gesicht hochrot. Schon sah sie seine riesige Linke auf sich zu schwingen. Der Handteller traf ihre rechte Gesichtshälfte vom Kiefer bis über die Schläfe. Hart wie der Mitt eines Baseballspielers, der einen ‚out' schlägt. Und wie dessen Linke im ledernen Fanghandschuh leicht nach innen gewölbt, schien er ihren Kopf den Bruchteil einer Sekunde zu halten, ohne allerdings zu verhindern, dass er gegen die Kante der Türfüllung sauste und zur anderen Seite zurückfederte. Ihr versteinerter Körper schwankte, pendelte, stand. Kerzengerade. Sie sah dem Vater in die Augen. Sah in seinen roten Zorn. Ihre Augen, tränenlos. Die Pupillen hervorgetreten, als zielten sie auf ihn.

 Nie wieder! Es ist genug, sonst … beschwor sie etwas noch Ungewisses in sich herauf. Ihr Herz, ihr Herzschlag – hart wie eine Faust. Eine warm-klebrige Spur rann über der Augenbraue die rechte Schläfe herab, am Ohr vorbei, am Kiefer, unter den Kragen.

 Der Vater wandte sich ab, stürzte durch die Pendeltür aus der Küche. Die Türen schwangen aufgeregt vor und zurück, beruhigten sich. Berti holte Watte aus dem Bad. Die Mutter – Vaters sinnloser Wut wie immer, wie alle – ausgeliefert, fand als Erste die Sprache wieder, wollte glätten, beschwichtigen, meinte aber schließlich, dass er in der Sache recht habe: Malerei sei eine brotlose Kunst.

 Am Ende der Kompromiss: Germanistik und Malerei. Zeitraubend das Hin und Her zwischen Uni und HdK. Doch nur so war der Umzug in eine Studenten-WG gelungen. Auch gegen den Willen der Mutter hat sie ihren Wunsch durchgesetzt, richtiger: einfach danach gehandelt.

 Der Vater schwieg. Er tat, als bemerkte oder interessierte ihn das nicht. Wortlos und verbissen arbeitete er an Nachbesserungen eines Wohnprojektes, seinem Traum, das kurz vor der Fertigstellung stand.

 Damit verband Ellen ein Geheimnis, das sie neben dem Interesse an der Aquarellmalerei mit ihm teilte.

*

Eine verrückte Idee, fand die Mutter, den Sonnenaufgang über dem Dorfteich von Lichtenrade malen zu wollen.
 Gelegentlich fuhr der Vater trotz ihres Kopfschüttelns zum Malen fort. Und diesmal wollte er Ellen mitnehmen. Er gab keine Erklärung und schwieg den ganzen Samstag. So verhielt er sich stets, wenn er etwas durchsetzen wollte. Und Ellen? Sie fühlte sich wie ein Hofhund, den sein Herr lobte und trat – je nachdem – und der nicht aufhörte, auf Gutes zu hoffen, wobei sein Körper geduckt, das Fell vom Hin und Her der Gefühle gesträubt, und der Blick wachsam war.
 Typisch, sagte Mutter mit kurzem abfälligen Auflachen in der Stimme und verlangte absolute Ruhe im Haus, wenn sie in der Frühe aufbrechen würden. Womöglich die anderen wecken, wenn sie die Fahrräder aus dem Keller holten, das verbat sie sich.

Als der Vater Ellen hatte wecken wollen, war sie längst wach gewesen – wie schon eine Zeitlang in der Nacht. Sie war so aufgeregt, als würde sie verreisen, aber auch voller Angst, dass sie den Vater reizen würde, wenn sie zu langsam wäre.
 Katzenwäsche, befahl der Vater flüsternd, und Ellen war mit einem Satz aus dem Bett gewesen und hatte nach den bereitgelegten Kleidungsstücken gegriffen. Berti, die das Zimmer mit ihr teilte, schlief tief und fest. Haarsträhnen kringelten hinter ihren Ohren hervor. Sie lag auf dem Rücken, einen Arm neben dem Kopf ausgestreckt, den anderen auf dem Bauch, wie nach dem Unfall im Sommer zuvor. Die Finger waren in die Handflächen gerollt. Am Abend hatte Berti gemault, weil sie auf die Radtour nicht mitgenommen wurde. Ellen freute sich. Endlich war es einmal ein Vorteil, die Ältere zu sein. Aber ganz nahe der Freude war die Frage, wie es sein würde allein mit dem Vater. Den Gedanken hatte sie bisher beiseite geschoben, denn sie wollte ihre Freude nicht von Furcht vertreiben lassen.

Anders als bei der Mutter, wusste Ellen beim Vater nie, wie sie es ihm recht machen konnte.

Die Räder lehnten bereits an der Hauswand, als Ellen angezogen und mit der Schultasche voller Malzeug erschien.

Nach etwa zwanzig Minuten waren sie an der Buckower Chaussee. Hier dehnten sich hinter dem entstehenden Industriegelände Felder und Wiesen im Morgengrauen. Die Straßenbeleuchtung erlosch gerade. Kein einziger Vogel tschilpte. Das reife Korn stand unter Nebelschwaden verborgen. Die Felder reichten bis an die Grenze zur DDR, dahinter der Mahlower Wald.

Am Lichtenrader Dorfteich mit der Feldsteinkirche, von den Templern erbaut, wie der Vater erklärte, war Ellen nie zuvor gewesen. Rings um den Teich Trauerweiden, deren silbrige Blätter zitterten, obwohl es windstill zu sein schien. Es raschelte, als huschten Mäuse durchs Gras. Der Vater legte seinen Aquarellblock auf die hüfthohe Mauer, die den Teich an beiden Seiten begrenzte, packte seinen Malkasten aus und stellte zwischen Ellen und sich ein Marmeladenglas mit Wasser. Dann griff er nach dem Bündel mit Pinseln, befühlte einen nach dem anderen mit den Fingerspitzen, während er Ellen ansah:

Und du?

Sie beeilte sich auszupacken, erwartete einen Tadel, aber der Vater sah, ohne sie zu beachten, über den Teich zur Kirche hinüber.

Keine Minute zu früh, murmelte er und tunkte den Pinsel ins Wasser, dann in die Farben, vermischte sie. Zuerst grau und blau, dann mit einem anderen Pinsel, der im Glas gesteckt hatte, rot und gelb. Seinen Aquarellbogen hatte er mit Wasser durchtränkt, so dass die blaue Farbe darauf schwamm, sich verbreitete, fast darüber hinaus zu schwappen schien.

Nein, so traute sich Ellen nicht zu malen.

Des Vaters Blick wanderte zwischen Landschaft, Kirche, Horizont und dem Papier hin und her. Nasse Farbtupfer flossen gelb, rot und orange ineinander. Ellen staunte. Wie sollte daraus ein Bild werden?

Ihr Blatt leuchtete weiß und fordernd. Ihr war nicht wohl zumute.

Und du?, hörte sie erneut die Stimme des Vaters. Leicht hingeworfene Worte. Kein Befehlston wie sonst. Was erwartete er? Sollte sie das Kirchlein, die Weiden um den Teich und die Häuser dahinter malen? Das schien ihr bei diesem Farbenspiel der Sonne ganz falsch. Den Vater nachahmen? Das wollte der gewiss nicht, auch wenn man immer von ihm lerne sollte. – Da war sie wieder, die Angst, die sie unfähig machte etwas zu tun.

Die Sonne überzog mit ihrem Licht immer schneller und höher den Himmel. Sie würde zu keinem Bild kommen, wenn sie nicht sofort ... Sie drückte den Pinsel entschlossen in die Tusche, mischte. Setzte den Pinsel aufs Papier, das die Farbe gierig aufsog, ohne wie beim Vater zu verschwimmen. Sie tupfte hier Orange, da Gelb hinein, strich – mutig geworden – mit dem Pinsel über das Blatt, bemüht, das Leuchten wiederzugeben, das zwischen den Weidenruten hervorbrach und sich Sekunde um Sekunde veränderte. Wenige Striche genügten, um den Kirchturm anzudeuten, die gedrungenen Weidenstämme, und die Dächer der Bauernhäuser. Der Teich, vom Schilf eng umstanden, lag unverändert in graugrünem Dunkel.

Plötzlich war das flammende Schauspiel vorüber.

Jetzt hörte Ellen das Gezwitscher der Vögel, sah Goldfische im Teich hin- und herhuschen und eine Ente, die von einem Ufer zum anderen schwamm. Der Vater machte noch ein paar Striche. Dabei schwebte seine Hand geradezu über das Papier dahin. Die gleiche Hand, die so grob zuschlagen konnte. Er lächelte. Ein solches Lächeln konnte ihm sonst nur Berti entlocken. Ellen fürchtete den Augenblick, in dem der Vater ihr Bild betrachten würde. Ihr kam es vor, als habe sie im Traum gemalt. Das konnte dem Vater nicht gefallen. Ihre freudige Stimmung erlosch wie zuvor das Farbenspiel am Horizont. Nun spürte sie die morgendliche Kühle. Ihre Arme bedeckte aufgestellter Flaum, als habe man ein Küken gegen den Strich gebürstet.

Nimm meinen Pullover, sagte der Vater, und zog ihn aus.
Sein Pullover war warm und rau wie das Fell von Rex.
Der Vater sah auf ihr Bild, dann über den Teich zur Kirche hinüber.
Schön!, sagte er.
Meinte er ihr Bild? Oder den Sonnenaufgang? Beides vielleicht?
Er nickte ihr kurz zu, wie er es tat, wenn er zufrieden war. Ellens Herz hüpfte wie ein Kolibri. Sie würde ihm das Bild zum Geburtstag schenken. Das war doch etwas anderes als eine Krawatte oder Taschentücher.
Schweigend betrachtete sie das Aquarell des Vaters, das an den Ecken mit einem Stein beschwert auf der Mauer lag und trocknete. Sie hätte ihm gern gesagt, dass es genauso war, wie sie es gesehen hatte: Die ineinander verlaufenden Farben, als würden sie sich noch immer über den Himmel ziehen, darunter die runden Köpfe der Weiden, ihr lichtdurchlässiges Blattwerk mit dem glühenden Horizont verschmolzen.
Sie wurde nicht nach ihrer Meinung gefragt, doch der Vater sah freundlich auf sie herunter, als wäre sie Berti. Dann saßen sie auf einer Bank. Er zündete sich eine Zigarette an, und gab ihr einen Apfel. Dass er daran gedacht hatte?! Zufrieden saß er da. Ellen kaute langsam und leise. Aus Papas Pullover stieg ein Geruch nach Talg und Rasierwasser auf. Nicht nach Eisen und Öl wie damals, als er noch in der Werkstatt arbeitete, wohin sie nach der Schule den Henkelmann mit Mittagessen bringen musste.
Die Kirchglocke schlug zwölf mal. Mutter stellt das Mittagessen auf den Tisch, ging es Ellen durch den Kopf. Sie erschrak. Das heilige Sonntagsritual aus Großmutters Zeiten, und sie nicht zu Hause.

Im Rückblick sieht Ellen auf das weitere Geschehen, als schaue sie auf einen Monitor.
Vaters Panik und Geschrei: Na mach' schon! Herr-Gott-noch-mal! Ein Stoß Richtung Fahrrad. Vorwärts! Schnell,

schneller! Trampeln. Keuchen. Sturz. Den Lenker im Magen, den Kopf auf dem Bordstein. Schluchzen. Hochgerissen. Schütteln.
Wenn du nicht gleich ... los ... aufhören, verdammt noch mal! Wehe dir, wenn Mutter etwas merkt!
Flackern vor den Augen. Mückengeschwirr? Über die Schwelle in die Wohnung gestolpert. Die Mutter, wütend: Wo bleibt ihr denn nur? Aber du wirst doch nicht mit solchen Händen ... Badezimmer. Waschen. Kämmen. Das Gesicht? Wo? Der Spiegel, beschlagen. Kalte Fliesen werden weich. Das Licht verblasst.

Nachts war sie wach geworden. Heftiger Wortwechsel und Wolfsgeheul hinter der elterlichen Schlafzimmerwand. Gottlob, Bertis regelmäßiger Atem rasselte vertraut.

Von den Stunden am Dorfteich hat sie weder Berti noch der Mutter etwas erzählt. Die hätten doch geglaubt, sie wäre zur feindlichen Vaterseite übergelaufen – trotz allem.
Seltsam, mit Vater ein Interesse zu teilen; erst recht ein Geheimnis. Das war später, als sie mit ihrem Studium begann. Die Besichtigung des von ihm entworfenen Wohnprojektes – lange vor Berti und Mutter.

*

Trotz der Alternativen, die schon in den 50er Jahren im Hansaviertel entstanden, war die Realisierung eines solchen Projektes 1980 noch immer eine Seltenheit, und wurde ihres Vaters größter Erfolg:
Eine Flurwelle – die Vertiefung der S-Kurve für die Garderobe gedacht, in der Rundung das Gäste-WC – führte zum offenen großen Wohnraum mit integrierter Küche, davor ein Balkon über die ganze Fensterfront. Dahinter ein Flur, von dem das Bad und mehrere kleine Zimmer abgingen. Alles konzentrierte sich auf den Wohnraum, der ohne Säulen, asymmetrische Wände und all dem Schnickschnack wechselnden Zeitgeschmacks auskam, und zu Gemeinsamkeit einlud. Mit den kleinen Räumen wurde dem Wunsch nach Rückzug entsprochen. Sogar durch Wirtschaftsräume war Ellen ihm gefolgt, dann durch solche, die für die Freizeit der Hausbewohner gedacht waren, und dem Gästeappartement, neben dem überdachten, lichtdurchlässigen Innenhof, dem Kinderspielplatz bei Regenwetter. Zum Schluss brachte sie der Fahrstuhl auf den Dachgarten über dem achten Stock. Einige Frauen saßen strickend beieinander. Jugendliche spielten Tischtennis. Zwei Rentner brüteten über ihren Schachfiguren. Zu sehr mit all dem Gesehenen beschäftigt, um etwas sagen zu können, sah sie an ihrem Vater vorbei, durch die begrünte Dachfläche zu ihren Füssen hindurch, in die darunter liegenden Wohnungen. Stockwerk für Stockwerk bis in den Innenhof hinab, blickte sie auf die Topografie seiner Absichten und Sehnsüchte.

An diesem Tag endete die Anziehung, die Rummelplätze mit ihren Schießbuden auf Ellen ausübten, die Faszination des präzisen Ablaufs vor jedem Schuss, der keinen Gedanke an anderes zuließ, nicht einmal an die Ursache ihres Handelns.

Ganz mechanisch: Für festen Stand gesorgt, linken Ellenbogen an den Brustkorb gedrückt, die Rechte am Griff zieht den Schaft in Richtung Schulter, die Linke stützt das Gewehr.

Fünf Sekunden zielen ohne Atem zu holen: auf den dünndrahtigen Hals der Papierblume, auf eine der Figuren, die zum Absturz aufgereiht sind, am Liebsten auf die Scheibe mit ihrem schwarzen Mittelpunkt, eine Pupille, die sie in ihren Bann zieht. Noch liegt der Zeigefinger locker am Abzug. Hitze füllt ihren Körper wie einen Ballon mit Gas. Die Haut dehnt und spannt sich bis zum Äußersten. – Das kennt sie von einem Unfall, als Reaktion auf unerträglichen Schmerz. – Eine zweite Zeitspanne wie zuvor folgt. Sekunden, in denen alle Emotionen in der Konzentration auf den angepeilten Punkt, zu einer einzigen glühenden Pfeilspitze verschmelzen.

Abziehen. Schuss. Treffer.

Die Hände beginnen zu zittern. Eine feuchtkalte Spur kriecht die Wirbelsäule hinab, klebt die Bluse zwischen den Schulterblättern fest. Ein stummes Stöhnen steckt im Kehlkopf. Die Spannung der Rückenmuskeln lässt nach, die der Arme, der zusammengepressten Lippen, der Druck der rechten Wange am glatten Gewehrkolben, die Zerrung der Narbe über der Augenbraue. Der Geruch nach öligem Holz und dem nach Metall, der dem Kolben anhaftet, dem Schweiß der umstehenden Typen mit ihren riesigen Hunden, und dem nach Urin und Bier um die Bude herum, kehrt erst mit dem Strömen ihres Atems zurück. Sie spürt, wie sich ihr Gesicht aufhellt, hört wie die Umstehenden johlen, und ihre Kondition bewundern. Kein Wunder bei dem vielen Sport, den sie treibt.

Sie konzentriert sich, schießt erneut. Zwei Mal. Zwanzig Mal. Wie im Rausch. Immer in die schwarze Pupille hinein.

Wie eine Süchtige war sie den Schaustellern durch die Bezirke gefolgt. Die kannten sie bald, begrüßten sie herzlich, sagten sich, dass sie abräumen würde, aber wenn schon. Sie wussten, dass sich danach jede Menge Konkurrenten drängten, deren geringerer Erfolg mehr als das wettmachte.

Im Frühjahr, als mit einem Schlag ins Gesicht über ihr Studium entschieden werden sollte, hat das begonnen. In der Zwischenzeit war es Herbst geworden. Sie war in die Wohngemeinschaft gezogen und hörte die ersten Vorlesungen.

*

Mit Vaters Aquarellen hat Ellen auch ein Foto von Bertis siebzehntem Geburtstag und eines von ihnen beiden, in die Wohnung hochgebracht. Darum hat Jörg sie gebeten; auch um eines von ihr. Ellen hat sich gefragt, was das soll und wenn, welches? Das bald zwanzig Jahre zurückliegende Weihnachtsbild zusammen mit der Schwester würde wohl genügen, entschied sie.

Auf dem Geburtstagsfoto ist Berti zusammen mit Jörg abgebildet. Bertis leicht hochgezogene Lippen deuten nicht nur ein Lächeln an, sie drücken die freudige Erwartung noch unbewusster Weiblichkeit aus. Ellen meint darin das Lächeln auf dem Bild wieder zu finden, das Berti auf dem Totenbett zeigt. Ihr Lächeln hat das ausgemergelte Antlitz verwandelt, hat ihm ein mädchenhaftes Aussehen verliehen, als pulsiere noch Blut unter rosigem Fleisch. Bertis Gesichtsausdruck hat Ellen gefesselt, verwirrt und aufgewühlt, ohne dass sie imstande gewesen wäre, ihn zu deuten. Auch jetzt ist es eher ein Ahnen, das sich mit der Frage verbindet, warum sich Berti und Jörg getrennt haben, und wer von ihnen das wollte?

Ob Jörg diesmal darüber sprechen kann, wenn sie sich am Abend im ‚Tomasa' treffen?

Er will sicher sein, dass er mit dir allein ist, meint Inka und lacht.

So ein Unsinn, das passt gar nicht zu ihr. Ellen denkt an die unpersönlichere Umgebung in einem Restaurant, die ihr gerade recht ist.

Ob sie ihn in einer anderen Umgebung eigentlich wiedererkennt? Der Zweifel macht sie nervös. Auf ihren Wunsch hin wollte er für neunzehn Uhr einen Bistrotisch am Fenster reservieren lassen. Ein Anhaltspunkt.

Vom Bayerischen Platz kommend läuft sie auf die Fontäne des Viktoria Luise Platzes zu, den kleinen Bogen zur Motzstraße, dann wenige Meter unter mächtigen Platanen mit ihren runden, herabhängenden Früchten, die an Oktoberfeste der Kindheit denken lassen, an glasierte Äpfel am Stiel; diese hier grün statt rot und verkehrt herum aufgespießt. Lächelnd überquert sie die Straße. Und da sieht sie ihn schon – über die Tische auf der Straße hinweg – rechts hinter der Scheibe. Unverwechselbar. Anzug, Weste, passend das Einstecktuch und die Krawatte. So sitzt hier keiner der Alt-68er oder ihr Nachwuchs.

Die Türen der Glasfront sind einladend geöffnet. Ebenso wirkt der Weg, der, gepflastert wie das Trottoir, über die mit Tischen bestellte Straßenfront ins Restaurant lockt.

Jörg springt auf, beeilt sich, ihr die Jacke abzunehmen. Dann setzt er sich ihr gegenüber, offensichtlich erfreut, sie zu sehen, und sie muss zugeben, dass er eine sympathische Erscheinung ist.

Die Auswahl der Speisen ist eine Freude. Ellen kennt sich aus. Sie rät Jörg zu einem Filetteller. Ein Gedicht, wie sie findet, das es vorzulesen lohnt. Als Ellen geendet hat, schaut sie ihn über den Kartenrand hinweg fragend an.

Schon überredet, wenn auch sie …

Aber ja!

Sie lachen erleichtert, als hätten sie eine unlösbare Aufgabe bewältigt. Ellen schaut diskret von Tisch zu Tisch, und freut sich über die bunt garnierten Platten und würzigen Düfte. An einem der Nebentische wird flambiert. Es zischt, dann flackert die bläuliche Flamme, bald darauf wird das Fleisch zerlegt und auf die Teller verteilt. Die Hände des Kellners scheinen einfühlsam und konzentriert einer Klaviersonate von Scarlatti zu folgen, als er verschiedene Gemüse und Croquetten vorlegt. Ellen sieht zu, ist an Hannes erinnert, wenn er ab und an seinen Kochkünsten frönt, Teig knetet und formt, Salatblätter zupft, Kräuter wiegt –Berührungen gleich. Ein Wärmestrom durchzieht ihren Körper.

Auch der Aperitif tut ihr gut, und das Eingangsgeplauder: Ob der Tag nicht zu anstrengend für sie gewesen sei, für ihn die Anreise problemlos, die Eltern hoffentlich den Umständen entsprechend wohlauf?

Überraschend für Ellen sein Interesse an ihrer Malerei. Wenn er auch keine Ausstellung von ihr besucht habe, schon das Bild, das Berti damals von ihr zum Geburtstag bekommen, und die, die er in ihrer Wohnung gesehen habe ... ihn begeistere das Zusammenspiel der Farben, die Tiefe und Spannung, die sie erzeugen.

Jörg lehnt sich zurück, bleibt aufmerksam, als sie von den Schwierigkeiten spricht, trotz der sonstigen Verpflichtungen in zwei Berufen, die ihre Existenz sichern, sich immer wieder auf die Malerei einzulassen. Damit etwas entstehen könne, brauche es Kontinuität und Ruhe, wovon es viel zu wenig gäbe. Zu ihren Bildern selbst sei nichts zu sagen, jedenfalls würde sie die nicht interpretieren, stellt Ellen klar. Sie habe sie gemalt, das sei alles. Es bleibe nichts zu sagen.

Er sieht sie verwundert an. War sie zu barsch gewesen?

Sie habe solchen Fragen vorbeugen wollen, gerade weil sie sein Interesse freue, erklärt sie. Jörg nickt. Ja, das versteht er. Sie schweigen.

Sie sind oft hier?, fragt Jörg schließlich.

Das nicht, aber gern. Die Atmosphäre, ... was sie ausmacht, ... kann es gar nicht sagen.

Schon wird serviert, flink und ohne Hast, freundlich, aber unaufdringlich. Eine Fülle von Farbe auf sehr großen Tellern. Orangen- und Ananasscheiben, Erdbeeren, bunte Salate, von Kressewölkchen gekrönt, farbige Cremes und Soße.

Ein Ort, der Lebensfreude ausstrahlt, knüpft Jörg an, wo sie unterbrochen wurden und hebt sein Glas.

Erst beim Espresso fragt er nach den Fotos. Ellen weiß noch immer nicht, wie sie mit dem Foto von Bertis Geburtstag ihre Frage nach der Trennung verbinden kann.

Sie legt das Bild auf den Tisch. Er betrachtet es lange.

Das letzte Fest mit ihr. Sehen sie nur, dieses Strahlen auf ihren Zügen. Und doch, ein Schleier darüber, eine gewisse Zurücknahme, Nachdenklichkeit. Das war es, was ihr übermütiges Jungmädchenlachen in Charme verwandelte.

So wie sie beide auf dem Foto aussehen, war es eine schöne Feier ...

Die Geburtstagsfeier, ja, aber schon vier Wochen später ...

Ich wurde von meinen Eltern bedrängt, sollte mich entscheiden. Schon einen Tag später verstand ich mich selber nicht mehr. Aber warum hat Berti mich nicht noch einmal angehört?

Die Frage ist an Ellen gerichtet, die irritiert schweigt.

Haben sie in Bertis Notizen gelesen? Jörg hat die Stimme gesenkt. Seine Frage klingt scheu; auch ein wenig besorgt.

Ellen verneint, erklärt, dass es ihr nach wie vor widerstrebe. Solche Aufzeichnungen seien zu intim, als dass sie … kurz und gut, sie habe es einfach nicht fertig gebracht. Was sie nicht sagt ist das, was ihm anzusehen ist, – neben dem Wunsch etwas zu erfahren, um es zu verstehen auch Furcht vor dem, was dort festgehalten ist.

Jörg senkt den Kopf, betrachtet seine ineinander verschränkten Hände.

Ich war noch ein Kind, kein Mann. Schon an Bertis Geburtstag … sie hat eine Erklärung erwartet, das spürte ich hinter all ihrer Heiterkeit.

Hat sie das gesagt?

Ellen ist die eigene Stimme fremd, nicht aber der Gedanke, der hinter der Frage steht. Wie oft hat sie geglaubt, etwas würde von ihr erwartet, ohne nachzufragen, und sich grundlos gequält.

Nicht direkt. In dieser Nacht … ich bin bei ihr geblieben … erst in der Frühe schlich ich mich aus dem Haus, um die Eltern nicht zu wecken. Auch von ihnen war diese Erwartung ausgegangen. Gerade von ihnen. Sie waren so konservativ wie meine Eltern. Das ganze Zimmer – voller Blumenduft und dem Geruch frischen Kuchens – schien davon erfüllt als ich kam, stand gewissermaßen unter Hochspannung. Und Berti … alles war anders als sonst. Es war ernst. Jede Liebkosung galt als Versprechen …. Berti war ein liebebedürftiges Mädchen.…

Bei seinen letzten Worten fühlt sie sich unbehaglich. Wieder einmal kommt sie sich wie eine Voyeurin vor. Dennoch wartet sie ungeduldig, dass er weiter spricht. Wenn sie all das erfahren muss, um Berti besser zu verstehen, dann will

sie es schnell und möglichst ohne Umschweife hinter sich bringen.
Meine Eltern waren in Panik, fährt er mit unsicherer Stimme fort. Sie sahen meine Zukunft gefährdet, wenn ich den Kopf verlöre. Zuerst die Fachschule in Westdeutschland, dann könne man weitersehen. Da wäre schließlich der Betrieb … abgerackert hätten sie sich für mich … und überhaupt, mit einundzwanzig sei ich für eine Bindung zu jung. Altmodisch, aber darin war ich mit ihnen einig. Mir grauste bei der Vorstellung, dass alles festgelegt sein sollte. Allerdings auch vor dem Lebensmodell, das mir meine Eltern überstülpen wollten. Ich fürchtete hier wie da die Verantwortung. Ich war ziemlich durcheinander. – Ein Gefühl wie jetzt.
Ellen sieht ihn verdutzt an, sagt nichts.
Ich wollte ehrlich zu Berti sein, sie nicht belügen oder hinhalten. Gerade weil ich es ernst meinte, fasste ich schließlich Mut, und versuchte es ihr zu erklären, fand, wir sollten bis nach der Fachschule warten. Zwei, drei Jahre … endlos kamen die nicht nur Berti vor, und als typischer Berliner wollte ich natürlich nicht fort, litt unter dem Mauertick, wie es die Westdeutschen nannten. Deren Welt kannte ich nur von Wochenendausflügen oder Ferienzeiten. Wenn ich zurückkam, erschien mir Berlin wie ein Gefängnis, aber schon einen Tag danach – Jörg lächelt, zuckt mit den Schultern – ich weiß nicht warum, fand ich die Stadt toll. So geht's mir bis heute.
Und Berti?
Ellen sagt das, als gäbe sie ein Zeichen, mit dem nächsten Satz eines Musikstückes fortzufahren. Sie will alles erfahren, um zu verstehen.
Berti wollte nichts davon hören. Überhaupt nichts mehr von mir. Jeden Monat einmal in Berlin, das hätte nicht genügt, sie umzustimmen. Sie war gar nicht bereit, mit mir zu sprechen. Ich begriff mich selbst nicht, ich wollte sie behalten, ich liebte sie, ich wollte nicht weg, und doch … ich sah sie nie wieder.

Die Bedienung kommt. Jörg sieht Ellen fragend an.
Cappuccino bitte.
Auch für mich.
Der Unterbrechung folgt Schweigen, das sich fortsetzt, als die Cappuccini serviert sind. Eine nicht banale, aber alltägliche Liebesgeschichte. Und doch, das ahnt Ellen, muss sie für Berti eine verhängnisvolle Bedeutung gehabt haben. Ob in ihren Tagebuchnotizen … ? Wieder sträubt sich alles in ihr. Vielleicht hat Berti damals noch gar nichts aufgeschrieben? Ellen ist sich nicht sicher, was sie sich wünscht.
 Haben sie an ein Bild von sich gedacht?
 Sie legt es neben das erste. Er lächelt belustigt, betrachtet es lange, vergleicht es mit dem daneben liegenden.
 Man könnte meinen, sie wären sich als Heranwachsende nicht ähnlich gewesen.
 Waren wir auch nicht.
 Dann sind sie es geworden.
 Seine Hand streift die ihre, die dabei ist, das Bild zurückzuziehen, um es noch einmal zu betrachten.
 Ich hatte an eine aktuelle Aufnahme von ihnen gedacht, sagt Jörg und sieht sie noch immer an.
 Sie mag nicht, wenn seine Augen auf der Suche nach Ähnlichkeit in ihrem Gesicht spazieren gehen. Sie will fort, schnell! Doch sie muss sich gedulden, sonst sieht es aus, als flüchte sie. Wovor? Vor ihm? Natürlich nicht, aber vor der Vergangenheit, die er mit sich herumträgt. Und was will er eigentlich von ihr, fragt sie sich plötzlich ärgerlich, nicht nur über ihn, der zu meinen scheint, er kenne sie besser, als sie sich selbst. Absurd die Situation, in die sie sich gebracht hat. Dieses Treffen, um von seiner und Bertis Liebe zu hören, genauer: von ihrem Ende, um vielleicht für all das, was folgte, eine Erklärung zu finden. Oder sind diese Gespräche mit ihm nur ein Vorwand, um Bertis Notizen auszuweichen?

*

Bertis Notizbuch. Auch das von 1982 war eines der obligatorischen Weihnachtsgeschenke vom Vater. Ellen streicht mit dem Daumen über den Goldschnitt der Seiten, die sich unter seinem leichten Druck wie ein Fächer entfalten; eine winzige Verzögerung, wenn ein Blatt – durch ein zusätzlich eingefügtes schwerer – sich senkt. Die Seiten sind nicht vergilbt. Ihr Weiß sticht in die Augen.

Freitag, den 26. März 1982

Abend für Abend genäht. Jörgs Eltern, beide vom Fach. Ihr Lob: wie ein Fieberanfall. Jetzt beim Schreiben – wieder diese Hitzewelle. ‚Die Kaub' – der Name sagte mir nichts. Jörg und ich waren bestimmt die Jüngsten in der Vorstellung. Alle anderen dreißig und aufwärts. Eher aufwärts – auch die Schauspieler. Dachte, es würde langweilig werden. Hätte ich mir natürlich nicht anmerken lassen. Die Einladung kam von seinen Eltern. Scheinen mich ernst zu nehmen. Oder geschah es nur wegen Jörg? Fühle mich ihnen gegenüber befangen. Ringe um jedes Wort. Und neulich der Wortsalat, über den alle lachten – nicht schadenfroh – aber peinlich war es trotzdem.

Die Kabarettistin, die Kaub. Ebenso temperamentvoll wie abgemagert, als zöge sie gerade daraus ihre Kraft. ‚Hallo Bulle' – die Nummer, in der sie einen Polizisten auf einer Demo umgarnt – hatte etwas von einem Stierkampf. Jörgs Lieblingsthema: die Friedensdemo im letzten Jahr in Bonn – 300.000. Alles umsonst, sagt Jörg. Und: Nie wieder! Wenn alle nun so enttäuscht sind wie er!? Ich hielt meinen Mund. War bisher nirgends dabei. Konnte froh sein, dass niemand fragte. Menschenmassen sind nicht meine Sache! Allerdings mit Jörg zusammen ...

Dienstag, den 6. April 1982

Grässlich Muttis Gerede: Pass auf dich auf! Denk an die Pille! Tue ich, wenn ich sie brauche. In ihrer Jugend gab es die nicht. Sie findet, die Pille sollte kein Freibrief für Männer sein. Stimmt, aber Jörg kann sie nicht meinen. Schließlich ist sie es, die nicht aufhört davon

zu reden, dass er der Richtige für mich ist. Verloben, das würde sie beruhigen. Da lachen ja die Hühner. Ob Jörg davon mal gesprochen habe, will sie wissen. Hat er nicht. Warum auch: Zusammenleben, sehen wie's geht. In diesen Dingen ist Mutti von gestern – vorgestern!!! Jörg redet oft von später. Mir genügt es wie es ist.
Wenn die Mädchen in der Werkstatt – manche leben schon mit einem Freund zusammen – vom Heiraten reden, kommen sie ins Schwärmen. Dabei wollen sie emanzipiert sein! Wissen nicht mal, wie das geschrieben wird. Gänse!!! Mit siebzehn, achtzehn so altmodisch wie Mutti.

Ostermontag, den 12. April 1982

Ostermarsch – 13 Uhr. Erster Demoversuch. Kläglich. Vom Gehsteig aus mit Jörg den Zug beobachtet. Gedränge von allen Seiten bis in die U-Bahn. Bin und bleibe ein Angsthase, wollte aber Jörg nicht enttäuschen. Das hat er gemerkt. Hat nichts gesagt, ist aber bald in eine Seitenstraße mit mir abgeschwenkt.

Donnerstag, den 22. April 1982

Ellen hat angerufen. Ob ich zur ‚Juryfreien' am Funkturm gehen wolle? Die gehe bald zu Ende. Mutti war vor drei Wochen zur Eröffnung der Ausstellung – an einem Sonntag. Sonntage gehören nur Jörg und mir!!! Und außerdem, im letzten Jahr, dieses wilde Gemisch von Bildern. Zu viele, für meinen Geschmack. Kaum eines, das mir gefiel. Bin stumm herumgelaufen, um Ellen vor ihren Leuten nicht zu blamieren. Hab' ja keine Ahnung. War wieder mal die kleine Schwester. Nicht schon wieder! Glücklicherweise fiel mir eine Ausrede ein.

Ellen holt tief Atem. Lässt die Luft langsam wieder über die Lippen entweichen. Ganz Berti, denkt sie. Nur nicht blamieren, lieber stumm sein. Lieber weiterhin als die kleine Schwester erscheinen, obwohl sie innerlich längst rebelliert. Dabei hat diese Kleine nach dem Abschluss ihrer Ausbildung die große Schwester mit Erfolg überholt. Führerschein und Auto, einen kleinen Modesalon und schließlich eigene Modelle mit dem Label ‚ALBERTA' auf dem Laufsteg. Die Verwendung ihres vollen Vornamens war eines der wenigen Zeichen, mit denen sie sich gegen Mutter auflehnte, die die vom Vater durchgesetzte Namensgebung hasste; eine Zusammenziehung von Albert und Berta, den Rufnamen seiner Eltern.

Freitag, den 23. April 1982

Traf Jörg um fünf vor dem KaDeWe. In der Stoffabteilung hüpften unsere Schneiderherzen! Meine Finger, meine Hände, meine Arme bis zu den Ellenbogen in den Stoffen. Ein Rausch mit Temperaturen von feurig bis tiefgefroren. Danach der übliche Schaufensterbummel: Mode- und Juweliergeschäfte. Jeder zeigte dem anderen, was ihm gefiel. All die verrückten Sachen. Jörg war albern wie ein kleiner Junge.
  Die Ausstellung abzusagen fand er nicht gut. Schließlich sei es fabelhaft, was Ellen alles mache. Nun auch Jörg! Meinetwegen, soll sie doch! Wir lassen es uns gut gehen, schlecken Eis, sehen vom Terrassencafé des Europacenters den Schlittschuhläufern zu – mitten im Frühling.
  Immer wieder eifersüchtig auf Ellen. War wütend auf mich, vor allem als Jörg es merkte. Und er? Sagte nichts, zwinkerte mir nur einfach zu. Ich mag das an ihm, seine leise Art, auf eine Verstimmung zu reagieren. Schon war sie weg. Ein Abend in Harmonie ...

War Jörg für Berti deshalb so unverzichtbar wie Hannes für mich? fragt sich Ellen. Streit hat es im Elternhaus genug gegeben: Mutter mit Vater, der mit Berti, und zwischen den beiden wieder die Mutter. Also alles von vorn! Dazu brauchten sie mich nicht. Und dennoch glaubte ich es zu sein, die die Harmonie störte.
Ellen stürzt ein Glas Selters hinunter, nocheines.

... Jörg meint, dass Künstler – so unbeirrte wie Ellen – es irgendwann schaffen. Ich könne stolz auf sie sein. Ja gut, bin ich. Aber das ist es ja. Ich dagegen mit meiner Schneiderei. Ellen kann das nicht verstehen, doch Mutti hört nicht auf, mir meine Karriereleiter vorzube-

ten. *Da kennt sie sich aus. Wenn, dann will ich eine zweite Jil Sander werden. Mode mit unverwechselbarem Stil. Auch die Sander kam aus dem Nichts. Ihr erster Betrieb: Zuschneiden in der Küche, nähen im Schlafzimmer, im Wohnzimmer das Büro. Na, ihr werdet schon sehen! Ob Jörg an mich glauben würde – an diese ‚Jil-Sander-Zweitauflage'? Er sieht mich immer so vielsagend an, wenn er von uns als ‚Die zwei Schneiderlein' redet. Er soll sich nur nicht einbilden, dass ich mich im Betrieb seiner Eltern ins gemachte Nest setzen will. Ich will meinen eigenen Erfolg!*

Mit ihm zur Ausstellung gehen wollte ich nicht. Er wäre Ellen begegnet. Bisher habe ich es immer so eingerichtet, dass er nicht kam, wenn Ellen uns besuchte. Das war nicht schwer. Sie kommt selten am Abend oder am Wochenende, meist nach dem Unterricht. Dann trifft sie nur Mutti an. Und schließlich kommt sie ja auch nur ihretwegen. Mutti ist unzufrieden, dass Ellen nicht stundenlang bleibt. Sie sagt nichts, aber es ist ihr anzumerken. Ich denke, dass Ellen einfach genug von uns hat. Was passiert schon zu Hause – nichts. Nachdem Ellen weg ist, ist es noch langweiliger und Vaters Launen sind schlimmer als zuvor. Oder empfinde ich das nur so, weil sie sich sonst meist gegen Ellen wandten? Ellen weg, und seit Ausbildungsbeginn keine Klassenkameradinnen mehr. Freundinnen sowieso nicht. Mutti tröstet mich. Ich sei ihre beste Freundin. – Wenn Jörg nicht wäre!

Sonntag, den 25. April 1982

Den ganzen Tag mit Jörg zusammen. Brauche keine Freundinnen, kann mit ihm über alles sprechen. Hätte gar keine Zeit für sie. Die brauche ich allein für ihn!!! Und überhaupt, Mädchen sind viel zu albern. Den ganzen Tag mit denen in der Werkstatt, das reicht mir. Dieses Gerede über die Freunde und was sie wann mit ihnen gemacht haben. Dazu ihr Gekicher. Am liebsten hielte ich mir die Ohren zu. Dabei muss ich so tun, als fände ich all das aufregend. Ihre Freunde, du meine Güte. Doch bevor es Jörg gab, musste ich mir sogar einen Freund erfinden. Die hätten sich sonst über mich lustig gemacht. Habe ein Foto von Ellens Andreas gemopst. Ein netter Junge, der an eine Uni in Amerika gegangen ist. Aus Liebeskummer! Habe seine Karte gelesen. Die hat Mutti Ellen unterschlagen, damit sie *sich nicht*

grämt. Dabei hat die ihn nach dem Abitur einfach abgeschoben.
Vor der Firma lass ich mich von Jörg nicht abholen. Ich darf die Mädchen nicht mit Jörg zusammenbringen. Die würden womöglich Anspielungen auf Andreas machen. Wie sollte ich ihm das erklären?

Andreas? Ellen erinnert sich, schmunzelt. Sieh mal einer an. Diese Berti! Und Mutter erst.

Dienstag, den 4. Mai 1982

Ellen hat ein Auto geliehen und ihr Bild von der Ausstellung abgeholt – danach mich von der Berufsschule. Sie ist nicht enttäuscht, dass es keinen Käufer gefunden hat. Sagt sie! Mir ginge es anders. Ich würde sofort an meinem Talent zweifeln. Aber sie: Dabei sein, zeigen was man tut – alles andere hat weniger mit Begabung, als mit Glück zutun, behauptet sie. Im letzten Jahr hatte sie es, und billig hat sie ihr Bild nicht hergegeben.

Wir fuhren zusammen zu einer Ausstellung, von der Ellen ganz begeistert gesprochen hatte: Frida Kahlo. Nie von ihr gehört. Die kräftigen Farben, die Motive – Pflanzen, Tiere und immer wieder Selbstbildnisse. Diese Intensität! Ein Gefühl, als würde ich verschlungen. Ich frage mich, wer solche Bilder ständig um sich haben kann? Ellen kaufte den Katalog und Postkarten von den Gemälden. Unter den Postkarten war dann doch ein Bild, das mir sehr gefiel. In den Ausstellungsräumen hatte ich es nicht gesehen: ‚Meine Amme und ich.' Die Postkarte steht vor mir auf dem Schreibtisch. Ich betrachte die Abbildung wieder und immer wieder. – In der Gestalt eines kleinen Mädchens liegt Frida an der Brust ihrer Amme, einer dunklen archaisch aussehenden Frau. Ihre kräftigen Arme halten das Kind im weißen Kleid. Das Gesicht des Mädchens ist das der erwachsenen Malerin. Der Ausdruck ihrer Augen ist weltentrückt. Der Blick der Amme dagegen ist wie ein Schild gegen alles Bedrohliche. – Nichts kann Frida geschehen, solange sie ihr kleines Mädchen bleibt!...

Mein Gott! Ellen weiß noch wie froh sie war, dass Berti am Ende doch eines der Bilder gefiel, wenn auch nur diese Abbildung auf einer Karte. Erst jetzt ... sie hat bisher nicht begriffen, wie weit sich Berti damit identifizierte. Und die Verbindung zu Mantegna's Bild ‚Maria mit dem schlafenden Kind' in der Gemäldegalerie – auch ein Kind in Weiß, das sich vertrauensvoll seiner Beschützerin überlässt, in Leinenbänder gewickelt ...

... Es ist wie beim ersten Anblick der Karte, als ich mich von Ellen beobachtet fühlte und sie mich fragte, ob mir das Bild gefällt: Es lässt mein Herz rasen ...

Lässt mein Herz rasen, spricht Ellen laut vor sich hin, und erschrickt vor dem Beben der eigenen Stimme. Sie denkt: Leinenbänder aufwickeln, und ihr Herz rast.
Sie hört Inka ins Bad gehen. Das Geräusch des Duschwassers beruhigt. Bald darauf schaut die Freundin zu ihr herein.
Gute Nacht. Du solltest auch schlafen, sonst passiert es dir morgen im Unterricht.
Hast recht. Schlaf gut ...
Ellen hat ohne zu lesen auf die Seite gestarrt. Jetzt liest sie weiter, als gelte es, ein bestimmtes Pensum zu schaffen.

... Anschließend herzhafte Pizza bei ‚Alibaba' in der Bleibtreustraße. Ellen erkundigte sich nach allem Möglichen. Ich glaube, meine Antworten langweilten sie. Mein Leben – nicht sinnvoll und ereignisreich wie das ihre. Noch nicht! Aber einen Freund wie Jörg hat sie nicht, da bin ich ihr voraus!!!

Robert! Ellen stutzt. Gut ein Dutzend Jahre älter als sie, hat sie ihn damals erst wenige Wochen gekannt; ein Verhältnis, das sechs Jahre dauerte. Das hat Berti also gar nicht bemerkt. Und später drehte sich sowieso nur noch alles um sie, und sie sich um sich selbst. Robert war verheiratet – und blieb es. Er wollte weder der ‚bessere Vater' für sie sein, noch sich mit dem Rest, den Berti und die Mutter ließen, begnügen. Da konnte er gleich bleiben wo er war, fand er.
Ellen hat ihre Affäre mit Robert vor der Mutter verheim-

licht; am schwersten fiel ihr das in der Trennungsphase. Aber da waren die Probleme mit Berti schon erdrückend. Doch auch am Anfang der Beziehung war es nicht möglich, der Mutter von dem Dreiecksverhältnis zu erzählen. Gefühle waren kein Thema, waren Tabu für ihre Generation. Hinzu kam die gestörte Ehe der Eltern. Ellen hat sich schon als Kind für das Wohlbefinden der Mutter verantwortlich gefühlt. Das, und der Wunsch ihr zu gefallen, hat ihr Handeln bestimmt. Alle sonstigen Gefühle blieben ausgeblendet, ihr eigenes Leben durch Lügengeschichten kaschiert – verborgen. Zwei Gesichter, zwei Leben.

Und ich taktiere noch immer, lote aus, versuche alles unter Kontrolle zu haben, gesteht Ellen sich ein.
Sie legt das Notizbuch aus der Hand und stellt den Wecker. Wie als Kind lässt sie heute eine Lampe brennen.

*

Dienstags die Radtour mit Inka. Vom Frühjahr bis spät in den Herbst hinein fast ein Ritual. Und heute auch noch kurz bei ihren Eltern hineinschauen. Trotz eines dringenden Werbeauftrages will Ellen die Freundin nicht enttäuschen. Und vielleicht tut ihr selbst die Unterbrechung ja gut. Sie kommt mit dem Werbeauftrag nicht recht voran. Immer wieder treten Gedanken, die Bertis Notizen ausgelöst haben, in den Vordergrund.

Zwischen den Häuserfronten presst sich die Hitze auf den Asphalt, gleicht der Ober- und Unterhitze eines Backofens. Mit der Innenstadt lassen sie die Autoabgase und den brandigen Teergeruch der ausgebesserten Fahrbahn hinter sich. In Kopfhöhe ein Schwall betäubenden Jasmins, der Ellen an die zu tiefen Dekolletés älterer Damen denken lässt. Bald darauf radeln sie im Schatten des Waldes am Grunewaldsee vorbei – eine Prise Pferdemist der Reitschule in der Nase – und weiter am Fenngraben entlang zur Krummen Lanke. Am gegenüberliegenden Ufer das Gewimmel der Kleinen, die nicht in der Schule sein müssen. Doch schon wenige Meter weiter Ruhe. So bleibt es bis zum Schlachtensee.
Mieten wir ein Ruderboot?
Viel zu heiß, lieber ins Wasser, meint Inka.
Badeanzüge brauchen sie nicht, und Handtücher haben sie ebenso wie ihre Bastmatten immer dabei. Von Strudeln im Dunkel des Sees lassen sie sich nicht schrecken, schließlich sind sie gute Schwimmerinnen und zu zweit. Ihre Arme schaufeln durch das kühle Wasser. Ellen ist es, als hätte sie mit der Kleidung jeden ihrer bedrückenden Gedanken abgeworfen. Mit kräftigen Zügen schwimmen sie zum gegenüberliegenden Ufer des Sees, tauchen, wenden und kraulen zurück, und legen sich in den Schatten tief hängender Äste. Selten sind Stimmen von Spaziergängern zu hören; ab und an Hundegebell und Fahrradgeläut. Stumm liegen sie

da, umschwirrt von Insekten. Wenn in der Ferne ein Paddel oder Ruder durchs Wasser zieht, schwappt es mit einem Blub gegen das Ufer.

Was ist?, fragt Inka und tippt auf den Robinienzweig, den Ellen herabgezogen hat. Dieses dauernde an den Blättern zupfen. Er liebt mich, er liebt mich nicht...

Unsinn, bin einfach nur in Gedanken.

Der Zweig mit seinen elliptischen Fiederblättchen ist fast kahl gerupft. Als Ellen ihn zurückschnellen lässt, raschelt es im Buschwerk, wippt vor ihren Augen auf und nieder, als wollte er nicht an seinen Platz zurück – nicht verschwinden unter all den anderen Zweigen. Dann ist es wieder still. Selbst die Vögel schweigen in der Mittagsglut.

Was ist denn? Inkas Stimme klingt besorgt.

Ellen will nicht von Berti sprechen, diesem Dauerthema zwischen ihnen seit Jörg's Besuch. Irgendwann wird es Inka zu viel sein.

Ich denke an den Auftrag, interessant aber schwierig, weicht Ellen aus.

Für wann?

Freitag. Gestern musste ich den Entwurf aus der Hand legen ... es tat sich nichts ... kein Schwung in dem Ganzen.

Obwohl längst wieder mit dem Grün verschmolzen, wippt der Zweig durch Ellens Gedanken. Eine peppige Werbung, unmöglich, wenn sie weiter in Bertis Notizen liest und den Umständen nachspürt, die ihr Leben und Sterben ausmachten.

Lassen wir den Besuch ... nächsten Dienstag, viel besser ...

Aber nein! Ellen springt auf und beginnt sich anzuziehen, streckt den Arm aus und ergreift Inkas Hand. Die schwingt empor, lehnt den Bruchteil einer Sekunde an Ellens Brust, der schmerzlich bewusst wird, dass es solche Nähe mit der erwachsenen Berti nicht gegeben hat; auch keine innere Bindung. Wie hat das geschehen können? Sie hatten doch eben noch Fangen gespielt, gebalgt, gelacht? Ellen meint Bertis Keuchen zu hören, ihren Atem im Gesicht zu spüren, riecht kindlichen Schweiß. Sie ist den Tränen nahe. Gut, dass Inka damit beschäftigt ist, Bastmatten und Handtuch im Fahrradkorb zu verstauen.

Kaum fünf Minuten später sind sie am Fischerhüttenweg bei Inkas Familie. Ein fröhliches Hallo begrüßt sie, als gingen sie ständig ein und aus. Dabei liegt ihr letzter Besuch bald zwei Monate zurück. Küsschen rechts, Küsschen links. Inkas Eltern und Joana sind auch eben erst nach Hause gekommen.

Das übliche Chaos: Die Diele voll Taschen und Koffer der zurückliegenden Pfingstferien. Im Wohnzimmer sommerliche Kleidungsstücke auf Polstermöbeln und an den zwei Stehlampen baumelnd, gebauscht vom Zugwind. Verstreut auf dem sandfarbenen Teppichboden Sandalen und Zeitungsstapel unter hohen Jukkapalmen. In der Küche Geschirrberge; nur Tisch und Stühle sind frei davon. Inka sieht aufseufzend in den Geschirrspüler, zuckt mit den Schultern und beginnt, das fürs Essen notwendige Geschirr und Besteck abzuwaschen. Ellen trocknet ab.
Lasst mal sehen. Inkas Mutter öffnet den Tiefkühlschrank. Nur noch Frühlingsrollen mit Gemüse oder Soja gefüllt. Sie schiebt sie in den Backofen, als Joana hinzukommt – das Fossil aus WG-Zeiten – die die zwei hinteren Zimmer der Alt-Berliner-Wohnung bewohnt. Natürlich auch sie Lehrerin: Englisch und Musik. Im Dunstkreis von Lehrern sind Menschen anderer Berufe eine Rarität. Die Fünfzigjährige bevorzugt trotz ihrer kleinen Statur und Fülle Wallekleider, wie Inka die grellen Stoffmassen nennt. Joana stellt Baguette und Käse auf den Tisch, ihr Beitrag zur Vorbereitung des Mittagessens.
Was macht die Kunst? Viel zu tun?, fragt Inkas Mutter, nachdem sie die Frühlingsrollen verteilt hat.
Wie immer, nichts besonderes, sagt Inka und schüttelt die verklebte Flasche mit der Sojasauce.
Ellen mag Inkas Mutter, deren unkompliziertes und heite-

res Wesen. Sie gehört einer ganz anderen Generation von Frauen an, als ihre Mutter: unverstellt, aufgeschlossen und tolerant, ohne jegliche Vereinnahmung durch Erwartungen oder Forderungen. Mit ihren neunundvierzig Jahren hat sie eine fast 30-jährige Tochter. Als Ellen dreißig wurde, war ihre Mutter zweiundsechzig und in allem sehr altmodisch, außer was Mode betraf. Bertis Notizen haben ihr das wieder vor Augen geführt.

Was macht die Uni? Wann wird endlich Hirn statt Ton geknetet?, hört sie Inkas Vater seine Tochter fragen. Die Ironie auf seinen erschlafften Gesichtszügen wie ein verunglücktes Make-up. Sein Versuch, Besorgnis zu verbergen, was Ellen anrührt.

Ich bearbeite Ton mit Hirn. Davon versteht unser Doktorchen ausnahmsweise mal nichts, antwortet Inka lächelnd.

Wenn es wenigstens Geld brächte, knurrt er zurück, überall liest man von diesen verdammten Kursen: ‚Seidenmalerei, Tanzen, Töpfern – und ich weiß nicht was – in der Toscana'. Warum bietest du so etwas nicht an? Unser Ferienhaus dort steht meistens leer.

Sie mag die Kreativaktivistinnen und ihr Gefolge genauso wenig wie du. Da seid ihr euch mal einig, kontert Joana, Inkas treue Verbündete seit Kindertagen.

Ist mir schon klar, dass Inka mit denen nicht in einen Topf zu werfen ist. Schließlich ist sie ein intelligenter Mensch und könnte …

Lehrerin werden! Inka winkt ab. Ihre Mutter und Joana lachen schallend. Ellen verfolgt staunend diesen Schlagabtausch. Bei ihr zu Hause wäre es unweigerlich zu einem Streit gekommen.

Lehrerin, was ist so schlimm daran? Noch gibt sich Inkas Vater nicht geschlagen.

Du trickst dich deinem vorzeitigen Ruhestand entgegen und willst mir, deiner einzigen, heiß geliebten Tochter …

Aber nein, Inka! Eher zwingt er mich, Seiltänzerin zu werden. Joana, die gerade auf einem Hocker steht, um an eine Flasche Rotwein heranzukommen, schlägt sich auf die

Schenkel und lacht das Thema weg. Weglachen, darin ist sie versiert.

Ganz meine jiddische Mamme, ruft Inka, springt neben Joana, greift unter ihre Schultern, und hilft ihr samt Rotweinflasche auf den Boden zurück. Dann küsst sie sie geräuschvoll auf beide Wangen. Einen Moment halten sie sich in den Armen, und Ellen spürt, was sie vermisst hat und nicht aufhört zu suchen.

Die Kaffeemaschine zischt. Inka sieht auf die Küchenuhr.

Rufen die Geschäfte? Die Augen des Vaters funkeln spöttisch, aber sein Tonfall ist wohlmeinend – womöglich sogar besorgt.

Hab' euch noch gar nicht … die Pfingstfotos … wo die wohl sind? Inkas Mutter schaut ratlos umher. In dem Tohuwabohu … also dann beim nächsten Mal.

Keine Frage wann, keine Festlegung auf einen Termin. Keinerlei Vereinnahmung. Ganz Inkas Mutter.

Schweigend radeln sie durch den Wald bis zur Clay-Allee. Unter den Reifen knistert das Laub vom Vorjahr. Kienäpfel knacken. Harziger Duft, der Ellen an das Feuer im Allesbrenner ihres Kinderzimmers denken lässt. Das kündigte Mutters Erzählstunden an, die dem Winter vorbehalten waren. Ellen sieht Bertis Wangen wie Weihnachtsäpfel glänzen.

Hat die Erinnerung sie aufgehalten, oder hat Inka auf der Hubertusallee einen ihrer Spurts eingelegt, mit denen sie die Freundin gern abhängt? Ellen holt sie erst am Ludwigkirchplatz ein, über dem die Behaglichkeit des Nachmittags liegt, durchsummt vom Geplauder der Restaurantgäste, die träge unter den Sonnenschirmen Platz genommen haben. Durch das Blattwerk der Bäume hüpfen Sonnenstrahlen. Über der Straßenmitte flirrt die Luft. Gleich darauf sind sie am Ziel. Sie schieben die Räder in den Raum hinter der Werkstatt, in dem Inka früher gewohnt hat. Ellen wollte ihn ursprünglich zum Malen nutzen, doch nun beherbergt er statt dessen die schon bemalten Leinwände. Anders als Inka braucht Ellen ihre persönlichen Dinge um sich: die Bücher, die Stereoanlage mit Platten, Bändern und CD's. Deshalb hat sie das größte Zimmer der Wohnung für sich; am meisten Platz brauchen Schreibtisch und Staffelei. Über allem der Geruch nach Ölfarben und Terpentin, den sie mag. Scheußlich findet sie nur den Firnisdunst, der in den Augen beißt und sich ätzend der Nasenschleimhäute und des Rachens bemächtigt. Im Augenblick malt sie so wenig, dass sie dieser Geruch selten belästigt. Beinahe vermisst sie ihn.

Noch Zeit für einen Tee? Die Kinder trudeln erst in einer Stunde zum Kurs ein.

Ellen stimmt zu und holt die Teeschalen, während Inka den Teekessel auf den Kocher stellt.

Hast du gemerkt, deine Eltern machen sich Sorgen?

Wie alle Eltern, dass weißt du doch, sagt Inka leichthin.

Stimmt, ich kann davon ein Lied singen, aber eines wovon du keine Ahnung hast.

Inka horcht auf, und sieht die Freundin fragend an.

Permanente Nachfragen, Vorwürfe, Forderungen nach dem Muster ‚Wenn nicht, dann …', bedrängend eben, klare Verhältnisse von oben nach unten. Nicht die Art des Umgangs, wie er für dich selbstverständlich ist: Respekt vor dem Leben des anderen – auch dem des eigenen Kindes. Ein Vorteil, den du gar nicht zu schätzen weißt. Zwischen deinen und meinen Eltern liegt eben nicht nur eine Generation, sondern die Kriegs- und Nachkriegszeit, die offenbar doppelt zählt.

Keine Ahnung, aber ich merke gerade, dass du zwar immer mal wieder von deinen Eltern erzählt hast – von eurem Verhältnis zu einander, von Problemen – aber nie von ihnen, von ihrem Leben.

Ellen sieht Inka mit abwesendem Blick an, lange, bevor sie von ihrer Mutter zu sprechen beginnt, die bei Kriegsende vierzehnjährig, vergewaltigt wurde, und danach nur langsam wieder Zutrauen zu anderen Menschen – vor allem Männern – fassen konnte. Von ihrem Vater, den man als Siebzehnjährigen an die Front nach Ostpreußen schickte, wo er für Jahre in russische Gefangenschaft geriet, – aber davon hat er nie gesprochen.

Ellen stockt.

Und ich habe ihn nie danach gefragt, murmelt sie halblaut und schaut Inka erstaunt an. Sie nimmt das Versäumnis erstmals wahr; es schmerzt.

Neun Jahre nach Kriegsende lernten sich meine Eltern kennen, fährt sie nach einer Weile fort. Sie brauchten lange, um zu einander zu finden. Mit zweiunddreißig Jahren hat mich meine Mutter geboren und sechsunddreißigjährig Berti; damals war das spät.

Während Ellen spricht erinnert sie sich an immer wiederkehrende Zeiten, in denen der Vater resigniert vor sich hinbrütete, und niemanden wahrzunehmen schien. Diese Düsternis konnte tagelang anhalten. Alle gingen wie auf Zehenspitzen, fürchteten ihn zu reizen, und dass die Stimmung umschlagen könnte. Als Kind war ihr diese Stille unheimlich, aber immer noch lieber als sein unberechenbares Verhalten, sein plötzliches Aufbrausen. Als sie älter war dachte sie, der Vater müsste etwas gesehen oder getan haben, das sich nicht vergessen oder wieder gut machen ließ.

Mein Vater hat meine Mutter geliebt, nur sie, sagt Ellen gedämpft, noch ganz von ihren Überlegungen bewegt. Seine Nachgiebigkeit ihr gegenüber hat ihn in ihren Augen schwach erscheinen lassen, zu schwach. Ich frage mich, ob die Verzweiflung darüber zu seinen schrecklichen Stimmungsschwankungen führte, ob das seine einzige Möglichkeit war, Stärke und Macht zu demonstrieren. Und meine Mutter,… sie war jedes Mal erstarrt wie wir. Nein, geliebt hat sie ihn nicht, ihm aber vertraut wie niemandem sonst, … sie war eine ängstliche Frau, meinte die Familie nur zusammenhalten zu können, wenn sie alles unter Kontrolle hat. Das kostete sie ihre ganze Kraft. Und dann Berti's Tod, der die Vergeblichkeit ihres Tuns offenbarte …

Ellen wird vom Geräusch der Türklinke unterbrochen. Sie ist irgendwie erleichtert, denkt, dass es gut so ist, denn es ist

alles gesagt. Eine Kinderhand versucht die Klinke herunterzudrücken, einmal, zweimal, dann geht beim Klang der Glocke die Tür auf, und fünf Sechs- bis Achtjährige stürmen kreischend die Werkstatt.
Ja, ich muss dann wohl. Inka steht auf und drückt einen Tonklumpen auf dem Tisch flach, den sie, während Ellen sprach, unablässig geknetet hat.

Die vier Treppen zur Wohnung hinauf wird Ellen von Absatz zu Absatz langsamer. ‚Es ist alles gesagt,' wiederholt sie gleichsam mahnend, und atmet gegen ihre Erregung an. Oben wartet der unerledigte Auftrag. Der Termin ist verbindlich, ein Aufschub unmöglich, der Vorschuss verbraucht. Am Haken klirren noch die Schlüssel gegeneinander, als sie den Rechner einschaltet und das Programm aufruft. Sie greift nach Stift und PC-Tablett und hofft, mit ihrer Hast den inneren Widerstand zu überlisten. Doch ganz im Gegenteil gelingt ihr das erst, als sie sich die Zeit nimmt, einen Ort der Ruhe zu suchen, und mit ihren Gedanken und Empfindungen an den Schlachtensee zurückkehrt.

Als Inka weit nach Mitternacht aus der Werkstatt kommt, betrachtet sie verblüfft den auf der Staffelei befestigten Ausdruck.
Ein Robinienzweig ist als Ausrufungszeichen auf die linke Fläche gezeichnet. Die obigen Blätter sind abgezupft. Das erste Blatt – am zweiten Drittel des Stils – streckt sich einsam nach links zur Herzseite, als suche eine Hand die andere. Und da hinein, untereinander gereiht der Text: Er liebt mich ... Er liebt mich nicht ... Er liebt mich ... Die bejahenden Zeilen beschwingt, die anderen steif auf die rechte Seite gesetzt, die letzten drei Worte größer, in Fettdruck eingegeben. Darunter der Firmenname, mittig. Ein klarer kräftiger Schriftzug der allem Halt gibt. – Der hält, was er verspricht!
Wortlos holt Inka zwei Pikkolo, um mit Ellen anzustoßen.

*

Schlaf kann Ellen nicht finden, obwohl sie erleichtert ist, die Arbeit fristgerecht abgeben zu können und sicher, die Firma damit zufrieden zu stellen. Dennoch ist sie hellwach. Wie sonst nach einem Buch, greift sie ganz selbstverständlich nach Berti's Notizbuch, noch bevor Befürchtungen aufkommen können.

Samstag, den 29. Mai 1982

Romy Schneider ist heute in Paris gestorben. Von dort kam Ellens Glückwunsch. Romys Sterbetag, mein Geburtstag. Mutti mochte Romy als Sissi, ich in den späteren Rollen. Von Schicksalsschlägen, Enttäuschungen und Einsamkeit wird in den Nachrufen gesprochen. Schicksalsschläge kenne ich nicht. Enttäuschung und Einsamkeit – die ja. Aber deshalb nicht mehr leben wollen? …

Ellen erinnert sich der weißen Narben an Bertis Handgelenken, – aber das war erst später; wiederholte Selbstmordversuche – auch mit anderen Mitteln.
 Sie selbst hat es nie versucht. Es war bei Selbstmordfantasien geblieben, damals, als Dreizehnjährige. Vorstellungen, die sich über längere Zeit sogar ihrer Träume bemächtigten: Tabletten, aufgelöst und verquirlt. Schwebendes Weiß, das dem Schnee in weihnachtlichen Glaskugeln glich, die sie als kleines Kind entzückten.
 Doch wenn es den bitter-sauren Schnee bis zur Neige zu trinken galt … Nein, sie hat nicht wirklich tot sein wollen. Sie hat es nur einfach nicht mehr ausgehalten, wollte verschwinden, weg, einfach weg sein. Keine Vorwürfe mehr, kein Geschrei, keine Schläge; vor allem nicht die Erwartung all dessen. Die war das Schlimmste. Sie lauerte hinter jeder Alltäglichkeit, verfolgte sie beim Spielen, sogar beim Lachen, das von einer Sekunde zur anderen in ein inneres Schluchzen umkippte, sobald sich das Befürchtete näherte. Die Schritte des Vaters – ihr Hin und Her, bis er stehen blieb, um sie zu strafen – liefen durch sie hindurch, zirkulierten mit ihrem Blut, hämmerten im Rhythmus ihres Herzschla-

ges in Ohren und Schläfen. Nichts mehr davon hören! Auch die eigenen Gedanken nicht. Erst recht nichts mehr fühlen. Das war, als Vater die Puppe – Mutters Puppe, das Wertvollste, was Ellen je von ihr geschenkt bekam – entzweigeschlagen hat. Käthchens Kopf auf ihrem Kopf. Einmal, zweimal, dann in die Ecke geschleudert. Dunkle Löcher statt Augen. Eine Wange eingedrückt. Sie hört noch das Zelluloid splittern, gerade als sie die Zahl hätte nennen können, die sie nicht schnell genug errechnet hatte. – Mörder!

Wut, Ohnmacht und Furcht waren in ihrem Wunsch nach Auslöschung verschmolzen, der letztendlich nicht sie selbst, sondern die Situation meinte. Deshalb folgte ihm sogleich der Gedanke an das Erwachen. An Vorwürfe und Fragen. Ausflüchte. Ausreden, die keiner durchschaute – auch die Mutter nicht, die von all dem, was in ihrer Abwesenheit geschah, nichts wusste. – Ellen zuckt zusammen, zieht ihre Feststellung wie eine Hand zurück, an der eine Wunde desinfiziert wird. – Aber sie hat ihr doch nie davon erzählt. Vaters Drohungen hat es nicht gebraucht. Mutter war viel zu erschöpft, wenn sie verspätet durch Überstunden nach Hause kam, als dass Ellen ihr damit hätte Sorgen bereiten wollen. Auch Berti hat gewiss geschwiegen. Zum einen waren Schläge bei den Schularbeiten fast alltäglich. Zum anderen war sie davon nie betroffen. Diese Schonung hat Berti nichts genutzt, denkt Ellen wieder einmal verwundert.

... Ich will leben. Anders als bei Romy beginnt mein Leben ja gerade erst, jetzt, wo es Jörg gibt. Gleich wird er kommen. Nicht wie sonst am Wochenende mit einer Rose, sondern mit einem Strauß. Die Mädchen in der Werkstatt würden das belächeln. Oder Kathrin bekäme einen Lachanfall, in den am Ende alle einstimmen würden. Was Jörg mir wohl schenkt? Hat es spannend gemacht, viel von einer gemeinsamen Zukunft gesprochen, so dass Mutti ernsthaft an eine Verlobung denkt, an einen Ring. Quatsch! Wie altmodisch sie ist. Ich würde Muttis Erwartungen gern erfüllen – trotzdem, der Gedanke macht mich nervös. Von den Eltern (besser von Mutti, Vati kann nicht schenken, ganz anders als Jörg) bekomme ich die restlichen Teile zu

meinem Silberbesteck, ein halbes Dutzend Handtücher, Süßkram und ein Kochbuch: Die italienische Küche. Typisch! Warum keinen schönen Stoff, schicke Wäsche oder einen neuen Badeanzug? Wenn die Mädchen fragen, erzähle ich besser von meinen Wünschen und mache sie mit der Platte ‚Ein bisschen Frieden' neidisch. Nicole hat damit den Grand-Prix gewonnen. Die werden staunen!!! Besser nicht, was ist, wenn sie die Schallplatte leihen wollen? Von Ellen bekomme ich das blaue Bild, das ich mir gewünscht habe. Nur Wellen und Horizont. Für mein Zimmer viel zu groß, aber irgendwann in einer eigenen Wohnung, im Wohnzimmer.

Berti mochte es tatsächlich. Ellen ist überrascht und beschämt zugleich. Das blaue Bild hat in Inkas Werkstatt seinen Platz gefunden. Es erweitert den Raum, den Blick, aber auch den Vorrat an Gedanken, die um Berti kreisen. Deshalb hat sie es nicht über sich gebracht, es in der Wohnung aufzuhängen.

Sonntag, den 30. Mai 1982

Kein Ring von Jörg. Bin nun doch enttäuscht, und Mutti erst, obwohl der Reisewecker hübsch ist. Außerdem ein Gutschein für eine Ferienwoche auf Amrum, im Ferienhaus seiner Eltern. Eine schöne Idee. Aber zuvor, ich höre es schon, Muttis Gerede von der Pille. Mir reichen meine eigenen Gedanken dazu. Nur gut, dass Jörg so ein Lieber ist.
Der Reisewecker: Wenn ich ihn am Abend stelle, bin ich mit meinem letzten Gedanken bei Jörg, ebenso am Morgen, wenn er mich statt seiner weckt. Das hat er sich gut überlegt. Wenn nur Mutti nicht ... Ich könnte heulen ...

Freitag, den 11. Juni 1982

Wie verabredet nach der Arbeit auf der Friedensdemo. Im Regen über den KuDamm. Diesmal war ich richtig dabei!!!
Wir auf der Fahrbahn, die Polizisten auf dem Gehsteig. Bedrohlich in ihrer Rüstung. Was wäre geschehen, wenn sich einer der Demonst-

ranten davon hätte provozieren lassen? *Was hätte ich getan? Mitgemacht gegen die Polizisten? Jedenfalls fühlte ich mich unbehaglich, ängstlich, aber auch mit den anderen verbunden, nicht allein, stärker als sonst. Und neben mir Jörg!*

Montag, den 15. Juni 1982

Die Reise im August. Als Mutti sich zu mir setzte, meinte ich zu wissen, was käme. Fehlanzeige! Diesmal war es anders. Sie sprach von sich. Das hat sie sonst nur Ellen gegenüber getan. Ich fühlte mich eingeschüchtert, dabei habe ich Ellen immer darum beneidet. Ob die von der Vergewaltigung weiß? ...

Mittwoch, den 17. Juni 1982 – Gesetzlicher Feiertag.

‚Tag der Einheit' – nicht bei uns. Wie meist an freien Tagen ein Riesenkrach. Vati ohne Arbeit – nicht auszuhalten! Die braucht er wie neulich die Polizisten ihre Rüstung. Schleppt diese Papprollen aus der Firma an und sitzt Abend für Abend am Reißbrett, als hielte er sich daran fest. – Soll Mutti ihn doch lassen. Aber sie will etwas vom Feiertag haben. Nun hat sie's! Ein Trauerspiel. Eine solche Ehe führe ich mit Jörg nicht. Bei uns wird es friedlich zugehen ...

Bertis unerfüllte Sehnsucht. Ellen fühlt sich hilflos, so als könnte sie noch eingreifen. Für einen Augenblick sind die Zeiten aufgehoben. Wie eine Mondsüchtige läuft sie in die Küche. Mit einem Glas Wasser sitzt sie dann wieder im Bett. Den Strahler auf eine neue Seite gerichtet, liest sie zwanghaft weiter, will endlich erfahren, ob es eine Erklärung dafür gibt, dass Berti alle Brücken zu Jörg abgebrochen hat, ob die Magersucht damit ihren Anfang nahm und Jörgs Schuldgefühl begründet ist. Und die Rolle der Eltern dabei – die ihre?

Samstag, den 26. Juni 1982

Es war furchtbar gestern. Diese Weiberwirtschaft in Ellens Wohn-

gemeinschaft. Nicht zum aushalten. Alle glucken aufeinander und diskutieren über jeden Quatsch. Kein Wunder, dass sich der Abwasch türmt. Das Bad erst – man kann froh sein, wenn der Klodeckel frei von Plunder ist. Und Ellen, die früher so viel für sich allein sein wollte? Aber sie ist nicht wie ich, weicht vor den Menschen nicht zurück, setzt sich ihnen aus, mit ihnen auseinander, will für die anderen da sein, ...

Stimmt, sagt Ellen laut vor sich hin. Und noch einmal, leise: Stimmt. Ihr ist bewusst, dass sie das hat leben und Liebe finden lassen.

... statt für mich. Jörg kommt! Ich höre ihn unten vor der Tür. Das Blumenpapier raschelt – oder bilde ich mir das ein? Gleich wird er klingeln. Schluss jetzt!

Montag, den 28. Juni 1982

Schluss! Jörg kommt nicht mehr. Jörg kommt nie mehr. Alles ist ...
AUS AUS AUS AUS AUS AUS AUS AUS AUS AUS
AUS AUS AUS AUS AUS AUS AUS AUS AUS
AUS AUS AUS AUS AUS AUS AUS AUS
AUS AUS AUS AUS AUS AUS AUS
AUS AUS AUS AUS AUS AUS
AUS AUS AUS AUS AUS
AUS AUS AUS AUS
AUS AUS AUS
AUS AUS
AUS

Dieses manische AUS nimmt Ellen den Atem: Ich komme mit meinen Augen nicht nach; sie brennen. Und es hört einfach nicht auf in mich einzudringen. Schmerzhaft, als würden die Buchstaben in die Haut geritzt. Großbuchstaben in Schönschrift. Einmal, zweimal ... zigmal geschrieben, wie zur Schulzeit der Eltern die Strafarbeit eines Kindes. Berti, aber warum? Wofür wolltest du dich bestrafen?

Hast du dich so falsch für Jörg gefunden, dass du glaubtest, du seist es nicht Wert, geliebt zu werden? Du hast die Seite aus dem Notizbuch gerissen, heißt das, du wolltest den Gedanken zurücknehmen? Warst du wütend? Auf dich? Gut, sehr gut! Du hättest ... Doch so war es nicht. Zwei Tage, lagen zwischen Jörg's letztem Besuch und deinem Eintrag. Zwei Tage von denen ich weiß, dass du dein Zimmer kaum verlassen und nicht gesprochen hast; auch nicht mit Mutter. Diese herausgerissene halbe Seite im Papierkorb ... eine Mitteilung an sie, ein Hilferuf, der einer Forderung gleich kam: Ich bin dein Kind, das vorbehaltlos geliebt werden will.
‚Wie bekommt man eine Krankheit, die tief im Herzen sitzt?'
Ellen erinnert sich dieser Frage eines neunjährigen Kindes – Tochter einer psychisch Kranken, in einer Fernsehsendung. Das Kind bekam keine Antwort.
Werde ich sie finden? Kann die Beschäftigung mit der Vergangenheit, außer Schuldgefühle heraufzubeschwören, überhaupt einen Sinn haben?
Ellen blättert den verbliebenen Teil der herausgerissenen Seite um.

Dienstag, den 29. Juni 1982

Keine einzige Zeile.
Sie fächert die restlichen Seiten auf. Leere Blätter bis zum Ende des Jahres. Dieses dokumentierte Verstummen ist es, das in Ellen ein Verlustgefühl auslöst, das sie so nie empfunden hat, und gegen das sie sich wehrt. – Sie schiebt das Notizbuch weit von sich. Die Blätter fallen in der Mitte auseinander, liegen fast flach. Strecken sich nicht empor. Im Lichtsaum der Lampe erscheinen sie Ellen wie das Gefieder eines weißen Seevogels, der leblos auf dem Strand liegt. – Das Bild verschwimmt vor ihren Augen.

*

Am Morgen hat Ellen auf dem Weg ins Badezimmer zuerst zur Garderobe hingeschaut. Inkas Jacke hing mit müde nach innen gezogenen Ärmeln an die ihre geschmiegt. Beim Verlassen der Wohnung war Ellen ebenso leise, wie Inka in der Nacht.

Nun, zurück aus der Schule, hört Ellen Inkas Bericht von einer Ausstellungseröffnung und den Gesprächen mit Freunden und Bekannten. Farbige Beschreibungen und knappe Mitteilungen wechseln. Inkas Fazit: Joanas Klarinettenspiel, Klezmer natürlich, war besser als die Bilder – hat sozusagen alles herausgerissen. Die Nervosität in Inkas Stimme erklärt das nicht. Ellen lauscht mehr auf diesen Ton, als auf das Gesagte, fragt nicht nach, obwohl sie gerne etwas über das Gespräch mit Joana erfahren hätte. Da platzt Inka heraus:

Du kannst dort ausstellen!

Das ist es also!

Inka hat Kontakte geknüpft. Ihr Bericht schweift aus und ab, bevor sie damit herausrückt, dass die Ausstellung schon in zwei Monaten sein soll. Gleich nach den Sommerferien. Ein Maler habe abgesagt. Ein Zufall, aber so ist das eben, endet sie abrupt.

Sie kennen meine Bilder doch gar nicht?, wundert sich Ellen.

Hab' Fotos gezeigt.

Fotos?

Inka reicht ihr eine DIN-A4-Mappe, die zu diesem Zweck neben ihr auf der Küchenbank liegt. Ellen schlägt sie auf und betrachtet die Farbfotos. An die dreißig Bilder aus den letzten drei Jahren; die Hälfte von 1997. Da hat sie noch entschieden mehr gemalt.

Die Fotos, du ... ?

Inka nickt und lässt keinen Blick von der Freundin, will sehen, ob die zufrieden ist.

Wann und wo?

Im Frühjahr, an späten Vormittagen. Im Hof. Zu der Zeit ist das Licht für Außenaufnahmen am besten. Ein Tipp von

Tanja, die sich neben dem Töpfern aufs Fotografieren versteht.

Ellen sieht die Bilder noch einmal durch. Inka wird unruhig, kaut auf der Unterlippe, murmelt schließlich, dass die Farben natürlich nicht völlig denen der Ölbilder entsprechen.

Natürlich nicht, aber sie sind fabelhaft. Ich wusste gar nicht, dass du so gut fotografierst.

Ich auch nicht. Inkas Stimme klingt erleichtert. Sie ergreift die Chance, um auf die Ausstellung zurückzukommen.

Ellen wehrt ab. Die Nacht mit Berti lässt sie nicht los. Sich jetzt noch einer Auswahl ihrer Bilder stellen, sich der zu erwartenden Kritik aussetzen, das erscheint ihr unmöglich. Sie argumentiert, dass sie noch gar nicht soweit sei. Sie ist eine Lehrerin und Grafikerin, die auch malt, nicht eine Malerin, die lediglich ihren Lebensunterhalt mit anderen Arbeiten verdient. Und selbst wenn, es seien zu wenig Bilder, um für eine Ausstellung eine Auswahl treffen zu können, gibt sie zu bedenken.

Mehr als doppelt so viele leisten mir hinter der Werkstatt Gesellschaft. Lass' uns einfach alle durchsehen, hält Inka dagegen.

Ich weiß nicht ...

Der Galerist will deine Bilder nicht ausstellen, um mir einen Gefallen zu tun, auch nicht, weil er Joana kennt. Er hat die Mappe gesehen, will natürlich noch die Originale ...

Ich male doch kaum.

Eben! Willst du denn *alles* für dieses ewig gleiche Tralala aufgeben? Inka schnaubt. Ihre Nasenflügel beben. Liebe, das wär' was anderes, setzt sie neu an, dann würde ... Inka sucht nach Worten, springt auf und schaut umher, als könnte sie die Liebe irgendwo sehen und nach ihr greifen. Ihr Blick begegnet dem Ellens, der verstört auf sie gerichtet ist.

Keine Ahnung worauf ich hinaus will? Inka schüttelt über die eigene Heftigkeit den Kopf und setzt sich wieder. Ruhig, aber energisch fährt sie fort: Du blendest die Realität aus. Hannes unterstützt dich nicht. Schlimmer, er behindert dich. Und überhaupt, braust sie noch mal auf, dieser Kunsthistoriker, ein Relikt aus dem vorigen Jahrhundert, Jahrtausend …

Ellen wundern Inkas viele Worte. Das ist nicht ihre Art.

Mega modern sind für ihn die ‚Alten Meister'. Nichts gegen die, aber was bedeuten ihm deine Bilder? Nichts? Das kann gar nicht sein, aber … dich gewähren lassen, Interesse zeigen, das genügt nicht, er müsste …

Nicht einmal das hat Hannes gezeigt, auch nicht geheuchelt. Er hat ihr Malen weitgehend ignoriert. Bittermandelgeschmack in Ellens Mund. Recht so! Was bin ich schon. Eine Malerin, die nicht malt, sagt sie sich und kämpft gegen das Gefühl der Missachtung an. Diese Ambivalenz: Einerseits Hannes' Liebesbeteuerungen, andererseits seine Ignoranz. Obwohl sie an diesem Zwiespalt leidet, setzt sie sich ihm immer wieder aus. Unstillbar ist das Bedürfnis, anerkannt und geliebt zu werden – gerade von ihm. Darin verbirgt sich etwas verhängnisvoll Bekanntes. Ellen schluckt, verschluckt sich, drückt die Zunge gegen den Gaumen, spürt, wie die Kehle sich verengt, würgt gegen ein hilfloses Schluchzen an.

Versteh' doch, lenkt Inka ein, seine verstaubte Leidenschaft zu alten Büchern und Bildern – okay, aber wo bleibt die für dich und deine Malerei.

Ellens Blick weicht Inkas aus, bleibt auf der Küchenuhr haften.

Tante Grete, ich hab' sie fast vergessen, sagt sie verlegen.

Auch das noch, murmelt Inka gereizt, während Ellen eine Hand auf die ihre legt.

Die eben geballten Fäuste öffnen sich ein wenig. Wie zwei neugeborene Kätzchen hocken sie unter Ellens warmer Hand. Das rührt Ellen, aber sie ist auch erleichtert, dem Thema und allem, was damit in Verbindung steht zu entkommen. Das entgeht Inka nicht. Sie zieht ihre Hände zurück und beginnt mit den Fingern rhythmisch gegen die Tischkante zu trommeln.

Überleg's, viel Zeit ist nicht. Überleg's, aber gut …

Inkas Worte, in Technomanier hervorgestoßen, und monoton wiederholt.

Als Ellen aufsteht, springt Inka hoch und tritt hinter dem Tisch hervor. Größer als Ellen auf ihren Plateausohlen, guckt sie an sich herunter. Betrachtet ihre neuen Sandalen. Erst dann sieht sie Ellen an, direkt in die Augen:

Pass auf dich auf. Du brauchst endlich Boden unter den Füßen.

Ellens Gedanken münden in ein lang anhaltendes Schweigen. Wassertropfen fallen so regelmäßig ins Becken, als orientierten sie sich an einem Metronom.

Vielleicht soll es so sein, überlegt sie. Gerade jetzt! Die damit verbundene Arbeit, die Hektik, Auseinandersetzungen – pralles Leben eben. Ein Gegengewicht zu der bedrückenden und einsamen Beschäftigung mit Berti, die schwer zu ertragen ist.

In Gottes Namen, hast mich überzeugt, aber jetzt nichts wie weg. Tante Grete wartet, sagt Ellen mit Nachdruck, als müsste das Echo ihres inneren Monologs Mauern durchdringen. Gleich darauf fällt die Tür hinter ihr ins Schloss.

*

Tante Grete gibt es, solange Ellen denken kann. Schon ihre Mutter hat sie Tante genannt. Wie ist sie mit ihr verwandt? Sind die Großmütter Cousinen gewesen? Sie bringt es nicht zusammen, aber wegzudenken ist die bald Vierundneunzigjährige nicht. Die ledige Apothekerin hatte schon im Haus der Großmutter gelebt. Zuletzt in dem der Eltern. Ganz selbstverständlich. Das gründete sich auf den Glanz ihrer Bildung und Stellung, der die schlichte Verwandtschaft ab Mitte der ‚Zwanziger Jahre' schier geblendet hatte.

Als Ellen kommt, sitzt die Tante im Ohrensessel seitlich des großen Fensters. Nach dem Mittagessen hat man sie dort hingesetzt. Seitdem hat sie drei Stunden geschlummert und gewartet.
Eben noch zusammengesunken, strafft sich ihr Oberkörper, als sie Ellen gewahrt. Ihr langer Hals streckt sich aus dem engen Schal empor. Ihr winziger Kopf, der an einen Strauß erinnert, wendet sich Ellen zu. Die verschleierten Augen werden groß und glänzend, beleben ihre scharfen Gesichtszüge. Und wie die bewimperten Lider des Vogels, werfen Gretes buschig herabhängenden Augenbrauen Melancholie darüber. Ein Gesichtsausdruck der verwirrt, weil er ganz im Gegensatz zu ihrem Wesen steht.
Hast deine alte Tante ja doch nicht vergessen!
Bei diesen Worten zuckt Ellen zusammen. Mehr noch bei dem Tonfall, in dem zwillingshaft Bescheidenheit und Vorwurf schwingen. Den kennt sie von der Mutter und Berti nur zu gut.
Grete zeigt sich erfreut über den mitgebrachten Blumentopf für ihr Gärtchen, wie sie die fünf Töpfe auf der Fensterbank neben ihrem Sessel nennt, betrachtet ihn allerdings skeptisch von allen Seiten.
Da habe ich nach dem Frühstück meine Aufgabe, sagt sie und zeigt auf die Tageszeitung. Die sehe ich erst nach der Versorgung der Pflanzen durch. An denen ist immer etwas

herumzuzupfen. Sagt es, und ist bei dem mitgebrachten Topf schon dabei, befühlt dann die Erde.
Gib ihm etwas von meinem Wasser. Tue ich auch immer.
Grete verzieht die Lippen zu einem seitlich nach unten gebogenen Strich. Ellen weiß, dass die Pflegerinnen sie stets ermahnen, viel zu trinken.
… danach spreche ich mit meinen Pflanzenkindern – mit wem sonst?
Grete mustert Ellen, während sie die Stirnfalten dem weißen Haargekräusel entgegen schiebt. Ellen wappnet sich mit Gleichmut.
Dann erst die Zeitung, fährt Grete fort. Nur die Überschriften, zu mehr taugen meine Augen nicht. Keiner hat Zeit mir vorzulesen; auch du nur ab und an. Würde völlig verdummen, wenn ich nicht wenigstens die Überschriften …

Ellen weiß, dass die Tante die Überschriften wieder und wieder liest, um ihnen in Gedanken nachzuhängen.
… Reime mir zusammen was in der Welt geschieht, sagt Tante Grete, lächelt selbstsicher und macht eine wegwerfende Handbewegung als wollte sie sagen, dass das sowieso genüge.
Eine solche Äußerung Hannes gegenüber. Du liebe Güte! Ungehalten würde er die für Ellens grundsätzliche Einstellung halten – verwerflich aus seiner Sicht. Denn anders als sie, stopft er sich mit Zeitgeschehen voll, das er dann ironisch kommentiert oder angewidert von sich gibt. Aus Ellens Sicht leidet Hannes an einer Medienbulimie. Eine weitere Leidenschaft, die nicht ihr gilt, stellt sie wie in Fortsetzung des Gesprächs mit Inka fest. In ihren politischen Einschätzungen stimmen sie selten überein. Hannes hält sich für liberal. Inka spricht von ihm stets als dem ‚Konservativen, wenn nicht schlimmer'. Typisch für seinen Berufsstand, findet die Freundin. Hannes bezeichnet Ellen als Sozialromantikerin und das in einem Ton, als spräche er von einem Kind. Nichts kann sie mehr aufregen.

Um fundierter mit Hannes diskutieren zu können, hat sie sich gelegentlich einem Thema besonders gewidmet. Die gleiche Reaktion: Lass gut sein, davon verstehst du nichts. – Ellen hat es aufgegeben.

Was gibt's Neues? Erzähl!, drängt Grete.
Ihr Gesicht ist gerötet. Fiebert sie wieder? Ellen legt eine Hand auf ihre Stirn.
Ist nichts, wehrt die Tante ab. Also erzähl' schon!
Eine Galerie will meine Bilder ausstellen.
Fabelhaft, wird aber auch Zeit.
Ellen ärgert sich, dass sie die Fotomappe nicht mitgenommen hat. Das hätte die Tante trotz ihrer verminderten Sehkraft interessiert und abgelenkt. Morgen, nimmt sie sich vor, und wird schon wieder von ihren Bedenken eingeholt.
Ich weiß nicht recht ... Ellen zögert, sucht kurze Formulierungen, die die Tante nicht überfordern. Deren schlechtes Gehör setzt den Gesprächen Grenzen, obwohl Grete stets versichert, sie recht gut zu verstehen, besser als alle anderen, weil sie sehr deutlich artikuliere. Die Stirn hochgezogen, die Augen auf Ellens Lippen gerichtet, hört sie mit jeder Pore ihres Gesichts.
Mein Gott, wenn das deine Mutter erlebt hätte, sagt sie und lässt sich ein Stück des mitgebrachten Kuchens auf den Teller legen.
Da Grete Ellen beim Essen nicht ansehen kann, ist das Gespräch unterbrochen. Als sie fertig ist, lehnt sie sich zufrieden zurück. Ihre Augen bleiben lange in die Ferne gerichtet.
Sie hat mich vergessen, denkt Ellen und überlegt, was sie fragen könnte. Schließlich gibt es nur noch Tante Grete.

Alle schon fort, sagt die Tante oft mit brüchiger Stimme, mit der sie auch jetzt, offensichtlich erschöpft, auf das Gesagte zurückkommt: Wie stolz Berti auf dich wäre. Mein Gott, hat die dich bewundert. Mehr noch als deine Mutter. Warst ihr großes Vorbild.

Gretes Worte tasten sich fremd in Ellens Innere.

Deine Mutter und Berti ... so ähnlich als Kinder, fährt Grete fort, und gibt dem Gespräch eine andere Richtung. Deine Mutter, auch so ein Nesthäkchen, mit den viel älteren Zwillingsschwestern: gemeinsam geboren, gemeinsam gestorben, bei einem der schweren Luftangriffe. Aber damals, ich glaube es war Silvester 1937, dachte noch keiner an Krieg, es waren ...

Es bleibt still. Das zu Erzählende findet seinen Weg noch nicht über Gretes Lippen. Sie bewegen sich nur stumm, von tiefen Atemzügen unterbrochen, einem Seufzer bisweilen.

Silvester? Was taten sie am Silvestertag, fragt Ellen sanft aber beharrlich nach, um die wie bunte Glasstückchen eines Kaleidoskops durcheinander geratenen Erinnerungssplitter ordnen zu helfen.

Die Tante wendet sich ihr mit Augen zu, die voller Bilder sind. Sie beginnt sie leise und bedächtig – als wären es Traumbilder, die sie zu vertreiben fürchtet – zu beschreiben.

Schlechte Zeiten. Das Textilgeschäft deiner Großmutter ging nicht gut, sie war damals schon Witwe. Wer konnte sich neue Wäsche und Kleidung leisten? Und die Änderungen allein brachten viel zu wenig ein. Deshalb war sie wohl auf die verrückte Idee mit den Scherzartikeln und Raketen gekommen. Tüchtig war sie, das muss man ihr lassen. Aber sie hatte sich zu viel erhofft. Am Silvesternachmittag war noch etliches nicht verkauft. Die Kinder sollten den Rest den Passanten auf der Hauptstraße anbieten. Die Zwillingsschwestern deiner Mutter waren dreizehn, vierzehn Jahre alt, waren linkisch und schämten sich. Kaum einer kaufte ihnen etwas ab. Sie trauten sich mit dem noch fast vollen Korb nicht nach Hause. Also kamen sie auf den Gedanken, die sechsjährige Schwester vorzuschicken und hielten sich im Hintergrund. Sie stellten die Kleine unter eine Laterne, damit sie gut zu sehen war.

Tante Grete hustet, seufzt. Ellen schüttelt ihr das Kopfkis-

sen auf. Die Tante liegt eine Weile still und unbewegt bis sie fortfährt:
Schlau waren die Zwei, sagten sich wohl, dass dieses dünne blasse Kind mit den blauen Lippen Herzen erweichen würde. Und so war es auch.
Blaue Lippen? Ellen versteht nicht. Die Schwestern waren doch ebenso verfroren.
Das schon, aber diese intensive Bläue, die färbte das Herzleiden ein.
Herzleiden? Die Mutter, damals?
Schon immer. Von ihrem Vater geerbt.
Gefrierende Stille. Eine Windhose über Ellen, die sich in Sekundenschnelle aus dem Horizont herabsenkt, sie aufsaugt und in die Luft wirft. Die gleichzeitig drehende und vorwärts stürmende Bewegung nimmt ihr fast den Atem. Wasser stürzt ihr aus den Augen. Verschwommene Bilder fügen sich wie ein Filmstreifen mit Untertiteln aneinander. Sie hört die abgenutzte Freundlichkeit einer Krankenschwester:
Die Krise bei einem Herzinfarkt dauert achtundvierzig Stunden. Sie müssen Geduld haben.
Sie liest die Untertitel dazu: In den ersten achtundvierzig Stunden fällt die Entscheidung über Leben und Tod. Sie müssen mit dem Schlimmsten rechnen.
Das hat sie nicht getan.

Was hast du denn? Gretes Stimme klingt ungeduldig, als habe sie schon mehrfach gefragt. Ihre dünnen Finger tasten wie Spatzenkrallen über Ellens Hand.
Die Mutter … unpässlich, angestrengt, das ja, aber …
Nach ihrem Befinden hat sich Ellen stets erkundigt und mit jeder beruhigenden Antwort gern zufrieden gegeben. Von einem angeborenen Herzleiden, hat sie nichts gewusst. Nie hat einer davon gesprochen. Warum auch? Für die anderen war es schon immer so. Sie hat die von der Mutter gelegentlich geäußerten Beschwerden für Alterserscheinungen gehalten und für Überanstrengung – Bertis wegen. Was

wusste sie schon von Alter und Tod? Zwischen zwanzig und dreißig ist der Tod eine Ausnahmeerscheinung.

*

Anderthalb Jahre nach Bertis Tod hatte sich deren Aussage: ‚Mutter gehört nur mir', erfüllt. Ein Herzinfarkt setzte ihrem Leben in wenigen Stunden ein Ende.

In der Friedhofskapelle hat sie zusammen mit dem Vater Abschied von ihr genommen. Das Gesicht der Mutter: bläulich aufgedunsen, mit tiefen Schmerzfalten von der Nase zu den Mundwinkeln hinab und unter geschlossenen Lidern die Augen.

Mutters letzter Blick war wie ein Stilett auf Ellen gerichtet gewesen und hat sie von allen tröstlichen Erinnerungen getrennt. Ellen hat ihr die Lider zugedrückt, ohne den Ausdruck der Augen dahinter verbergen zu können. Monatelang versuchte sie es. Nacht für Nacht. Mit vor Grauen steifen Fingern presste sie deren Lider zu, um diesen Blick zu löschen. Als es gelang, war es Ellen, als wären erst in diesem Moment die Augen der Mutter gebrochen.
So sollte es bleiben. Sie fühlte sich erlöst.

Wunsch und Schuldbewusstsein sind eine Symbiose eingegangen. Das Erschrecken, das dieser Blick der Mutter auslöste, ist noch immer diffus. War er eine letzte Forderung, oder ein Vorwurf?
Dagegen spricht der messerscharfe Ausdruck der Augen, der nicht einfach auf sie hingewiesen hat, sondern in sie eingedrungen war. Schicht um Schicht, bis in die Tiefe ihres Innern. Als müsste ihr die Mutter noch einmal, dieses letzte Mal, etwas anvertrauen, etwas längst Vergangenes, offenbar Unaussprechliches. Dabei hat die Mutter unmittelbar nach der Versorgung mit Medikamenten ganz wie sonst gesprochen, um ein Buch, um ein zweites Nachthemd gebeten, sogar nach dem Verlauf des Tages gefragt. Gerade das Alltägliche war es, das Ellen ihren wahren Zustand verbarg. Nur die fahrigen Vorläufer dieses Blicks irritierten sie, gerade weil wortlose Signale ein wesentlicher Teil ihres Um-

gangs miteinander waren. – Erstmals hat Ellen die Mutter nicht verstanden.

Der Vater hat nach dem Tod der Mutter geweint, wie Ellen nie einen Mann hat weinen sehen. Am offenen Sarg stand er dann gefasst. Nur seine Hand zitterte ein wenig, als er mit äußerster Behutsamkeit über die Wangen der Toten strich. Nie hat Ellen die Eltern Zärtlichkeiten austauschen sehen.
Wie schön sie ist, flüsterte er.
Der Sarg wurde geschlossen und die Blumendecke aufgelegt, als sollte die Blaugefrorene gewärmt werden. Ellen ging mit dem Vater auf den Vorplatz zurück, wo die anderen warteten, um an der Trauerfeier teilzunehmen. Ellen führte ihn am Arm. Diese Nähe hat sie kaum gekannt. Er war ihr fremd. Seine Unberechenbarkeit hat nie aufgehört, ihr Angst zu machen.
Nachdenklich strich sie sich eine Haarsträhne hinters Ohr, berührte dabei ihre Schläfe, die Narbe – mehr brauchte die Erinnerung nicht, um ihr ins Gesicht zu schlagen. Und doch überwog das Mitgefühl mit diesem einsamen Mann, dem die Mutter alles bedeutete.

Ein kleiner Kreis erwartete sie vor der Friedhofskapelle. Vaters Verhalten und Bertis Krankheit hatten Verwandte und Freunde vertrieben, andere waren weggezogen, Ältere längst verstorben. Freunde und Freundinnen von Ellen waren gekommen. Inka, die seit einem Jahr zu diesem Kreis gehörte, war auch dabei.
Ein Mann mit Sonnenbrille fiel Ellen auf. – Wie kam Monica zu einer so unpassenden Begleitung?
Während der Kondolenzworte geriet die dunkle Brille immer wieder in ihr Blickfeld. Doch erst als Monica mit dem Mann vor ihr stand, erkannte sie ihn. Es war der blinde Claus, Bertis letzter Freund.

*

Claus wohnt am Fichteberg in Steglitz.

Sie solle in aller Ruhe ihre Einkäufe erledigen. Er habe für Samstagnachmittag nichts geplant, hat Claus gesagt. Seine freundlich einladende Stimme am Telefon hat ihn Ellen nach Jahren vor Augen geholt, als wären sie einander vertraut. Dabei kannte sie ihn nur aus Kindertagen, wenn sie an der Ostsee Ferien machten. Später begegnete sie ihm einige Male, wenn er Berti zu Hause besuchte; etwa vierzehn Jahre ist das her.

Soll sie noch durch den Botanischen Garten gehen? Es ist erst fünfzehn Uhr. Der Duft- und Tastgarten fällt ihr ein. Doch sie entscheidet sich für die Zeunepromenade, seitlich an den Gewächshäusern vorbei. Ellen will die Zeit nutzen, um sich auf das Gespräch mit Claus vorzubereiten, besser: gegen die Beklommenheit, die seine Blindheit in ihr auslöst, angehen. Ein Gefühl, als hebe diese Einschränkung ihn auf ein Podest. Verbunden mit einer Art Schuldgefühl, des eigenen bevorzugten Schicksals wegen und die Unsicherheit, wie mit ihm umzugehen ist. Dabei ist er ihr als freundlicher, selbstbewusster Gleichaltriger in Erinnerung, dem daran lag, seinem Gegenüber die Hemmungen zu nehmen. Das war ihm vor allem durch die verblüffende Selbstverständlichkeit gelungen, mit der er um Hilfe bitten konnte. Ellen lächelt wie damals, als ihr Monica davon erzählte, dass er sie – die ihm Unbekannte – gebeten hatte, sich bis zur Grabstelle bei ihr einhängen zu dürfen und danach sogar, ihn zur Toilette zu führen. Die resolute Freundin gestand, sprachlos gewesen zu sein. Aber natürlich wollte er sich nicht mit klopfendem Stock über den Friedhof tasten.

Endlich mal ein netter Mann, hat Monica gefunden, nur schade …

Und da sind sie wieder, ihre Bedenken. Kann sie ihn nach Berti fragen, und was, ohne ihm zu nahe zu treten, ihn womöglich zu kränken?

Von den Bäumen scheinen Gedankenfetzen statt erster trockener Blätter zu wehen. Bückt sie sich, um sie aufzuheben, wirbeln sie durcheinander, und alles bleibt undeutlich und verworren. Als Ellen am Wasserturm vorbeikommt, wird ihr bewusst, dass sie keinen einzigen Blick für ihre Umgebung gehabt hat. Die prallen weißen Knallerbsen hat sie von den Büschen gezupft, auf die Erde geworfen und zertreten wie als Kind. Schon ist sie bei dem Rondell unter der mächtigen Kastanie angelangt und schaut auf die Steinplatte, in die die markanten Gebäude der Gegend – soweit von hier aus sichtbar – eingeritzt sind. Sie blickt in Richtung Lichterfelde, wo Hannes wohnt. Das Blattwerk hochgewachsener Eichen und die Kiefernwipfel nehmen die Fernsicht. Nur drei graue Schwaden vom Kraftwerk am Teltowkanal sind zu sehen, die die Schornsteine in das wolkenlose Blau des Himmels stoßen.

Claus' Wohnung liegt nur wenige Meter vom Kaiser-Wilhelm-Jubiläumsstift entfernt, einem Waisenhaus der französischen-reformierten Gemeinde. Sie geht die lange steinerne Treppe hinab, die auf das sandsteinfarbene Haus von 1914 hinführt, das heute als Wohnhaus dient.

Ihre Gedanken sind schneller als ihre Schritte, die sind längst bei Claus. Ellen weiß, dass er noch immer allein lebt. Die Trennung von Berti muss ein Schock für ihn gewesen sein. Wie kann sie etwas über die damals zwanzigjährige Schwester erfahren, ohne ihn zu verletzen oder schmerzliche Erinnerungen wachzurufen?

Der Türöffner summt. Claus steht in der Tür. Sein Lächeln, das unter der schwarzen Brille seinen Anfang nimmt, gräbt sich tief in seine Mundwinkel ein. Ellens Hand schwebt in der Luft, bis sie nach der seinen greift. Sie spürt eine Bewegung seiner Finger – ein leichtes Zittern? – schon ist der Händedruck gelöst.

Schön dass du gekommen bist, Ellen.

Es wundert sie, dass er ohne zu zögern ihren Namen nennt. Es hätte doch jemand anderes sein können.

Hast du etwas abzulegen?

Meinen Wettermantel, es sah nach Regen aus.

Er nimmt ihn entgegen und öffnet einen Wandschrank. Während er einen Bügel herausgreift und den Mantel aufhängt, betrachtet sie fasziniert die Anordnung der Kleidungsstücke: Eine Hose, ein Hemd, und ein Bügel, an dem Socken und eine passende Krawatte mit Klammern befestigt sind. Ihre Augen zählen hastig sechsmal die gleiche Reihenfolge, dann drei freie Bügel. Ein blauer und ein hellgrauer Blazer folgen, ein Bügel ist leer. Wohl für den dunkelgrauen den Claus trägt. In einem Fach gestapelt blaue, in einem anderen dunkelgrüne Pullover. Zum ersten Mal sieht sie die mütterliche Ordnung übertroffen. Auch Berti konnte mit Claus nicht konkurrieren, aber es muss ihr gefallen haben.

Geh schon vor. Am besten sitzt du im Rattansessel am Fenster. Ich mach' uns Kaffee – oder lieber Tee?

Kaffee ist mir recht, sagt sie und fragt sich, ob sie ihre Hilfe anbieten soll.

Die geöffnete Tür weist in einen großen Raum, der sparsam möbliert ist. Keine Ecke zu viel, um anzustoßen.

Sie sitzt im Schatten, während auf den zweiten Sessel, dessen Stoff abgesessen und verblichen ist, das volle Sonnenlicht fällt. Das Sofa, das zur Sitzgruppe gehört, steht mit dem Rücken zum Zimmer. Vor dem riesigen Fenster winden sich Heckenrosen um das Haus, dessen Garten ein wenig abfällt. Fichteberg eben! Zwischen Rosen und Weißdorn, der den Jägerzaun fast verdeckt, eine Wiese, von Gänseblümchen übersät.

Ein wunderbarer Ausblick,… ruft Ellen in Richtung Küche und stockt.

Vögel in Bäumen und Buschwerk. Neben Spatzen vor allem Zeisige und Rotkehlchen. Es zwitschert und trillert den ganzen Tag. Und dann erst die Amsel mit der Vielfalt ihrer Töne, begeistert sich Claus in der Türöffnung stehend. Hinter ihm blubbert die Kaffeemaschine.

Eine Wohnanlage der Blindenbildungsanstalt?

Nein, aber … einen Moment bitte … Gleich darauf weht mit seinem lebhaftem Schritt Kaffeeduft heran.

Ob er hell und dunkel unterscheiden kann? Die schwarze Brille spricht dagegen.
Würdest du dich bitte selbst bedienen.
Für dich auch?
Gerne, Claus nickt. Die Gegend ist teuer, fährt er fort, aber durch die Blindenbildungsanstalt in der Nähe von großem Vorteil. Bis zur Schloßstraße gibt es Ampeln mit Summton. Du weißt schon. Kein Problem, schnell zu U- und S-Bahn und den Bussen zu gelangen. Und er erzählt davon, wie einfach sogar das Einkaufen für ihn früher gewesen sei. Die Anordnung der Waren richtete sich nach einem Grundmuster, das in allen großen Einzelhandelsgeschäften und Kaufhäusern gleich war. Es war leicht, sich zu orientieren.
 Dann ist die ständige Umbauerei ja ... schon mir geht das Gesuche auf die Nerven.
 Für viele offenbar verführerisch. Gut für den Umsatz.
 Seine Stimme bleibt freundlich.
 Ellen lässt ihren Blick durch den Raum schweifen. Die honigfarben glänzenden Dielen sind mit Brücken belegt. Inseln mit besonderer Bestimmung: Essecke, Schreibtisch, die Sitzgruppe am Fenster.
 Claus trinkt langsam vom heißen Kaffee. Er lässt ihr Zeit sich umzuschauen.
 Ein kleiner Gebetsteppich an der Wand zur Küche – samtglänzend. Ellen hätte Lust, mit flacher Hand darüber zu streichen. In der Ecke ein flaches Regal voller Steine und Muscheln; zu oberst kleine Skulpturen aus verschiedenen Materialien, darüber gerahmte Fotografien. Die ihr gegenüber kann sie erkennen: Alte Bilder von der Ostsee. Claus drei, vier Jahre alt, noch ohne schwarze Brille.
 Nun weißt du, wie ich lebe.
 Wie du das allein schaffst, staunt sie und lauscht dem Knacken des Rattangeflechts nach, das ihre Bewegung verursacht hat.
 Einer meiner kleinen Tricks, der Besuchersessel, lacht Claus unbefangen. Und mein Vorteil, dass ich erst mit sechs Jahren den Unfall hatte.

Schon mit sechs, denkt Ellen, ... und überhaupt!
Ich kann mir vieles vorstellen, auch Farben. Und andererseits bin ich lange genug blind, um dieses Leben gelernt zu haben: Stocktraining, Brailleschrift, Berufsausbildung und Arbeit. In der Großstadt kein Problem. Gottlob haben sie mich zwölfjährig zu meinem Vater ausreisen lassen. Der war nach der Scheidung in den Westen getürmt. Von der Mutter weg ... traurig für uns beide, für mein Leben aber ein Glück.

Ausbildung, Arbeit? fragt Ellen. Sie weiß davon nichts, während sein Hinweis auf die Farbe sicherlich der Malerin galt.

Ich bin Arbeitsvermittler.

Und das geht?, wundert sich Ellen laut und schämt sich sofort ihrer Reaktion.

Nur mit einer ständigen Hilfskraft natürlich. Wir sind prima auf einander eingespielt.

Er beugt sich plötzlich vor und schüttelt den Kopf.

So geht das nicht. Ich rede und rede, dabei bist du mit Fragen gekommen. Noch Kaffee? Bediene dich bitte.

Du auch?

Er nickt und lehnt sich im Sessel zurück. Durch seine Finger gleitet ein Blatt der neben ihm stehenden, bis zur Decke reichenden Grünpflanze. Sein Gesicht hält er ins Sonnenlicht, wartet, dass sie spricht.

Ellen erzählt ihm von der Begegnung mit Jörg, seinen Fragen und den ihren, die die Folge waren, gesteht, dass sie Berti im Alter von dreizehn bis zwanzig, die Zeit in der sich die Magersucht entwickelte, kaum kennt.

Sie war fünfzehn, als ich in die WG zog ... der Altersunterschied, ich war eben kein Kind mehr, versucht sie zu erklären, warum sie Jörgs Fragen nicht beantworten kann, spricht von seinem Gerede der Ähnlichkeit wegen ... wie ein Zwang ... und die nach den Ursachen (sie sagt nicht Schuld) und ob es anders hätte sein können? – Ich dachte, du ...

Ich kannte Berti als Kind und als Zwanzigjährige, aber immer nur kurze Zeit.
Ellen zögert eine konkrete Frage hinaus, fragt sich wieder, was sie damit auslösen wird. Sie schweigen, bis ein Insekt die Stille unterbricht.
Wie Berti war? Eure Ähnlichkeit? Deine Schritte, deine Stimme. Als du vorhin kamst – als wäre sie es.
Seine letzten Worte vibrieren wie seine Finger bei der Begrüßung.
Claus springt auf, zieht eine Schreibtischlade heraus und entnimmt ihr zwei Klarsichttaschen, prall gefüllt. Die eine mit Fotos, die andere mit Karten, auf die mit Druckbuchstaben einzelne Worte geschrieben stehen. Zu weit weg für Ellen, um sie zu lesen. Aber sie erkennt die Buchstaben wieder, denkt an das 'zigfache AUS in Bertis Notizbuch, das der Trennung von Jörg gegolten hat.
Claus bittet sie, zum Esstisch herüber zu kommen. Er schüttet die Fotos darauf aus.
Eine gute Möglichkeit um Fragen zu stellen. Doch wird sie Bertis Trennung von ihm ausklammern können? Ellen wird der Mund trocken, die Lippen kleben aufeinander.
Berti wollte die Fotos natürlich in ein Album kleben, aber auf mich wirkte das einengend, erklärt Claus. Wir hätten stets in gleichem Rhythmus Seite für Seite aufschlagen müssen, so dass unsere Erinnerungen immer einen vorgeschriebenen Weg genommen hätten. Selbst Bertis Erklärungen. Sie hätte sich im Laufe der Zeit, bestimmt der gleichen Worte bedient. Aber so – er bringt die Aufnahmen noch zusätzlich durcheinander – verändern, beeinflussen sie die Reihenfolge des Erzählten. Unbekannte, unerwartete Facetten können aufscheinen, alles lebendiger machen.
Claus greift ein Bild heraus, hält es Ellen hin: Berti sechsjährig, Claus zehn. An der Ostsee. Beide mit schwarzen Brillen. Wie riesige Käfer hocken sie am leeren weiten Strand. Berti hält eine Muschel ans Ohr gepresst.
Ellen spricht für Claus vor sich hin, was sie sieht.
Die Brille, woher hatte Berti ihre?

Eine alte vom Großvater gemopst und von innen mit Isolierband verklebt. Die Bügel hat sie wohl mit schwarzer Pappe verbreitert. Sie wollte so wenig sehen wie ich, um besser hören zu können, und tastend wie ich die Gegenstände erkennen zu lernen. Ein Spiel, ein Spaß …
Seine Stimme hat zuletzt an Höhe gewonnen, nicht aber an Leichtigkeit. Wie später die Tücher, sinniert Ellen.
… Die Erwachsenen schimpften sie wegen der Brille aus: Sie solle froh sein, dass sie nicht … Na ja, wir taten es eben heimlich. Nur einmal war mein älterer Vetter dabei, der zur Konfirmation einen Fotoapparat bekommen hatte.
Claus zieht das nächste Bild aus dem Stapel.
Ein Halbwüchsiger auf einem Fahrrad, sagt Ellen ein wenig ratlos.
Das bin ich.
Mit einem Fahrrad?
Wollte ein Halbstarker sein wie alle anderen; ein bisschen draufgängerisch eben. Fuhr nach Gehör von Ampel zu Ampel die Leibnizstraße entlang. Da wohnte ich damals.
Ach du liebe Güte! ruft Ellen.
Riefen alle: Vater, die Nachbarn, die Lehrer. Dabei ist mir nie was passiert. Ich konnte ihr Verbot nicht einsehen und fuhr weiter auf der belebten Straße. Das war ja gerade die Voraussetzung für mich, um Fahrrad zu fahren: die Autos und Motorräder, das Klingeln der Fahrräder zu hören. Nun allerdings mit einem Nachbarsjungen vor und einem hinter mir. Eine Herausforderung für uns drei, bis Passanten es merkten und die Polizei riefen. Wieder ein großes Geschrei.
Hast du deinen Vater noch mit anderen solchen Späßen beglückt?
Nein, nein, wehrt Claus ab. Ein Ersatz wurde wenig später das Skilaufen.
Langlauf mit anderen, das ist sicherlich machbar, denkt Ellen. Aber Claus spricht vom Laufen auf dem Hang, von Abfahrten, mit einem zweiten Mann, der ihn an der Leine hat. Das tue er immer in seinem Winterurlaub. Das sei ganz normal.

Unvorstellbar, entfährt es Ellen spontan, betrachtet Claus und spürt, dass sie ihn alles fragen kann.
 Nun aber nur noch Bilder von Berti, sagt er und schiebt ihr ein neues Foto aus dem Wust zu.
 Eine Gruppenaufnahme. Lauter fröhliche junge Leute auf einem Dampfer. Berti und du in der Mitte. Ein junger Mann spielt Gitarre.
 Mein vierundzwanzigster Geburtstag. Eine Fahrt zur Pfaueninsel, zum Picknick. Ein wunderschöner Tag.
 Was Ellen sieht, denkt und nicht sagt: Natürlich kein einziges bekanntes Gesicht. Sein Kreis. Berti hat Claus nicht untergehakt. Ihre linke Hand liegt an seinem Ellenbogen, so als führe sie ihn. Aber wozu? Die Gäste schauen nicht direkt in die Kamera. Ihre Köpfe sind etwas schräg angehoben, beobachtend auf das Paar gerichtet. – oder in erster Linie auf Berti? Bildet sie sich das ein? Und wenn schon, schließlich sah Berti gut aus: sehr schlank und schick in ihrem luftigen Sommerkleid.
 Berti trug ein Kleid aus Wind. – Claus Stimme wie verweht, so dass Ellen nachfragen muss. Und er wiederholt: Ein Kleid aus Wind.
 Ellen erkennt es als eines der Modelle, die Berti im Winter zuvor auf der Messe vorgeführt hatte. Erfolgreich mit gerade zwanzig.
 Hast du eine Lupe? Sie erschrickt. Wofür sollte er eine besitzen?
 Hab' ich, die für Peter, wenn er mich besucht. Ein sehbehinderter Mitschüler von ehedem.
 Während Claus sie holt, starrt Ellen auf die vielen Fotos. Wie viele würde sie mit ihm durchgehen können? Wie mit einer Polaroidkamera: Blick, knipsen, Bild – Blick, knipsen, Bild – Blick ... nein, das würde nichts nützen. Die Menge der Fotos an sich ist ohne Wert, es sei denn, es gelingt, sie im Gespräch mit Claus zu beleben.
 Als Ellen die Aufnahme durch die Lupe betrachtet, findet sie ihre Annahme bestätigt. Alle schauen bewundernd auf Berti. Deren rechte Schulter ist durch das Abstützen des

Ellenbogens leicht nach hinten gedrückt, ebenso ihr Kopf. Eine Haltung, als ziehe sie sich zurück, oder zeige Claus vor. Auf ihren Gesichtszügen liegt ein geradezu triumphaler Besitzerstolz und ein unübersehbares Verlangen nach Bewunderung.

Mein Gott,… murmelt Ellen und denkt an das Geburtstagsfoto von Berti und Jörg. Wie unbekümmert sie darauf noch wirkte, ohne Pose.

Zu Claus gewandt spricht sie darüber, wie gut Berti ausgesehen habe – zart wohl, aber keineswegs krank. Und überhaupt, lauter schlanke Mädchen seien auf dem Foto. Das lag ganz im Trend.

Als auffällig und beängstigend galt das nicht, gibt Claus ihr recht, aber … er fügt Ringfinger und Daumen der rechten Hand zusammen … stärker waren Bertis Handgelenke nicht, die Oberarme kaum das Doppelte.

In dieser Haltung verharrt Claus eine Weile äußerst konzentriert, bevor er mit stockender Stimme hinzufügt: Ich war irritiert und besorgt, aber ich begriff nichts.

Wie hättest du? Selbst meine Mutter bemerkte lange keine Veränderung, keine Erkrankung. Bemerkungen anderer empfand sie als unangebrachte Einmischung, entgegnet Ellen und weiß, dass Claus eine Chance für Berti gewesen ist. Hat sie sich von ihm getrennt, weil sie seine Wahrnehmungsfähigkeit als Bedrohung empfand?

Es gab kaum noch Kontakte, nimmt Ellen das Gespräch wieder auf. Die Verwandten hatte Vaters unausgeglichenes Verhalten vergrault. Mutter sah es als ihre Aufgabe an, ausgleichend zu wirken, und Außenstehenden die ‚heile Familie' vorzuführen. In dem Maß, in dem sich Bertis Zustand verschlimmerte, steigerte Mutter ihre Anstrengungen, die Familienehre hochzuhalten und erschöpfte sich geradezu darin.

Wie mag sie zu Claus gestanden haben? Sicherlich hat Mutter gespürt, dass da einer mehr wahrnahm, durch seine Blindheit schärfer als jeder andere. Sie wird sehr genau abgewogen haben, ob Claus eine Belastung oder ein schmückendes Beiwerk für die Familie sei. Die Vermutung treibt Ellen Schamröte in die Wangen.

Claus schiebt ihr ein neues Foto zu. Die Gruppe von zuvor beim Picknick. Alle sitzen im Halbkreis und essen. Berti – allein im Vordergrund – hat sich einem Pfau genähert, der ein Rad schlägt.

Berti hatte das Picknick hier bei mir ganz allein vorbreitet: verschiedene Salate gemacht, Hühnerschenkel, Schnitzel und Bouletten gebrutzelt, Rote Grütze und Obstsalat als Nachtisch zubereitet ... ich weiß nicht was noch alles. Ihr Geburtstagsgeschenk für mich. Köstlichkeiten, aber in Mengen, die kaum zu bewältigen waren. Doch darauf bestand sie unerbittlich. Ich hör' noch ihre energische Stimme: Nichts da, zuerst wird schön aufgegessen, dann kommen die anderen Vergnügungen.

Claus' Bericht klingt zuerst bewundernd, dann nachsichtig. Schließlich fügt er an, dass Berti seine notwendige Pingeligkeit geradezu bewundernswert ertragen habe. Und wenn sie bei ihm kochte, war danach alles auf seinem gewohnten Platz. Das gelang sonst niemandem. Für ihn aber sei alles andere eine Katastrophe.

Ellens stilles Resümee der Bildbetrachtung: Berti stellte sich als wunderbare Hausfrau dar, aß aber selbst keinen Bissen. Zur Ablenkung bot sie ein neues Thema an, mit dem sie die Augen aller auf sich zog: Wer ist die Schönste im ganzen Land? Ich oder der Pfau?

Ellen spürt es: Die Fotos anzusehen tut ihr nicht gut. Immer sind schlimme Kommentare im Kopf. Ihr Blick wendet sich wie Hilfe suchend der zweiten Klarsichttasche zu.

Die Karten? Was ist damit?

Vorschläge für gemeinsame Gespräche, sagt Claus mit einer Stimme der man anhört, dass es ihm unangenehm ist, darüber zu sprechen. Einen Moment versinkt er in Schweigen. Und doch muss es ihm wichtig sein, sonst hätte er sie nicht hingelegt, denkt Ellen und wartet, dass er weiter spricht. Fragt nicht nach. Wartet. Lange.

Du wirst es nicht recht verstehen, hört sie ihn sagen, im Grunde ist es mir selbst völlig unverständlich. Wir mochten einander, aber wir hatten uns nichts zu sagen und kaum Gemeinsamkeiten.
Wieder springt er auf und läuft mehrfach durchs Zimmer.
Tanzen bis zum Umfallen und Joggen, das ja. Ich hechelte, durch ein Springseil mit ihr verbunden, hinterher. Sie konnte und konnte nicht aufhören. Damals lief sie täglich mindestens drei Stunden. Dabei vernachlässigte sie ihre Arbeit nicht, im Gegenteil. Ihr schien die Anstrengung ein Kraftquell zu sein.
Er lässt sich in den Sessel am Fenster fallen, als fühle er im Nachhinein die Erschöpfung von damals und bittet Ellen, mit einladender Handbewegung, auch wieder dort Platz zu nehmen.
Die Fotos verlassen? Gerade noch war es ihr recht, nun
aber erfasst sie die Sorge, den gerade beschrittenen Weg aus den Augen zu verlieren, und dass sich Berti auch diesmal entziehen könnte. Ellen wechselt widerwillig ihren Platz, sieht Claus an, stößt gegen eine Wand aus schwarzen Brillengläsern und erschrickt vor dem, was sie zu begreifen beginnt. Sie spürt Kühle im Zimmer. Claus sitzt jetzt im Schatten. Die Sonnenstrahlen reichen nicht mehr über die Büsche hinweg. Sie schicken zitternde schwarze Flecken durch das Blattwerk auf die Wiese.
Berti drängt sich in ihre Gedanken. Ein Teil verschmilzt gewissermaßen mit denen über Claus. Hinter seinen blinden Augen tut sich eine kraftvolle, kreative Welt auf. Und Berti hat alle Voraussetzungen gehabt, ihm zu folgen. Stattdessen verbarg sie sich mit narzisstischen Traumgebilden unter ihren Tüchern.
Ich wollte dich nicht erschrecken. Claus' Worte kommen von weit her.
Wie kommst du darauf, wehrt Ellen ab.
Du sitzt wie erstarrt.
Dein Trick mit dem Rattansessel, eine gute Idee, sagt sie und versucht Leichtigkeit in die Worte zu legen.

Vielleicht auch die mit den Karten, kommt Claus auf Ellens Frage nach deren Bedeutung zurück. Gesprächsvorschläge die wie Spielkarten gezogen wurden, wenn Berti zu Besuch kam. Sie tat das ungern, denn sie hatte ihre Themen: Mode, Kochrezepte, Diäten.
Dazugekommen sind noch die Medikamente – später, ergänzt Ellen für sich.
Wann begann dieses Später? Ihrem Gedächtnis hat sich die Beschuldigung Bertis, aus dem Schwesternzimmer Arzneien gestohlen zu haben, eingeprägt. Der Oberarzt und die Stationsschwester hatten sie in eben diesen Raum gebeten. Abwartendes Schweigen empfing sie. Dauerte zwei, drei Minuten an. Dann der ungeheuerliche Vorwurf aus dem Mund des Arztes, während die Stationsschwester zur Demonstration des Geschehens den Arzneischrank öffnete. Den strengen Blick auf Berti gerichtet, wies ihre Hand auf einen freien Platz. Berti warf abwehrend den Kopf hin und her. Bäumte sich auf. Doch statt eines hysterischen Schreis entrang sich ihrer Kehle ein langanhaltender Seufzer, der ihren Körper erzittern lies. Unaufhörlich, wie eine Schüttellähmung.
Wollen Sie damit sagen ... Mutters Gestalt hatte sich gestrafft. Mit empörtem Blick auf die Weißbekittelten fuhr sie fort ... so etwas tut meine Tochter nicht.
Mutter wandte sich abrupt ab, ergriff Bertis Arm, und verließ mit ihr das Zimmer. Ellen war so verblüfft wie die anderen zurückgeblieben. War dann schließlich mit einem halb ratlosen, halb um Entschuldigung bittenden Schulterzucken den beiden gefolgt, die schon dabei waren die Tasche zu packen. Diesmal hatte Berti nicht einmal um eine Befreiungsaktion aus dem Krankenhaus bitten müssen. – Ein doppelter Erfolg!
Damals hat sie geglaubt, dass die ordnungsgemäße Entlassung Bertis – keine Rede davon, dass sie auf eigenen Wunsch und in eigener Verantwortung handelte wie sonst – deren Unschuld bewies. Sie hat lange nicht wahrhaben wollen, dass nur das Mitverschulden der Schwestern – sie

hatten den Arzneischrank nicht vorschriftsmäßig verschlossen gehalten und dadurch diesen Zugriff ermöglicht – der Grund dafür gewesen war.

Was hätte ich tun sollen? hört Ellen Claus die eigene Frage stellen.
So fragt sie auf der Suche nach anderen, weiteren Antworten als denen, mit denen sie seit Jahren lebt: Sie hätte mit den Ärzten und Therapeuten reden, sie ernst nehmen, einmal ihnen statt Berti und Mutter zuhören müssen. Immer wieder hat sie stattdessen deren Forderungen nachgegeben.
Und sonst? Das Ergebnis ihrer Überlegungen ist mangelhaft, das spürt sie.
Diese ausschließliche Beschäftigung mit Mode und Diäten, wäre nicht nur unter Bertis Niveau gewesen, sie hätte Berti vor allem nicht gut getan, erklärt Claus, wäre zur Manie geworden. Das und das Essen, mit dem sie ihn wie eine Mutter gefüttert habe. Er hatte das eine so wenig wie das andere gemocht. Deshalb habe er von den Karten nicht abgelassen, sie dazu gedrängt. Das werfe er sich vor. Sich selbst zwingen, bezwingen, das ja, aber Berti? Er könne es sich nur mit dem zwangsläufigen Spurhalten beim Gehen mit dem Stock erklären, das sein Verhalten beeinflusst, ihn stur, eng und egoistisch gemacht habe. Kurz gesagt: schwierig im Umgang.

Es gelingt Claus nicht, seine Erregung zu verbergen. Er schreitet mehrfach durch's Zimmer. In nichts unterscheidet er sich dabei von einem Sehenden, zeigt nicht die von Blinden bekannte vorsichtige Ruhe der Bewegungen, die in fremder Umgebung ihrem Temperament Gewalt antut. Unter seinen Schritten knarren die Dielen. Irgendwann bleibt er vor Ellen stehen und hebt entschuldigend die Schultern. Seine Stimme flattert beim Sprechen, als wäre er außer Atem:
Selten habe ich mein Blindsein so verflucht wie damals. Nicht sehen zu können, ob auch Berti aß. Ich war auf mein Gehör angewiesen. Wer wusste das besser als sie! Natürlich

hörte ich sie auf ihrem Teller schaben, das Messer am Rand klirren, aber was hieß das schon? Wie ernst ihr Problem war, davon hatte ich allerdings keine Vorstellung. Vielleicht hätte ich sonst nicht den Mut gehabt, mich von ihr zu trennen.

Der letzte Satz trifft Ellen, wenn auch nicht mehr ganz unerwartet. Tiefe Stille folgt, hält lange an, bis sie das Licht der Stehlampe anknipst

Claus sitzt mit gesenktem Kopf neben der baumhohen Pflanze. Jetzt erst bemerkt Ellen, dass ihr die Spitze fehlt. Die muss vor langer Zeit weg gebrochen sein. Vielleicht durch einen Windzug gegen den angelehnten oberen Fensterflügel. Ein gerader Schnitt wie der Schlag einer Machete.

So spät schon? Claus reagiert verzögert auf das Geräusch des Schalters. Ich bin ein unmöglicher Gastgeber.

Er geht in die Küche. Schranktüren klappen. Ein Schub wird herausgezogen. Besteck schlägt gegeneinander. Einem hellen Klang von Glas folgt das dunkle volle Blub eines Korkens. Claus läuft hin und her: tap,... tap, tap,... tap. Ein eintöniges flaches Geräusch. Zu kurze Schritte in der kleinen Küche, als dass die Lederabsätze ein selbstbewusstes: Tack, Tack, Tack ... Tack, Tack ... Tack, Tack, Tack hätten hören lassen können. Gerade das aber hätte es gebraucht, um ihre Tränen zurückzuhalten.

Ellen läuft ins Bad. Zuerst schüttet sie kaltes Wasser ins Gesicht, dann hält sie ihre Handgelenke unter den Hahn. Dabei betrachtet sie sich gewohnheitsmäßig im Spiegel. Die Verwirrung haftet den Gesichtszügen an. Konturlos und blass sieht sie aus.

Sie schaut in die Küche hinein. Claus bittet sie, die entkorkte Weinflasche und die Gläser mit zu nehmen. Er nimmt das Tablett mit Kanapees und Salat.

Aber das wäre doch nicht ...

Nötig gewesen, fällt er ihr freundlich aber bestimmt ins Wort. Kann man auf der Schloßstraße kaufen. Ich esse sonst in der Kantine. Am Wochenende reichen mir Brote, und für Feste gibt es überall den Party-Service. Eine prima Sache für mich. Beim Essen fragt Claus nach ihrem Leben, und Ellen erzählt ausführlicher, als sie es sonst tut. Auch von der geplanten Ausstellung, nur um weit genug von Berti abzurücken. Aber Claus kann gar nicht anders, als auf sie zurückzukommen.

Er habe doch seine Mutter nicht verlassen, sich in die Großstadt gewagt, das Zusammenleben mit seinem Vater aufgegeben, all die Anstrengungen in Schule und Beruf auf sich genommen, um ein unabhängiger Mann zu werden, um dann …

Das Zusammenleben mit Berti hätte die totale Aufgabe seiner Person bedeutet, eine Abhängigkeit, gegen die er lebenslang angekämpft hat. Er habe sie geliebt, sagt er, aber er habe nicht zu ihrem Kind werden wollen.

Claus schweigt einen Augenblick, dann fragt er Ellen, ob sie noch weiß, welches Bild damals auf Bertis Schreibtisch stand?

Du meinst ‚Meine Amme und ich'?

Ich weiß den Titel nicht, aber Bertis Beschreibung nach meinen wir das gleiche. Wie eine Umkehrung, ein Rollenwechsel. Ich konnte nicht anders, als mich von ihr zu trennen. Alles andere schien mir nicht lebbar, ja geradezu verhängnisvoll.

Ellen beugt sich vor und legt einen Moment ihre Hand auf die seinen, die ruhelos miteinander ringen. Ihr Gedächtnis hält ihr einen Spiegel vor. Ihr Herz klopft, als hätten sich die Schläge verdoppelt.

Eine Trennung, obwohl die Gefühle eine ganz andere Sprache sprechen. Das kenne ich.

Ja? Claus' Stimme klingt erleichtert.

Ellen ist unsicher, ob er davon hören will. Doch er rutscht noch ein wenig tiefer in seinen Sessel, und legt die Hände auf die Lehnen. Ermutigt fährt Ellen fort:

Es ging um meinen Auszug, direkt nach dem Abitur. Obwohl ich den Familienfrieden störte, seit ich mich nicht mehr völlig anpasste – so jedenfalls mein Empfinden –

wollte meine Mutter das nicht. Jeden Morgen beim Frühstück, wenn sie mir schon vor den anderen Kaffee zubereitete, fragte sie, ob das denn wirklich sein müsse? Mehr hat sie nicht gesagt. Doch das Nachspiel ihrer Lippen bewegte ihr ganzes Gesicht – und mich. Es kostete mich äußerte Anstrengung, immer wieder zu sagen, dass es besser so sei. Ging mir ihr Verhalten besonders nahe, antwortete ich nur mit einem schroffen: Ja. Ich war meiner Rolle in der Familie leid. Seit ich denken konnte, hatte ich mir Mutters Sorgen angehört, hatte in ihren Nöten wie in ihren geänderten Kleidern gesteckt. Ihre Verbitterung floss in mich, wie in ein zum Gären bestimmtes Gefäß. Meine uneingeschränkte Liebe zu ihr bildete den Bodensatz, meine Sehnsucht nach Erwiderung die Hefe. Aber ich konnte ihr nicht helfen. Sagte ich einmal meine Meinung, war es nicht recht. Schnell hat sie dann versichert, dass unsere Familie besser als andere sei – trotzdem, denn irgendetwas gebe es schließlich überall. Äußerte ich die geringste Kritik an Berti – meist nahm ich die ihre nur auf – hat sie sie in noch unvernünftigerer Weise gefordert und verwöhnt. Zu Schulzeiten, um Klassenbeste zu sein. Sogar meinen Vater hat sie gegen jedwede Kritik geschützt, indem sie ihre Mütterlichkeit wie eine wärmende Decke über beide warf. Ich litt, weil ich mir nichts sehnlicher wünschte, als auch einmal darunter Schutz zu finden.

Aber ja, sagt Claus in die entstandene Pause hinein, wartet, dass sie weiter spricht.

Jeden Morgen wenn ich die Küche betrat, sah Mutter mich mit einem hoffnungsvollen Blick an, der auch dann noch auf mir zu liegen schien, wenn sie den Kopf wieder über die Tischplatte neigte und uns die Brote zum Mitnehmen strich. Ihr Rücken war gebeugt. Die Haare verbargen ihr Gesicht. Ich war feigfroh drum, denn ich fürchtete Tränen. Ihre Hände waren von ruhiger Emsigkeit und schienen meinen Befürchtungen zu widersprechen.

Als Ellen schweigt, schiebt ihr Claus die Weinflasche zu

und sein Glas hinterher. Sie schenkt nach, bevor sie weiter erzählt.

Jeden Morgen zog mich ihre gebeugte Gestalt zu sich heran und schien sich über mir wie eine Muschel zu schließen. Mein Wunsch nach Nähe, machte es mir schwer, an meinem Vorhaben festzuhalten. Meist verließ ich deshalb so schnell es nur ging den Frühstückstisch. Und bei alledem quälte mich die Frage, ob Mutter mich liebte, oder nur brauchte.
Claus hebt ruckartig den Kopf, unterbricht sie aber nicht.
Das ging fast ein halbes Jahr so, bis ich mit dem Abitur in der Tasche in die WG zog. Nie war ich mir meiner Liebe zu ihr sicherer.
Das kenn' ich, nimmt Claus Ellens Worte von zuvor auf und bleibt in unveränderter Haltung sitzen, als habe er nicht aufgehört, einer Stimme zu lauschen, einer anderen.
Und Ellen spricht mit sich selbst, fragt sich, ob es die unablässigen Forderungen der Mutter waren, die die Liebe nach und nach aufgezehrt haben.
Sie sieht in ein brechendes Augenpaar. Wie bei einer Momentaufnahme scheinen all die Jahre im Schwarz der Pupillen zu erstarren. – Nur kein weiteres Erinnern!
Doch sie hat die Truhe geöffnet. Das Notizbuch. Sitzt hier bei Claus. – Es hat längst begonnen.
Schnell leert Ellen ihr Glas. Als Claus hört, dass sie es absetzt, fragt er, wann sie wieder eine Ausstellung habe. Und da er erfährt, dass das wahrscheinlich schon in Kürze sein wird, bittet er, ihm den Termin mitzuteilen. Er würde nicht zur Eröffnung, sondern an einen ruhigen Tag danach kommen wollen mit seinem Freund, der Bilder mit Worten kopieren kann – für ihn jedenfalls. Ellen freut sich über sein Interesse. Sie hat nicht recht gewusst, wie sie mit ihm Kontakt halten könnte – unabhängig von Berti.

*

Umgekehrt leidet ihre Beziehung mit Hannes wohl gerade daran, dass sie ihm Bertis Probleme – und die ihren damit – nie nahe gebracht hat; nur bei ihrer ersten Begegnung in Rom hat sie darüber gesprochen. Das liegt Jahre zurück.

Wie soll er ihr Verhalten und ihre Stimmungsschwankungen in letzter Zeit verstehen, wenn sie über die Ursachen nicht spricht. Das Gespräch mit Claus hat ihr bewusst gemacht, dass sie das ändern muss. Aber am Vorabend seiner Reise, sollte sie da nicht besser … sie fragt sich, ob das schon wieder ein Vorwand ist, um auszuweichen. Sie traut sich selbst nicht recht. Deshalb muss sie wenigstens einen Anfang machen, nimmt sie sich vor, einen der eben nicht zu bedrückend ist.

Ich koche für uns, verkündet Hannes gut gelaunt, kaum dass er ihr die Tür geöffnet hat.
Wunderbar, sonst immer, aber einen Tag vor deiner Abreise scheint mir das keine gute Idee zu sein, wendet Ellen ein die befürchtet, dass für ein ernsthaftes Gespräch dann keine Zeit bleibt.
Warum denn nicht, zum Abschied gewissermaßen, sagt Hannes und lacht. Schon steht er vor der geöffneten Kühlschranktür, holt verschiedene Salatsorten und Tomaten aus dem Gemüsefach und greift nach Butter und Mozarella. Er wird sich davon nicht abbringen lassen, denn Kochen ist für ihn eine besondere Art seine Zuneigung zu zeigen. Als Ellen ihm behilflich sein will, schüttelt er den Kopf und drückt die Tür des Kühlschranks energisch mit der Schulter zu. Die saugt sich an und lässt ein Fiepen hören, als wären Kätzchen dahinter versteckt. Mit den bepackten Armen schiebt er die vordere Tischfläche frei, um Platz für die Zubereitungen zu haben. Es raschelt und knistert, klirrt und klappert, und der Kühlschrank seufzt.

Völlig anders Bertis Vorbereitungen, die so gern wie Hannes kochte. Ganz versessen war sie darauf, die Gäste der Eltern zu bewirten. Während Ellen, wie immer wenn er kocht, auf dem weißen Stuhl mit den bequemen Armlehnen zwischen seinem Wohnzimmer und der Kochnische sitzt, um ihm bei der Arbeit zuzusehen, erzählt sie von den Kochkünsten der Schwester:

Neben Berti lagen in Folie verwahrt die Rezepte. Ein Kochbuch wäre im Verlauf der Prozedur zu unhandlich gewesen. Die Zutaten wurden in der Reihenfolge ihrer Verwendung an den hinteren Rand der Arbeitsfläche gestellt. Die Mengen waren schon zuvor ausgewogen. Wasser und Milch in den Messbechern. Die notwendigen Schüsseln standen auf der Anrichte bereit; auf dem Herd die Töpfe und Pfannen. Nichts wurde dem Zufall oder einer plötzlichen Eingebung überlassen. Dem Küchenzettel entsprechend war von unserer Mutter eingekauft und Zuhause von Berti alles auf Vollständigkeit und Richtigkeit überprüft worden. Der Küchenwecker stand griffbereit. Das Kochen konnte beginnen, ...

Hannes gibt Mehl und Butter in eine Schüssel.
Wie viel? fragt Ellen.
Nach Gefühl, sagt er, weil er noch immer keine Waage besitzt. Und sie staunt wieder einmal laut über dieses ‚sichere Gefühl' – nicht ohne ironischen Unterton. Gleich darauf verstummt sie. Fasziniert haftet ihr Blick an Hannes' knetenden Händen, zwischen denen die Butter schmilzt und sich mit dem Mehl und ein wenig Milch verbindet. Zwischen seinen Fingern quillt der Teig hindurch, der mit neuen Zutaten angereichert und vermengt rhythmisch zwischen den hohlen Handflächen zusammengedrückt wird, bis ein geschmeidiger Teig entstanden ist, auf dem seine Finger nur noch feine Spuren hinterlassen.

... doch da Berti in den letzten zwei, drei Jahren es nicht mehr alleine schaffte, ging ihr unsere Mutter zur Hand. Sie folgte aufmerksam den knappen Weisungen und musste sich beeilen, um Bertis Tempo zu folgen. Alles lief exakt, man konnte die Uhr danach stellen. Die schellte immer wieder zwischendurch, um die abgelaufenen Kochzeiten zu melden. Alles verlief angespannt und konzentriert in völligem Schweigen, wenn man von den kurzen Anweisungen absah: Löffel, Quirl, Salz.

Jetzt, wo sie davon spricht, klingt es Ellen wie: Tupfer, Pinzette, Puls.

Berti, die sich kaum noch auf den Beinen halten konnte, kauerte in der Hocke auf dem Boden und rief die Kommandos – den Blick auf die jeweilige Rezeptfolie gerichtet und den Geruch des Linoleums in der Nase – zur Mutter am Herd hinauf. ...

Wasser sprudelt. Silbrige Perlen springen zischend über das Kochfeld. Hannes lässt die Klöße in dem Gebrodel versinken und beginnt, Salatblätter abzutrennen – behutsam, als gleite Seide durch seine Finger. Dann wird von den Töpfen auf dem Fensterbrett Petersilie gezupft und Kresse abgeschnitten. Beides liegt gleich darauf unter dem Wiegemesser. Hannes pfeift leise durch die Zähne, während sich der Duft der frischen Kräuter entfaltet. Mit lauschendem Blick schmeckt er die Salatsoße ab, schüttelt den Kräuteressig und würzt nach. Ohne erneut gekostet zu haben, hält er Ellen einen gefüllten Teelöffel vor den Mund. Sie schreckt auf. Ihr Kopf weicht ein wenig zurück, bevor sie probiert und nickt. Zufrieden streicht er mit seinem Küchenhandtuch über das erhitzte Gesicht und meint, sie könne ruhig weiter erzählen. Ihm werde das weder Laune noch Appetit verderben.

Aber wie ist es bei dir? Denk' dran, mahnt er und droht mit dem Salatbesteck, an guat'n Hunger brauchts.

Wenn Berti abschmeckte – spricht Ellen weiter, kann gar nicht anders, es ist wie ein Sog – steckte sie ihre Zungenspitze kurz und hastig wie eine züngelnde Schlange in den

Probierlöffel. Das weitere Abschmecken übernahm die Mutter, hochrot vor Hektik, denn nebenher war der Geschirrspüler einzuräumen und der kleine Abwasch zu erledigen. Unordnung war Berti ein Graus.

Hannes ist zu Ellen an den Stuhl herangetreten, hält die feuchten Hände seitwärts und drückt ihr einen Kuss auf die Lippen. Dann zupft er den Basilikumtopf zur Hälfte kahl. Die gewölbten Blättchen verteilt er auf Tomaten und Mozarella, als gelte es ein Dekolleté zu schmücken.
 Etwas habt ihr jedenfalls gemeinsam, sagt Ellen, den Leitspruch: Ein gutes Stück Butter und ein Löffelchen Sahne hat noch nie geschadet.
 Man sieht's, sagt Hannes und plustert seine Wangen auf.
 Ein Glück, dass du nicht nur deine Gäste verwöhnst und schadenfroh zuschaust …
 Tischdecken, Madame, unterbricht Hannes sie. Ihm ist anzusehen, dass er weder ihre Bemerkung, noch ihren sarkastischen Tonfall verstanden hat. Mit wenigen Handgriffen deckt Ellen den Tisch, während sie zu erzählen fortfährt, um wenigstens diese Geschichte von Berti zu Ende zu bringen.

Keiner unserer Gäste durchschaute Bertis Inszenierungen. Ein Gerippe wünschte ihnen, dass sie es sich gut gehen lassen sollten. Dass Berti ihnen auf diese Weise ihre Gastfreundschaft erwies, aber nie am Tisch Platz nahm, berührte sie nur anfangs unangenehm. Was lag näher für ältere Herrschaften, in dem zusammengekauerten Wesen das Kind von einst zu sehen. Und nichts freute Berti mehr, als wenn sich ein anderer den Bauch voll schlug …

Und genau das tun wir jetzt, sagt Hannes, setzt synchron mit dem Piepen der Mikrowelle ein Siegerlächeln auf, und bugsiert den schon am Morgen vorbereiteten Filettopf auf den Tisch. Er genießt Ellens Erstaunen, schenkt Bier ein, prostet ihr zu. Als sie nicht reagiert, beginnt er ihren Teller zu füllen. Ellen zieht ihn erschrocken zurück.

Was ist denn? Haben dich deine Erinnerungen satt gemacht?

Es ist ... zu viel auf einmal, und ich esse langsamer ...

Und arbeitest auch so, spottet er und fasst seinerseits herzhaft zu. Während sie das Bier hinunterstürzt, dann ein Fleischstück aufspießt und bedächtig kaut, meint sie einen leichten Druck gegen Bein und Schenkel zu spüren, dann knochige Finger die stechen und kneifen. Sie sieht seitlich an sich hinunter, Berti direkt in die Augen, die ungeduldig darauf warten, jedem ihrer Bissen hämisch grinsend zu folgen. Und in ihrer Hockstellung verharrend, reibt Berti sich triumphierend die Hände. ‚Greif zu, fass nach. So ist es recht,‘ flüstert sie, und lässt nicht nach die Worte einer Litanei gleich zu murmeln, während sich ihre Gesichtszüge nach und nach mit einem entrückten Lächeln überziehen. Die Maske eines Cherubim. Ihre Augen glänzen beglückt, als sähen sie hoch oben in einem Kirchenschiff fette fröhliche Putten mit Löffeln statt Flöten im Mund.

Du isst ja gar nichts, hört Ellen Hannes vorwurfsvolle Stimme.

Ich kann nicht ...

Ellen sieht wie Hannes wortlos das Abschiedsessen in sich hineinschaufelt. Nein, sie kann nicht essen, sie kann auch nicht bleiben, um am Ende zu loben, wie man Berti gelobt hat; womöglich mit ihm vor der Reise noch eben zu schlafen. Zum Abschied sozusagen. Auch dafür hat das Kochen die Zeit auf bundesdeutschen Zärtlichkeitsdurchschnitt gestutzt. Ellen starrt auf ihren Teller, das Essen. Von Hannes aufgehäuft, von ihr nahezu unberührt.

Entschuldige, aber ich kann nicht essen, und kann auch nicht bleiben, sagt sie, während sie aufsteht.

Heute, an unserem letzten Abend? Hannes schiebt seinen Stuhl zurück und tritt mit raschen Schritten auf sie zu. Gerade deshalb, denkt sie und erinnert ihn daran, dass er seinen Koffer noch nicht gepackt hat, und dass mit ihr schon den ganzen Tag nichts anzufangen war. Sie hat ihn nur nicht enttäuschen wollen. Aber …

 Sie sieht ihn offen an und legt ihre Hände für einen Moment auf seine Brust, vertraut und doch auch um Abstand zu halten, ihn von Abschiedsgesten abzuhalten – oder sich von diesem Platz abzustoßen?

*

Das erste Wochenende ohne Hannes, nach langer Zeit.
Sie hat bis zum Morgen gemalt. Als sie sich hinlegte, zwitscherten die Vögel ihre ersten Strophen. Jetzt, nach dem späten Frühstück, fühlt sie sich schon wieder erschöpft. Ein Spaziergang täte ihr gut.
Als sie am ‚Cinema Paris' ankommt, ist es vierzehn Uhr. An das Modespektakel auf dem KuDamm hat sie nicht gedacht. Die Reklame, natürlich! In jeder Zeitung hat es gestanden. Vergessen. Auch die Verabredung mit Jörg, die Inka zu der spöttischen Vermutung veranlasste, dass er berufliches Interesse geschickt mit privatem verbinde und das Essen mit Ellen als das mit wichtigen Geschäftspartnern vorgab, um zusätzliche Spesen vor der Ehefrau zu rechtfertigen.
Welch ein Unsinn! Neidisch? Höchstens dann auf ihn, wenn er Glück bei ihr habe, hat Inka geantwortet und die Bemerkung gleich wieder weggelacht.
Ein wenig benommen von der Beschallung des KuDamms lässt sich Ellen zur Schlüterstraße treiben. Beide Fahrbahnen sind gesperrt. Mit 1111 Metern wurden sie im Guinnessbuch als längster Laufsteg der Welt aufgenommen. Auf dem Mittelstreifen werden Tische für das Schlemmerbüfett aufgebaut. Hunderttausend und mehr werden sich am Abend vor die Absperrgitter zwängen und zusehen. Kostenlos! Schon jetzt bei der Generalprobe ist das Gedränge groß. Beginnt die Modenschau, wird es unerträglich sein.
Ellen ergattert einen Platz in einem Café, bestellt einen Orangensaft und betrachtet das Hin und Her auf den für den Verkehr gesperrten Fahrbahnen, den Catwalk der Show. Katzen? Eher eine lustlose Hühnerschar, die unsanft geschubst oder an mageren Armen von einem zum anderen Platz gezerrt wird. Der DJ, ein Auge auf den Catwalk, das andere an den Reglern, passt sich den Themen an – zur Bademode wird Latin-House gespielt, für elegantere Kollektionen etwas Glamouröseres. Oberstes Gebot: die Musik darf den Models nicht die Show stehlen. Nur kann davon

nicht die Rede sein. Weit von einem Ballett entfernt, das ein Choreograph anstrebt, schwatzen, schwanken und schlängeln, tuscheln und taumeln die Verführerinnen der Mode über den Asphalt, unbeeindruckt von den immer lauter werdenden Anweisungen, die der aufgeregt tänzelnde Zuchtmeister im Wechsel von singendem Deutsch und amerikanischen Kehllauten ins Mikro stöhnt, bis er aufgebracht mit den Armen fuchtelt, und heiser nach einem Dolmetscher krächzt.

Zwei Drittel der Models sind aus Russland, hört Ellen einen Mann hinter sich sagen, touren von Event zu Event. Gleich heute Abend nach Bremen weiter. Bekannte Häuser mit eigenen Mannequins – höchstens zehn Prozent, schätzt er. Darunter internationale Designer wie Jean Paul Gaultier und Joop, und direkt aus der Stadt – Lilly Berlin und Burkhard Wildhagen.

Offenbar ist hinter ihr der Tisch, an dem Profis vom Planungsteam im Gespräch mit Journalisten sitzen.

Pause bis der Dolmetscher kommt, aber nicht weglaufen. Warten! wird den Models zugerufen. Das verstehen sie, das gehört zu ihrem Job. Sie bilden einen lang gestreckte schillernden Schlangenkörper, der unter praller Sonne verharrt, und den KuDamm als eine Reklamemeile für Magersucht präsentiert. Der Gedanke verursacht Ellen Übelkeit. Sie will zahlen und weg. Nur weg!

Es drängt sie vor die Staffelei. Eine leidenschaftliche Empfindung, die vor der Leinwand alles andere auslöschen wird.

*

Im Giftschrank? Und wo steht der bitte?

Gerade hinter ihnen, wenn ich bitten darf, antwortet Ellen fröhlich, als habe sie die Ungeduld in der Stimme des Galeristen nicht bemerkt.

Er ist gekommen, um die Bilder für die Ausstellung auszusuchen. Danach wird er wenig Zeit und Lust haben, sich für Inkas Keramik zu interessieren, zumal er auf Malerei spezialisiert ist. Deshalb hat Ellen den Termin eine halbe Stunde vorverlegt, so dass Inka noch nicht da ist.

Grabert dreht sich um. Er durchkämmt mit den Fingern bedächtig seinen üppigen Haarkranz, während er schaut und schweigt. Ellen hört das Rascheln der Blätter, wenn der Wind sie vom Kopfsteinpflaster hebt und gegen das Schaufenster der Werkstatt drückt. Einen Atemzug lang fügen sie sich zu einer Patchworkdecke zusammen, deren Farben auf den Keramikgefäßen dahinter ihre Entsprechung finden. Die Hitze des Sommers hat es übergangslos und viel zu früh Herbst werden lassen.

Die Galeristenfinger wandern vom Haar zur Tonsur, die blank wie ein Weihnachtsapfel hervorleuchtet. Vielleicht hat er für Keramik nichts übrig, denkt Ellen und tröstet sich damit, dass sie es immerhin versucht hat.

Grabert, – er wird von allen, auch von denen, die ihn duzen, stets nur mit seinem Familiennamen genannt, – holt seine Brille aus der Tasche, und tritt noch näher an die Exponate heran: Schalen mit Reliefbearbeitung, Glasuren, aus denen Figuren heraus zu fließen oder vom Wasser an Land geworfen scheinen, nicht zuletzt rotfarbene Kostbarkeiten traditionell japanischer Art – hauchdünn und bestechend einfach in ihrer Form. Da die Vitrine rundum etwa einen halben Meter von den Wänden entfernt steht, kann Ellen ihn von der gegenüberliegenden Seite aus betrachten.

Grabert sagt nichts. Sein Atem beschlägt das Glas. Der Vergleich mit dem schwarzen Saubermacher in Inkas Aquarium drängt sich Ellen auf. Belustigt entspannt sie sich.

Das soll also ebenfalls ausgestellt werden, kommt er ohne Umschweife zur Sache und fragt, wo Inka denn wäre.

Tut mir leid, sie holt Joana ab. Aber wir können vielleicht schon beginnen … Ellen zeigt auf die Regale mit den Bildern.

Der Galerist nickt und setzt sich auf den ausrangierten Drehstuhl, der unter seiner mächtigen Gestalt ächzt. Die Lehne biegt sich quietschend zurück, als wolle sie ihn abschütteln.

Vielleicht lieber … Ellen zeigt auf die Klappstühle in der Werkstatt.

Schon gut, wehrt er ab und beginnt die Ölbilder anzusehen. Er tut das ebenso kommentarlos, wie er zuvor die Keramiken in Augenschein genommen hat. Er zeigt nach links oder rechts, wo Ellen die Bilder entsprechend zuordnet. Ihr ist schnell klar, dass die nach rechts gestellten, für die Ausstellung bestimmten Leinwände ausschließlich nach ihren Verkaufschancen ausgewählt sind. Sie wird aufpassen müssen, dass einige der aussortierten Bilder, nämlich die, die ihr besonders wichtig sind, doch in die Ausstellung gelangen. Deshalb lehnt Ellen die hochkant gegen die verbleibenden Bilder. Grabert sieht sie fragend an, gibt sich aber erst einmal damit zufrieden, dass sie ihm das Nächste zeigt. Bei dem verweilt er länger, und lässt es nun seinerseits rechts, aber hochkant dazu stellen.

Gibt's davon ein Negativ?

Ja, wofür, möchte sie wissen.

Für Einladungen und Flyer, was meinst du?

Ellen findet seine Entscheidung gut. Die ausgesuchte Leinwand zeigt am ehesten beide Seiten ihrer Ausdrucksmöglichkeit. Sie gehört zu den zwei neuen Bildern, die, seit sie von der Ausstellung weiß, in den Sommerferien entstanden sind. Wenigstens ein Vorteil, dass Hannes weder Zeit noch Lust zum Verreisen hatte.

Grabert zählt die ausgesuchten Bilder.

Und Inkas Exponate?

Am besten ein Foto von einer der roten Schalen.

Ellen ist begeistert. Eine Aufnahme gibt es, sie weiß nur nicht, wo Inka die aufbewahrt.

Fragen wir sie selbst, sagt Grabert, der die Türharfe gehört und seinen Stuhl umgedreht hat.

Sie weiß von nichts, kann Ellen gerade noch in seine Richtung flüstern.

Er grinst den Kommenden gutmütig entgegen, während er nun seinerseits zischelt, dass da wohl eine die andere austrickse. Aber sie seien sich gewachsen, findet er.

Eine lebhafte Begrüßung folgt. Joana wird von ihm in die Arme genommen und herzhaft auf die Wangen geküsst. Ellen nimmt Joana als noch immer begehrenswerte Frau wahr, als die sie ihr neben Inkas Vater nie erschienen ist. Und doch ist er es, an dem Joana festhält.

Ellen denkt an Hannes, sofort darum bemüht, dem Gedanken alle Emotionen zu nehmen. Es ist gut, dass er gerade jetzt beruflich unterwegs ist; sogar über den Eröffnungstermin der Ausstellung hinaus. Sie selbst hat ihm zugeredet, zwischen zwei Veranstaltungen alte Freunde in München zu besuchen, so dass Hannes erst mit Vorlesungsbeginn in vier Wochen zurück sein wird. Es ist wichtig, sich nur auf die Ausstellung zu konzentrieren, deren Chance Ellen freut und fürchtet. Sie braucht jetzt dringend Menschen um sich, die an sie glauben, sie unterstützen, mit denen sie reden kann. Diesmal über ihre Bilder, nicht über Berti. – Auch die muss warten!

Bei all den Vorbereitungen neben der sonstigen Arbeit – Leinwände sind zu rahmen oder die Keilrahmen mit Leisten zu versehen, Titel zu suchen und Listen zu schreiben – sind nur die Besuche bei Tante Grete einzuplanen.

Habe eben deine Schatztruhe bewundert, begrüßt der Galerist Inka und zeigt auf die Vitrine. Wie wär's, wenn du bei der Ausstellung mitmachst?

Joana, du und ich?, fragt Inka in Ellens Richtung.

Warum denn nicht?

Grabert kennt die Zusammenhänge nicht gut genug, um sich auf dieses Hin und Her einen Reim machen zu können.

So eine ‚DreiMädelhausVeranstaltung', wäre auch für mich etwas Neues, sagt er lachend und beginnt mit Joana Musikstücke auszusuchen, die ihr Anteil an der Vernissage sein sollen.

Kannst du mal bitte?, wendet sich Joana an Inka, und hält eine ihrer Kassetten hoch.

Gleich darauf hören sie Klezmermusik. Die CD eines Trios mit Joana als Solistin.

Das Trio kostet nicht die Welt. Die haben daran Spaß wie ich, kommt Joana eventuellen Bedenken Graberts zuvor.

Der lauscht der Musik, die zunehmend lauter und heftiger wird, bis ein Instrument das andere jagt. Doch während sich Geige, Schlagzeug und Akkordeon an das Thema halten, schert die Klarinette aus, wird zum Derwisch, lässt ihre Töne die Wände empor rasen, dass die Scheibe klirrt, treibt sie höher und höher, schrill der Ekstase entgegen und – Abbruch. Langes, endloses Schweigen, bis ein einziger Ton – als würde er sich neu erfinden – aus der Stille heraustritt. Einsam windet er sich empor, zögert, stürzt, bäumt sich noch einmal sehnsüchtig auf, bevor er sich dem Thema überlässt und mit den anderen schluchzt und jauchzt, weint und lacht.

Der Galerist nickt, schaut von einer zur anderen und murmelt, dass dann ja wohl alles geklärt sei.

Ellen schüttelt den Kopf.

Über einige Bilder müssen wir noch reden, sagt sie und sieht Inka an. Die weiß, jetzt braucht Ellen ihre Unterstützung.

Dacht' ich's mir doch. Ganz reibungslos geht's nie ab, entgegnet Grabert ungerührt, dreht seinen Sitz herum und wartet, dass Ellen ihm die hochkant gestellten Bilder zeigt. Er betrachtet sie noch einmal aufmerksam.

Verstehe, seufzt er, aber davon ist keines zu verkaufen. Das ist dir doch klar? Da braucht es ganz andere Räume: Museen, Institutionen, Konferenzräume – Geldleute, Sammler, andere Interessenten als die, die zu mir kommen.

Es geht doch nicht nur um Käufer. Ellen muss für die, die

davon etwas verstehen, die ganze Breite ihres Könnens präsentieren. Einige von denen werden ja hoffentlich kommen, ereifert sich Inka und versucht mit dem Hinweis, dass eine renommierte Galerie wie die seine dieses Publikum sicherlich nicht vernachlässige, ihren Worten Kritik und Schärfe zu nehmen.
Künstler! Grabert zieht Stirnfalten und Mundwinkel hoch.
Nu ja, die denken anders als du, unterstreicht Joana. Deshalb brauchen sie ja die Galeristen, bei denen sich Kunst- und Geschäftssinn paaren.
Amen, sagt Grabert und gibt sich mit den Worten geschlagen, dass Ellen das Inka zu verdanken habe, deren Exponate ganz ungewöhnlich seien.
Ellen schaut auf die Uhr.
Nur keine Panik, ich mach' das schon, kannst gleich weg und pünktlich bei Tante Grete sein, flüstert Inka ihr zu, aber Ellen's Gedanken sind noch bei Grabert's letzter Äußerung.
Nein, keine Panik. Die haben seine Worte nicht bei ihr ausgelöst. Es ist ja nur die Bestätigung dessen, was ihr hätte klar sein müssen. Meisterschülerin, was heißt das schon. Da hat Grabert große Auswahl. Wie Hausierer stehen sie vor seiner Tür. Bessere als sie, solche, von denen man zu reden beginnt. Eine Namenlose ausstellen, … wäre er nicht in Joana vernarrt, … und die Ausstellung der ihr wirklich wichtigen Bilder, hat sie einzig Inka zu verdanken. Die Ausstellung überhaupt! Was eigentlich sich selbst?

*

Als Ellen bei Grete eintrifft, steht sie Annette gegenüber, die sie an ihrem strahlenden offenen Blick sofort erkennt. Eine ehemalige Klassenkameradin von Berti. Sie ist die Gemeindeschwester zu deren Aufgaben es gehört, Tante Grete regelmäßig zu besuchen.

So ist es, wenn man seiner Wohngegend treu bleibt, triumphiert Grete.

Annettes golden gesprenkelte Augen erinnern Ellen an Hannes. Sie beobachten ebenso lebhaft ihr Gegenüber und die Umgebung – völlig arglos.

Bald zweieinhalb Jahrzehnte ist es her, sagt Ellen und reicht ihr die Hand, nachdem sie die Tante begrüßt hat.

Deine Tante hat oft von dir erzählt.

Kaum haben sie Gretes Kissen und Decken zurecht gerückt, sprechen sie nur noch von Berti.

Bis zum Ende des zehnten Schuljahres waren Annette und sie in eine Klasse gegangen. Wegen ständiger Migräne hatte Berti das Gymnasium verlassen, und der Kontakt war fast gänzlich abgebrochen.

Migräne! Das Wort führt Ellen den abwehrenden und abfälligen Gesichtsausdruck des Vaters vor Augen, wenn er kommentierte: Ein Zustand von Damen der höheren Gesellschaft, noch dazu vor einem halben Jahrhundert.

Auch die Mutter hielt das für eine peinliche Krankheit.

Die Eltern hatten sich lange gegen Bertis Abgang von der Schule gewehrt. Schließlich war sie eine gute und ehrgeizige Schülerin. Doch gerade damit argumentierte der Arzt: Berti überfordere sich. Sie könne gar nicht anders, als bis an die Grenze ihrer Leistungsfähigkeit zu gehen, oft darüber hinaus.

Er hatte Berti Sport zur Entspannung verordnet. Und was machte sie? Gemeinsam mit dem Vater lief sie seine allabendlichen Runden auf der Aschenbahn des nahe gelegenen Sportplatzes. Das Einzige, was Berti je mit ihm zusammen tat. Doch das Laufen bekam etwas Zwanghaftes. Sie fand kein Ende. Meist kam sie viel später als der Vater zurück. Und die Eltern? Die Mutter schimpfte mit stolzgeschwellter Stimme. Der Vater lobte und sprach vom Marathonlauf.

Berti habe eine Lücke hinterlassen, erinnert sich Annette, denn sie war es, die die Klassengemeinschaft zusammenhielt. Zuletzt allerdings sei sie oft gereizt gewesen, was man von der übermütigen pummligen Berti nicht kannte. Allerdings war sie da schon vom vielen Erbrechen zu einem bleichen mageren Ding geworden.

Ellen hat den säuerlich-milchigen Geruch von Erbrochenem in der Nase. Aber das war viel später, dass Mutter über die Putzerei klagte, wenn Berti sich übergeben musste und gleichzeitig unter Durchfall litt. Ellen hatte sich gefragt, woher dieser Auswurf überhaupt kam, da sie so gut wie nichts aß. Doch konnte das auch nur selten geschehen sein, denn ihrem Gedächtnis war das bis eben völlig abhanden gekommen.

Sie wäre nicht nur vom Schulabgang, sondern auch von der Ausbildung zur Schneiderin völlig überrascht worden. Zu dieser Zeit hätte sie nur ihre Wohngemeinschaft im Kopf gehabt, sagt Ellen und meint ihren damaligen Freund Robert. Extrem akkurat, ausdauernd und fleißig wie Berti war, habe sie sich die Schwester immer in einer Forschungsgruppe vorgestellt. Die Idee mit dem Schneidern, spekuliert Ellen, gehe sicher auf die Großeltern zurück. Bis zur Inflation hatten die eine kleine Textilfabrik; später ein Textilgeschäft, bis die Bomben dem ein Ende setzten. Und die Mutter kannte sich durch ihre eigene Tätigkeit in der Branche gut aus, verfügte über einige wichtige Verbindungen.
Bertis Intelligenz war mit ausgeprägter Geschicklichkeit gepaart. Für Mitschülerinnen wie mich deprimierend.
Der Arzt hatte recht, kommt Ellen auf die Migräne zurück,

die ist mit Beginn der Ausbildung in den Hintergrund getreten.

Tante Gretes Augen, in grau-violette Tiefe versunken, bewegen sich aufmerksam von einer zur anderen, um wenigstens Bruchstücke der Unterhaltung mitzubekommen.

Wenn ich an Berti denke, sagt Annette, fallen mir vor allem ungewöhnliche Begebenheiten ein. Sie wollte immer etwas Besonderes tun und sein.

Denkt nur an ihre Zirkusnummer! Da war sie vielleicht zwölf, wirft die Tante ein. Ihre Stimme zittert, als sähe sie Berti vor sich.

Viel jünger, korrigiert Ellen, die die Äußerung mit dem Armbruch in Verbindung bringt.

Nein, nein, sicherlich schon zwölf, beharrt Grete leise aber bestimmt. Mein Gott, wenn ich daran denke, fährt sie kurzatmig fort. Wie im Zirkus, mit einem bunten Schirm zum Ausbalancieren über die Balkonbrüstungen im vierten Stock. Zwischen den drei Balkonen war ein Abstand von gut einem halben Meter. Wenn ich mir das vorstelle, dreht sich mir gleich wieder alles im Kopf.

Stimmt, sagen Ellen und Annette wie aus einem Mund. Mit angesehen – wie Annette – hatte Ellen das allerdings nicht.

Und Annette fällt ein, dass Berti wenig später auf einer Klassenreise von einem Felsen in den Bergsee gesprungen war. Bei neun Grad. Erst nach einiger Zeit war sie blau gefroren an Land gekommen, denn sie hatte lange gebraucht, um eine Stelle zu finden, wo man wieder ans Ufer klettern konnte. An gesundheitliche Folgen erinnert sich Annette nicht, aber an Strafarbeiten, die Berti zwei Tage im Schullandheim festhielten. Ob ihr das was ausgemacht hat? Wenn, dann hat sie sich jedenfalls nichts anmerken lassen.

Tat sie nie, stimmt Ellen Annette zu.

Berti war zähe, wenn sie sich etwas in den Kopf gesetzt hatte. Ich erinnere mich der Theateraufführung zum Ende der zehnten Klasse – es ging Berti ziemlich schlecht – doch sie wollte unbedingt eine bestimmte Rolle haben. Frag mich nicht nach dem Stück, aber die bekam sie. Sie hatte den ganzen Text über Nacht auswendig gelernt.

Davon weiß Ellen noch, denn es hatte Streit gegeben, weil Berti das Licht nicht löschte. Am Ende hatte Berti sie so weit gehabt, dass sie sie abhörte.

Die Idee war von ihr. Der Erlös aus der Theateraufführung für die bestimmt, die unsere geplante Englandreise nicht bezahlen konnten. Dabei kam sie auf die Fahrt gar nicht mehr mit. Auch das war Berti.

Und Annette bekennt, dass sie Berti bewundert habe: Vielleicht so, wie sie dich. In Bertis Augen konntest du alles viel besser, viel leichter. Sie wollte wie du sein, besser sogar. Und sie litt darunter, dass die Lehrer sie immer mit dir verglichen.

Welch ein Unsinn, empört sich Ellen, und kränkend für Berti!

Geschafft hat sie es nicht, drängt es Annette fortzufahren: Sie war Klassensprecherin, du Schulsprecherin. Sie hatte diese eine Rolle ergattert, du warst regelmäßig in der Theatergruppe erfolgreich, Mitbegründerin unserer Schulzeitung. Selbst bei Sportwettkämpfen ... außer beim Seifenkistenrennen, dafür warst du schon zu alt. Euer Vater hat zusammen mit ihr ein fabelhaftes Gefährt gebaut, mit dem sie den dritten Platz belegte. Und das als Mädchen! Ein großartiger Erfolg, aber ihr nicht genug, sie wollte im Jahr darauf noch mal antreten ...

Ein lautes Geräusch, blechern, stumpf, lässt Ellen zusammenfahren. Annette bückt sich nach der fast leeren Keksdose, die Tante Grete versehentlich vom Tisch gestoßen hat.

Versehentlich? fragt sich Ellen, oder hat sie nur wieder auf sich aufmerksam machen wollen? Wie Berti, die sie nicht hat zur Ruhe kommen lassen – bis heute nicht.

Annette hat davon gesprochen, dass Berti sie bewunderte, so sein wollte wie sie, die große Schwester, sie übertreffen. Daran hat Ellen nie gedacht. Umso größer hätte doch Bertis Genugtuung sein können, dass sie mit ihrer Modefirma,

Ellen so erfolgreich überrundete. Von Bertis Einkünften konnte eine Lehrerin nur träumen. – Vergeblich, zu spät, wie jetzt die Suche nach ihr. Nach einem Zugang zur erwachsenen Berti, im Wettbewerb um die Zuneigung der Mutter. Auch das hat Ellen bisher nicht gesehen, sogar bestritten, wenn über schwierige Geschwisterbeziehungen diskutiert wurde. Sie hat die kleine Schwester geliebt. Die Kleine, gewiss. Aber später, fragt sie sich jetzt, hat sie da überhaupt etwas wirklich für Berti getan? War es nicht eher so, dass sie blindlings den Erwartungen der Mutter gefolgt war, um die eigene Sehnsucht nach Zuwendung und Anerkennung zu stillen? Vergeblich – auch das.

Mit vierzehn, fünfzehn war sie aus der Rolle der beschützenden Schwester hinaus gewachsen: Sie wurde nicht mehr gebraucht. Berti war mit zehn Jahren selbstständig genug – außerdem war da die über die Maßen fürsorgliche Mutter. Für Ellen war sie in erster Linie nur eine Gesprächspartnerin, die ihr schon als Kind viele Probleme anvertraute. Ellen war stolz darauf, hat aber umgekehrt die Mutter nie mit ihren eigenen belastet. Und doch schmerzt das ‚Nur' – ein Nachklang des erinnerten Zusammenseins, dem es vor lauter Problemen an liebevoller Zuwendung fehlte. Und ihr Verhältnis zu Berti? Der Altersunterschied, andere Interessen – irgendwann nahm Ellen sie kaum mehr wahr, obwohl sie das Zimmer mit ihr teilte. Dann war sie in eine Wohngemeinschaft gezogen. Später, als es um Bertis Erkrankung ging und ständig Anforderungen auf sie zukamen, empfand sie das als unerträgliche Last und Einschränkung ihres eigenen Lebens; spätestens dann wurde ihre Liebe zu Berti davon aufgezehrt. Wenn Ellen sich in Beziehungen fragte, ob sie überhaupt lieben könne, dann wies sie die Schuld für ihre Schwierigkeiten immer diesen aufreibenden Jahren mit Berti zu. – Aber jetzt? War sie nicht gerade dabei, Berti gegenüber Schuldgefühle zu entwickeln? Aber warum? Sie hat doch bis heute nicht gewusst, dass Berti unter den Vergleichen mit ihr litt.

Annette spricht noch immer, als hätte sich da etwas lange

aufgestaut. Jetzt davon, dass sie weder wie Ellen noch wie Berti hätte sein können, weil sie viel zu schüchtern und vorsichtig wäre und sich eher hinter anderen Menschen verstecke ... verstecken ... die Tücher ...
Plötzlich hält Annette inne, sagt dann fast tonlos: Zuletzt hat sich Berti versteckt.
Das klingt, als habe sie das soeben herausgefunden: erstaunt, ungläubig – erleichtert sogar.
Ihrer Lichtempfindlichkeit wegen, sagt Ellen. Doch Annette will von ihrem Gedanken nicht ablassen:
Ich sehe sie noch vor mir. Ein schwarzes Relief auf weißem Laken. Das Gesicht unter Tüchern verborgen. Ihre Hände, die sich langsam über die Stoffe bewegten. Die tastenden Finger, als könnten sie das Geräusch von Seide und Taft hören. Das war bei meinem letzten Besuch. Eure Mutter rief mich an und lud mich ein; da hatten wir schon lange keinen Kontakt mehr. Als Berti endlich unter den Tüchern hervorlugte, sprach sie von schönen Träumen.

Ellen weiß von Bertis Tagträumen unter den Tüchern. Sie hat ihr davon erzählt. Von Zeiten kurzer Abwesenheit, einem Schwebezustand zwischen wachen und schlafen, wenn sich Menschen um sie scharen, sich vor ihr verneigen, von schwingenden Hängebrücken aus bunten Netzen, die auf eine Bühne, einen Laufsteg führen, von Regen, der ans Fenster klatscht, und sich unter den Tüchern in rauschenden Applaus verwandelt, von Umarmungen, die sie in den Schlaf ziehen ...

Stechendes Licht störte sie, wiederholt Ellen, statt Bertis Träume preiszugeben.
Ob die Migräne schon ein Zeichen war? fragt Annette unvermittelt.
Ein ganz böses Zeichen, hören sie Tante Grete leise, wie zu sich selbst sagen.
Immer mehr junge Menschen, Mädchen vor allem, erkranken an Essstörungen, stellt Ellen nüchtern fest, während sie

mit Bitterkeit in der Stimme fortfährt zu erklären, dass Magersüchtige sich und ihre Umgebung damit unter Kontrolle halten und glauben, Leben und Tod im Griff zu haben.

Was es eigentlich bedeute, an Magersucht zu sterben, möchte Annette wissen. Das habe sie nach Bertis Tod immer wieder beschäftigt. Überall höre man von Magersucht, denke ans Hungern, aber das allein …

Sucht? Wieso Sucht, mischt sich Tante Grete ärgerlich ein. Ihre Pupillen sind zu Stecknadelknöpfen zusammengezogen – hart und kalt. Sucht … so was wie Quartalssäufer … zu viel Alkohol trinken. Nein, nein, Berti … deine Mutter hat gesagt, der Arzt habe gesagt … irgendwas von Nierenversagen und Darm- oder Magendurchbruch.

Grete zischelt leise und hastig. Ihre Bewegungen sind fahrig, als wollten sie das Gesagte unterstreichen, oder weitere Fragen abwehren.

Mit dem Magen, du weißt doch Ellen, Berti hatte es seit Jahren mit dem Magen, fährt Grete erregt fort. Und ihr niedriger Blutdruck … das Herz … die blauen Glieder, wie eure Mutter, überhaupt … Grete bricht plötzlich ab und starrt vor sich hin.

Du hast ganz recht, entgegnet Ellen laut – und leiser, zu Annette gewandt – es war alles zusammen …

Die weiß es nur zu gut, hat ja von nichts anderem gesprochen, als dass Berti sich statt mit Nahrung mit der Bewunderung und Liebe anderer anzufüllen versuchte, geht es Ellen durch den Kopf während sie fortfährt:

… Drei Wochen nach ihrem Tod kam die Rechnung für ihr Gebiss.

Entsetzt springt Annette auf, presst die Hand vor den Mund, bleibt einen Moment stehen, als wüsste sie nicht was tun, läuft ins Bad.

Gewiss? Was ist gewiss? Tante Grete ist verstört aufgefahren.

Gewiss ist, dass du als Apothekerin Bescheid wusstest, eher als alle anderen, dass … Auch daran hat Ellen bisher nie gedacht. War Grete die Familienehre noch wichtiger als der Mutter?

Was hat sie denn? War die Speise nicht in Ordnung? fragt Grete, die Annette hinterher schaut.

Doch, doch. Keine Sorge.

Tante Grete hat sie mit einer Schale Mousse au Chocolat aus der Küche des Seniorenheimes überrascht.

Wer weiß? Salmonellen. Aber die Eier bekommt die Küche direkt vom Bauern aus Ziethen.

Es ist nichts, sonst ginge es auch uns nicht gut.

Hast recht.

Tante Grete nimmt erleichtert die Hand vom Schal, den sie gedehnt hat, als wäre ihr die Luft knapp geworden. Der entblößte faltige Hals erschrickt Ellen. Es brauchte kaum mehr als anderthalb Handspannen, um ihn zu umfassen. Gretes Blick gleitet abwesend von Ellen weg durch den Raum, durchs Fenster, verfängt sich im Geäst einer Birke. Als er zurückkehrt, ist er vom Blau des Himmels belebt. Aufmerksam streicht er über den antiken englischen Damenschreibtisch, an dem Ellen einst die deutsche Schrift erlernte, die sie für eine Geheimschrift hielt.

Ellen nimmt erst jetzt wahr, dass die Tante den Schreibtisch hat zuklappen lassen. Natürlich, sie schreibt, seit sie krank ist, nicht mehr daran. Die grünlederne Schreibplatte mit goldener Verzierung am Rand, die eingelassene Federschale, die Vertiefung für das Tintenfass – all das Vertraute war verschwunden. Die Maserung der Abdeckplatte ist stumpf und steingrau geworden. Wie feine Ziselierungen durchziehen Risse das rötliche Mahagoni.

Eisgrau, mit feinsten Linien durchzogen, auf den Wangen zwei rote Kreise. Tante Gretes Gesicht, das Ellen fragend, ob sie etwas nicht gehört habe, zugewandt ist. Doch da kommt Annette schon zurück.

Es sei Zeit für sie. Sie müsse nach Hause, um das Essen für ihren Mann vorzubereiten, sprudelt sie hervor. Schön sei es gewesen, Ellen nach so vielen Jahren wieder zu sehen.

Ihre Jacke hat sie schon von der Garderobe mitgebracht

und steht mit drei entschiedenen Schritten bei der Tante, von der sie sich mit einem Lächeln verabschiedet, als habe sie es vor dem Badezimmerspiegel eingeübt.

Tut mir leid, ich wollte dich nicht erschrecken, sagt Ellen in das aufgeklebte Lächeln. Und danke, dass du dich um Tante Grete kümmerst.

Nachdem sie langsam die Tür hinter Annette geschlossen hat, presst Ellen die Stirn gegen das Holz, hört, wie sich deren Schritte schnell und hohl klingend im Treppenhaus entfernen.

Das Seifenkistenrennen, das zweite, von dem nicht mehr die Rede war, – in Ellens Kopf hakt es sich fest; absurd, aber es lässt nicht locker. Eine fixe Idee, wie bei Berti. Ellen sieht das leichte Fahrzeug mit kräftigem Schwung in Fahrt gebracht, die schnellen Umdrehungen der kleinen Räder, die sich an denen eines anderen Wagens reiben, sich abstoßen, wieder zurückschnellen, um erneut daran vorbei zu schurren, zu schubsen, zu schleudern. Noch könnte man Berti aufhalten, den Wagen festhalten, einfach dazwischen springen. Doch dann ist es zu spät. Auf abschüssiger Bahn nimmt die Geschwindigkeit zu, keine Bremse, kein Halt, und wenn, dann blockierend, versagend, die Geschwindigkeit der Räder, die sie zittern und wackeln lassen, als wollten sie abspringen, hören – einmal angestoßen und ohne energisch Einhalt zu gebieten – nicht auf sich zu drehen und zu drehen, durchzudrehen – überdreht, alles!

Ellens Atem geht hastig. Kinderkram, damit möchte sie am liebsten all das abtun, wäre da nicht das Gefühl, als stünde Berti neben ihr. Berti, die unterlegene kleine Kämpferin, die sich an sie schmiegt. Die Augen auf sie gerichtet, als erwarte sie etwas. Hilflos und niedergeschlagen schaut Ellen an ihr vorbei, weg – wie seit Jahren. Ich hätte sie in die Arme nehmen sollen, denkt sie und spürt das alte Erschrecken – das vor der anderen Berti, der skeletthaften – in sich aufsteigen.

Ellen?! Ein Krächzen dringt zu ihr vor.

Sie wischt mit dem Handrücken über die Augen. Schmeckt Salz auf den Lippen.

Die hat es aber eilig gehabt, flüstert Grete heiser. Ellen rückt ihr das Kissen im Rücken zurecht. Schaut verstohlen auf die Uhr. Auch für sie wird es Zeit.
Viel besser, lobt Grete.
Du brauchst Ruhe.
Aber nein, erzähl', protestiert die Tante, greift nach Ellens Hand und lässt sie nicht los.

*

Am Ausstellungstag kommen Ellen und Inka gar nicht dazu, Lampenfieber zu entwickeln. Um nur nichts zu beschädigen, und weil Grabert's Bemerkung noch immer in ihr bohrt, findet Ellen, dass zuerst die Vitrinen mit Inkas Exponaten gefüllt werden. Die notwendige Vorsicht kostet Zeit. Die restlichen Stunden bis zur Eröffnung vergehen viel zu schnell. Sie befürchten, dass nicht alle Bilder rechtzeitig hängen. Ein fliegender Wechsel zweier Ausstellungen, ein Maler an dem anderen vorbei, das mochte für den Geschäftsmann Grabert sinnvoll sein, für die notwendigen Vorbereitungen kam es der Bewältigung einer Katastrophe gleich. Sie arbeiten zwar mit einem Gehilfen des Galeristen zusammen, aber die Ansprüche an die Aufhängung – vor allem was die Ausrichtung von Ober- oder Unterkanten betrifft – gehen weit auseinander. Und dann immer noch Grabert dazwischen, der Bilder austauschen lässt und damit die Reihenfolge durcheinander bringt.

Schließlich ist es geschafft, gerade als Joana mit ihrem Trio kommt. Rechtzeitig genug, um die Instrumente zu stimmen, bevor die ersten Besucher eintreffen. Tröpfchenweise, so dass es bis fünf Minuten vor der Eröffnung aussieht, als hätten die Einladungen und Veröffentlichungen in der Presse keine Wirkung gezeigt. Nur einige treue Freunde und Bekannte, mit denen man sowieso rechnen konnte.

Keine Bange, das wird schon, versichert Grabert gelassen.

Und tatsächlich strömen plötzlich Leute herein – auch solche, die, wie der Blickkontakt unter den Akteuren zeigt, keiner von ihnen kennt – als würde eine Schleuse geöffnet.

Das reinste Lifestyle-Karussel, flüstert Ellen, hätte ich Grabert gar nicht zugetraut.

Und nicht zu übersehen, Inkas ganze Mischpoche!

Stimmt, die haben sich ganz schön aufgebrezelt, gibt Inka, die ihre obligatorischen Jeans zur exotischen Weste trägt, Joana recht.

Die beginnt mit ihrem Trio zu spielen. Die Atmosphäre ist gelöst, die Gesichter sind freundlich und interessiert. Den

Vitrinen im Eingangsbereich wenden sich überraschte Blicke zu. Im Mittelpunkt auf einem flachen Spiegeltisch das Glanzstück: die größte der roten Schalen. Die Glasur an der Außenseite unten – wie Wachstropfen oder Tränen. Ochsenblutfarbe in Anlehnung an traditionelle japanische Keramik – Mashico, Inkas Vorbild – zeigt sich auch bei anderen Stücken.

Ungewöhnlich bei Grabert, hört man immer wieder in bewunderndem Tonfall.

Wenn sich die Augen davon lösen, nehmen sie zuerst den Farbkontrast an der gegenüberliegenden Wand wahr, bevor Ellens großformatiges Bild in Blau Konturen gewinnt: Horizont und Meer – im Vordergrund filigrane Reste einer Buhne, rostige Scherenschnitte. Schmale Körper auf Stelzen, deren Gesichter sich hinter afrikanischen Masken zu verbergen scheinen. Das Original zum Bild auf der Einladung.

Die Präsentation der Bilder beginnt in den anschließenden Räumen, die sich offen aneinander reihen. Mehr als fünfzig Leinwände werden gezeigt – ausschließlich Ölbilder.

Mit der Begrüßungsrede will der Galerist eine Viertelstunde auf die Nachzügler warten. Für die Anwesenden Gelegenheit, einen ersten Eindruck zu gewinnen.

Ellen sieht sich nach Inka um. Die ist bereits in ein Gespräch mit einer Besucherin verwickelt. Im Vorbeigehen hört Ellen die Freundin über ihre Erfahrungen mit reduzierendem Brand reden. Eine hohe Kunst, die Brandführung, wie Ellen durch viele Äußerungen von Inka weiß.

Nur mit dieser traditionellen chinesischen und japanischen Technik seien Exponate wie die Schalen möglich, hört sie Inkas Stimme im Rücken, und dass das wiederum den Besitz eines kostspieligen Gasofens voraussetze.

Ellen hört jubelnde Freude aus den Worten. Kaum anders als an Inkas zweiundzwanzigstem Geburtstag, als sie den Brennofen von Joana geschenkt bekam.

Nicht mehr als fünf Schritte entfernt, fühlt sich Ellen inmitten all der Leute allein. Eine melancholische Stimmung stellt sich ein. Selbstzweifel beschleunigen ihren Herzschlag. Gerade in diesem Augenblick zeigt sich ein kleiner Habichtkopf in der Menge. Rechts und links der gekrümmten Nase dominiert der stechende Blick stark gewölbter Augäpfel das blassgelbe Gesicht. Die stören sie auf, lösen Panik aus: Professor Korber in Begleitung dreier Studenten; vermutlich Meisterschüler von ihm. Einst hat Ellen ihn mit anderen zusammen begleitet. Ihn einzuladen hätte sie nicht gewagt. Das musste Grabert getan haben. Der alte Korber hatte große Stücke auf sie gehalten. Und doch war sie nur im Schulbetrieb gelandet. Eine Enttäuschung für ihn, zumal sie bisher kaum ausgestellt worden war. Ellen hat das Gefühl, Gedanken lesen zu können. Sein Urteil macht ihr Angst. Es würde streng und deutlich genug, wenn auch nicht unfreundlich ausfallen. Sie war froh, wenigstens fünf der unverkäuflichen Bilder durchgesetzt zu haben. Alles andere würde ihrem Professor zu gefällig sein, das wusste sie. Die von ihr ausgesuchten waren eher nach seinem Geschmack, allerdings nicht unbedingt schon für eine Ausstellung geeignet. Aber keiner hatte auf sie hören wollen, als sie den Zeitpunkt für verfrüht hielt. Sie muss sich eingestehen, dass sie viel zu wenig gearbeitet hat.

Da Grabert Ellen und Inka der Begrüßungsrede wegen heranwinkt – die Musik ist bereits verstummt – bleibt es vorerst bei einem Kopfnicken zwischen Korber und ihr. Hinter ihm stehen Inkas Eltern, die auch gerade erst gekommen sind. Inkas Vater quittiert das Kopfnicken, als gelte es ihm. Ihre Mutter sieht mit aufmunterndem stolzen Blick erst die Tochter, dann Ellen an. Das beruhigt, das tut gut. Das hätte Hannes nicht bewirken können. Er hätte sie verunsichert.

Der spröde Galerist findet erstaunlich charmante Eingangsfloskeln, bevor er sich, nach der Vorstellung seiner Künstlerinnen, als Kunsthistoriker zu erkennen gibt. Er spricht knapp, aber kenntnisreich und mit einer Intensität, die zu begeistern vermag. Die Reaktion der Zuhörer zeigt es, der lebhafte freundliche Beifall und ebensolche Gespräche, die sofort beginnen.

Die bunt gemischte Menge macht sich auf den Weg durch die Räume; zum Teil ein zweites Mal: androgyne Wesen in den Zwanzigern neben toughen Frauen der New Economy. Gut- und besserverdienende Dreißig- bis Vierzigjährige neben Alt-68ern, die beim Großkapital oder als Staatsdiener im ‚Höheren Dienst' ihren Platz gefunden haben. An ihrer Seite die emanzipierte Erstfrau oder eine knackige Neuerwerbung. Wie immer sind kaum Künstlerkollegen dabei. Wieder einmal zeigt sich, dass Künstler sich im Grunde nur für die eigene Arbeit interessieren, hat Grabert das kommentiert. Da käme vielleicht ein guter Freund, aber sonst nur der, der sich einer eigenen Ausstellung wegen bei ihm in Erinnerung bringen will, denn die von ihm Ausgestellten sind gefragt.

Ellen wird immer wieder gebeten, etwas über ihre Bilder zu sagen.

Ich hoffte, sie sprächen für sich, sagt sie ruhig und freundlich, bemüht, sich ihre Verärgerung nicht anmerken zu lassen.

Endlich steht sie Professor Korber gegenüber.

Unentwegt belagert, sagt er freundlich, ohne Vorwurf, und stellt ihr seine Studenten vor.

Die heften eindringliche Blicke auf Ellen, Schreien ähnlich, mit denen Schwalben vor dem Habicht warnen.

Die Drei sind beeindruckt, dass einige Bilder schon mit einem roten Verkaufspunkt versehen sind. Die Stimme des Professors klingt ein wenig herablassend. Lassen Sie sich davon nicht täuschen, hört Ellen ihn sagen, und das Herz schlägt ihr bis in den Hals. Sie spürt Röte in die Wangen steigen.

Schlimm ist das nun allerdings auch nicht, fährt Korber fort, aber ich täte ihnen keinen Gefallen, wenn …

Nein, nein, mir liegt an einem ehrlichen Urteil, doch … sie kann gerade noch zurückhalten, dass sie seine Meinung zu kennen glaubt: Ein vernichtendes Urteil. Stattdessen sagt sie: … ich habe sie schon einmal enttäuscht, als ich mich für's Lehramt entschied.

Diesmal irren sie. Die Bilder an der Stirnseite des letzten Raumes haben mich magisch angezogen. Andererseits muss ich ihnen Recht geben. Die verraten, was sie können, aber sie lösen es noch nicht ein. Sie müssten arbeiten, sehr viel arbeiten. Nur noch! Es sind ungewöhnliche Bilder. Der Versuch auszubrechen. Aber eben nur der Versuch! Trotzdem, meine Herren, er sieht seine Begleiter an, sie haben es mit einer sehr begabten Malerin zu tun. Und fährt mit einem süffisanten Lächeln fort: begabter als sie alle zusammen. In die erschrockene Stille hinein endet er mit der Feststellung, dass sie allerdings nichts zu befürchten hätten. Die Malerin verweigere sich standhaft jeder Leidenschaft.

Alle lachen ein wenig gequält. Die Studenten haben ihre Augen nicht von Ellen gelassen. Deshalb wendet sie sich jetzt auch zuerst ihnen zu und erzählt von ihrer Mappe, die sie zur Aufnahme bei der ‚Hochschule der Künste' vorgelegt hatte. Professor Korber habe ihr sehr deutlich gesagt, dass ihn nicht die Arbeiten überzeugten, aber der Wille, der daraus spräche, unbedingt malen zu wollen. ‚Sie meint es ernst', hat er gesagt.

Ellen sieht ihren alten Professor beschämt und ratlos an.

Sie hatten recht, gibt sie zu, aber irgendwann hat mich der Alltag aufgefressen.

Sie haben es zugelassen! Er schüttelt seinen schmalen Vogelkopf mit dem noch dichten glänzenden Haar. Nein, das lässt er nicht gelten. Natürlich muss man existieren, gibt er ihr recht, und sie solle nicht denken, er hätte das vergessen oder nie gewusst. Er wisse, wovon er rede, versichert er.

Inka hat während der zweiten Hälfte des Gesprächs mit Weingläsern für die Gäste neben Ellen gestanden. Sie nickt lebhaft zu dem, was Korber sagt. Natürlich, denkt Ellen ein wenig erbittert, und ihre Gesichtsfarbe flammt noch einmal auf, erlischt aber gleich darauf wieder. Nein, sie kann Inka keinen Vorwurf machen! Die hat auch ohne sie gelebt und getöpfert. Die Eigentumswohnung als Geldanlage, statt unabhängig zu sein und davon das Malen zu finanzieren, das hat einzig mit ihrem Sicherheitsbedürfnis und der inneren Abhängigkeit von den Eltern zutun.

Ihre Arbeiten haben mir gefallen; besonders die ungewöhnlichen Glasuren, sagt Korber zu Inka und nimmt ein Rotweinglas entgegen. Geben sie mir bitte ihre Karte. Ich möchte, dass sich meine Tochter in ihrer Werkstatt umschaut, um sich etwas auszusuchen. Mit meiner Kollegin haben sie ja vorhin schon gesprochen. Die wird eine gelegentliche Mitarbeit sicher schätzen.

Inka nickt bestätigend. Alle prosten sich zu.

Und sie Ellen, sollten in sich gehen, legt der Professor ihr nahe. Wenn sie arbeiten wollen, rufen sie mich an. Vielleicht kann ich sie ein wenig unterstützen.

Das würden sie tun? Ellen ist ein freudiges Erschrecken anzumerken.

Damit sie keine Ausrede haben.

Danke, ich werde mich melden, sobald ich einen gangbaren Weg gefunden habe.

Also dann, auf bald, sagt der Professor.

Kaum, dass er sich verabschiedet hat, kommt Grabert ungehalten auf sie zu.

Ihr schwatzt, und ich weiß nicht, wo mir der Kopf steht. Man will unbedingt mit der Künstlerin selbst sprechen. Da vorn die Herrschaften sind an dem Bild ‚Maskerade' interessiert. Und dahinter rechts die große Dunkle, die gerade zu uns herüberschaut, die ist von der Presse. Wichtig also. Die hat ziemlich lange mit mir gesprochen, aber nun will sie eben direkt ... Inka, vielleicht kannst du sie erst einmal an die Brust nehmen.

Zu knochig für meinen Geschmack, aber ich mach's.

Sagt es, zwinkert belustigt Tanja, ihrer Partnerin vom Kunstmarkt zu, mit der sie gerade im Gespräch war, und geht auf die Journalistin zu.

Zwei Stunden später ist es plötzlich ruhig. Eine Stille, als wäre ein Wirbelsturm über sie hingefegt; hin- und her-, auf- und niedergeworfen fühlen sie sich – aber glücklich.

Jetzt lasst uns erst einmal den Erfolg begießen, sagt Grabert und holt eine Flasche Champagner aus dem Kühlschrank. Sie schieben die Tische mit den Resten des Büfetts zusammen und schauen hungrig auf die leeren Platten mit ihrer gerupften grünen Garnitur. Nur noch der Duft von Fisch, Oliven und Knoblauch zeugt von den verzehrten Köstlichkeiten. Aber auch hier zeigt sich, dass der Galerist vorgesorgt hat.

So erfolgreich habt ihr euch das wohl nicht vorgestellt. Ich auch nicht, gibt er zu. Vier große Leinwände sind verkauft, dazu fünf der kleineren Formate. Von Inkas Exponaten – etwas neues in meinem Laden, das erstaunlich gut ankam – haben die drei teuersten ihre Liebhaber gefunden. Nicht zu vergessen die neuen Kontakte. So etwas hab' ich nach der Wende 89 nicht mehr erlebt, obwohl einige sehr gute Ausstellungen dabei waren. Na ja, er könne sich nicht beklagen, andere Galerien … all die Neueröffnungen damals … Performances, Projekte … Gruppierungen junger Maler … vieles wieder verschwunden …

Seine Glatze glänzt zufrieden – wie besonnt.

Masel gehabt. Einundzwanzig verkauft!, platzt Joana heraus, als er Atem schöpft, und bewegt ihre Kassette wie einen Fächer vor dem üppigen Busen.

Grabert wendet sich ihr strahlend zu und flüstert – nur gerade noch für Ellen verständlich –, dass keines ihrer ‚besonderen Bilder' einen neuen Besitzer gefunden hat. Eine Feststellung ohne jede Häme. Er hebt bedauernd die Schultern, kraust die Stirn und zieht einen Flunsch: Was ich gesagt habe.

Die Reaktion auf die von mir ausgewählten Bilder war mir wichtiger als alles andere, sagt Ellen. Ihre Stimme klingt geradezu triumphierend.

Inkas Finger zeigen das Victoryzeichen. Sie prosten sich zu.

Hört, hört! Gleich übermütig, unsere erfolgreiche Malerin!

Nein, aber das andere war einfach Glück.

Aber nein, widerspricht Joana energisch.

Ellen bleibt dabei, dass die gleiche Ausstellung an einem

anderen Tag ganz anders hätte verlaufen können. Es wären zufällig die richtigen Leute gekommen, und ein Kauf habe den anderen nach sich gezogen.

 Das ist nicht zu bestreiten, stimmt Grabert ihr zu, man weiß nie so recht woran es liegt, dass es so oder so läuft. Immerhin kam bei meiner alten Kundschaft wohl auch Neugier auf das Neue dazu. Nicht zu unterschätzen sind Gegend und Wetter. Davon hatten wir an der Peripherie von Mitte des Guten reichlich: Altweibersommer am Rande des Tiergartens ... Allgemeines Gelächter unterbricht ihn.

 Na ja, ihr wisst schon ...

*

Freilandrosen auf dem Tisch, gelbe mit rotem Saum. Luftige Süße und der Duft nach saftigem Grün.
Hannes hat den Ausstellungstermin nicht vergessen.
Von mir, … sagt Inka
Ellen kämpft gegen ihre Enttäuschung an.
…immerhin deine erste Einzelausstellung. Ein wichtiger Tag für dich, ein guter für uns beide.
Ihr leichter Kuss auf Ellens Wange, die Wimpern, die sie streifen, der herbe Geruch ihrer Haut – vertraut und wohltuend. Doch gleich darauf Inkas Blick. Fragend. Bedrängend. Oder bildet sie sich das ein?
Inka schätzt morgendliche Ordnung. Also stopft sie sich die ausgelesenen Zeitungen unter den Arm, greift nach dem Aschenbecher und den benutzen Gläsern, und trägt alles in die Küche. Mit einem Tuch kommt sie zurück, und wischt schweigend den Tisch ab.
Doch bevor sie schlafen geht, wird sie von der Ausstellung sprechen wollen – von Korbers Angebot vor allem. Das beunruhigt Ellen.
Ein schöner Erfolg, wenn auch … beginnt Inka schneller als erwartet.
Nur durch die gefälligen Bilder, übersetzt Ellen für sich. Und damit hat Inka recht.
Nicht nur für mich. Vor allem du hast … eins rauf mit Mappe, lobt sie die Freundin burschikos mit einer Redewendung aus der Kindheit, und schickt den Worten das Lächeln einer Verschwörerin nach. Inka streckt sich stolz wie ein Schulkind und grinst – ganz wie Berti früher.
Hast viel verkauft, und sogar ich … endlich Geld für Material. Zuerst aber ein Geschenk für Joana. Ohne den Brennofen ginge nichts. Und du, was hast du vor?
Material, eine gute Idee, weicht Ellen aus.
Mit der Summe kannst du etwas Entscheidendes in Angriff nehmen.
Vielleicht die Stunden bei Korber, erwidert Ellen schnell, um weiteren Erörterungen vorzubeugen.

Aber ja, was sonst! Malen, malen nur noch malen, wiederholt Inka Korbers Forderung. Aber die Zeit, wo willst du die hernehmen?

Ellen weiß, wenn sie nicht entschieden mehr als bisher malt, wird Korber sich nicht lange mit ihr befassen.

Den Tag anders strukturieren ...

Wenn ich das schon höre, wird sie von Inka unterbrochen. Es braucht mehr. Du musst dich entscheiden, musst endlich wissen was du willst ...

Hannes oder das Malen, das meint Inka doch wohl?

Warum so verbissen? Siehst aus, als würde ich etwas verlangen. Das ist nicht meine Sache. Und gegen Liebe lässt sich sowieso nicht argumentieren. Das meine ich auch nicht.

Inka fährt fort Ellen ebenso nüchtern wie lebhaft klarzumachen, dass sie entscheiden müsse, ob sie Malerin sein wolle oder nicht, und dass das mit zwei Jobs nicht vereinbar wäre. An diesem Punkt warst du schon mal, kommt sie zum Schluss, irgendwer hat dich verunsichert und davon abgehalten.

Das Telefon unterbricht sie. Ellen springt auf. Rennt in ihr Zimmer. Schon als sie in Hochstimmung nach Hause kam, hat sie zuerst nach dem Anrufbeantworter gesehen – vergeblich. Jetzt endlich, Hannes.

Aus den Augen aus dem Sinn. Seine warme Stimme fängt Ellen ein.

Bin eben erst zurück. Und du, was hast du unternommen?

War im Deitschn Museum für a paar Stundn, dann bei am Tasserl auf der Leoplodstraßn, und hab mir d'Sonna schee warm ins Gsicht scheina lassn ...

Dialekt. Ihr zu liebe schickt Hannes die Worte wie Küsse durch den Äther. Anders als sonst, macht sie das jetzt ungeduldig.

Aber grod hat mi da Herbstwind mit de letztn Blattl fast weggagwaht. Und du?

Hab' viel zu erzählen. Wirst staunen. Mein alter Prof fand

ich soll nur noch malen, dann ... Ellens Worte überschlagen sich fast.

Ich versteh' dich nicht! Ich v e r s t e h' nichts!

Hannes' Worte klingen plötzlich heftig und ungewohnt akzentuiert.

Aber Hannes, dass er an mich glaubt, das ist so wichtig für mich und du ...

Ellen! Hörst du mich? Ich kann dich nicht verstehen, ruft Hannes gereizt durch die Leitung. Ruf gleich mal zurück, vielleicht geht das. Am besten mit unserem alten Zeichen – kurz, kurz, lang – zweimal.

Ja natürlich, mach ich, erwidert Ellen, bevor ihr bewusst wird, dass Hannes sie nicht hören kann.

Sie wählt auf die altvertraute Art, wie zu der Zeit, als sie frisch verliebt waren, das Telefonieren ins Ausland aber noch sehr teuer war. Wenn sie getrennt unterwegs sein mussten, hatten sie oft mehrmals am Tag nur ihr Klingelzeichen von Land zu Land geschickt und erst am Abend miteinander gesprochen.

Hallo Ellen, hörst du mich?! Hannes' Stimme trifft übertrieben laut Ellens Ohr.

Ja, und du? fragt sie zurück. Vibrierende Stille.

Nichts, hört Ellen ihn murmeln, ... reparieren ... gleich morgen. Bis dann, Kuss und Schluss, rauscht es fahrig durch die Leitung. Zwei, drei Minuten vergehen. Ellen sitzt noch immer mit dem Telefonhörer in der Hand da. Verstimmt, traurig. – Sie weiß nicht recht. Hannes' Einfall mit dem alten Klingelzeichen! Dass er daran gedacht hat, immerhin. Doch warum hat er nicht zuerst nach der Ausstellung gefragt? Das nagt an ihrer Freude über den Anruf. Zögernd geht sie ins Wohnzimmer zu Inka zurück, die von einer Zeitschrift aufsieht, in der sie geblättert hat.

Hannes' Telefonanschluß ... gestört, er versteht mich nicht.

Ganz wie im wirklichen Leben, entschlüpft es Inka. Sie erschrickt. Muss lachen. Schlägt sich mit der Hand auf den Mund.

Ellen ist angespannt, als stehe sie einer Feindin gegenüber. So geht das nicht, denkt sie, besser den Abend beenden.

Nach solch einem Tag … zu müde, um sich am Erfolg zu freuen, oder auch nur einen vernünftigen Gedanken zu fassen, wir sollten … ich möchte …

Schlaf gut! Inka hält Ellen einige Sekunden bei den Schultern, und sieht sie aufmerksam an. Gleich darauf schließt sich die Tür hinter ihr.

Ellen blickt auf den Strauß, traurig und erschöpft.

Kaum dass sie im Bett liegt, schläft sie auch schon. Im Traum gleiten schemenhafte Gestalten an ihr vorüber, als wäre sie noch immer in der Galerie. Nur Hannes erkennt sie deutlich. Hört ihn rufen: Ich versteh' dich nicht! Und erinnert sich beim Erwachen an seinen Blick, der sie nicht loslässt, der unwillig, zurechtweisend und enttäuscht auf ihr liegt. Wie als Kind, fühlt sie sich schuldbewusst und verzagt.

*

In der Wohnung ist es ungewöhnlich still. Der Morgenhimmel hängt mattweiß vor dem Fenster. Mit flüchtigem Pinselstrich sind fliehende graue Wolken hineingesetzt. Oder waren es die weiten Schwingen der Kraniche? Schon sind sie fort. Der Himmel ist zu Milchglas erstarrt. Kalt und abweisend scheint er das Ende des frühen Herbstes zu besiegeln. Ellen erinnert sich, dass Inka von irgendeinem sehr frühen Termin gesprochen hat. Es ist ihr sehr recht, nicht reden zu müssen. Also nur ein Brot, einen Kaffee und nichts wie fort.

Sie radelt an der Mathiaskirche vorbei, parkt gleich darauf neben einer Karawane von Drahteseln, und schlendert über den Markt am Winterfeldplatz, um beim Einkaufen gute Laune zu tanken; und auch Sonne. Denn die hat sich nun doch vorgewagt, tränkt alles in orange Töne und spiegelt sich noch einmal selbstvergessen und wahllos in jedem Glas. Auch in solchen, die mit Bonbons und Gurken gefüllt sind. Die Scheiben der Restaurants vis-à-vis blenden. Davor das bunte Durcheinander der Gäste in Konkurrenz zur Fülle der angebotenen Blumen und Gebinde. Wie im Hochsommer. Dabei bläht ein frischer Wind die Zeltplanen der Stände auf, zottelt an den Garderobenständern der Händler und vermengt die Gerüche brutzelnder Currywürste, der Hähnchen am Spieß, Cevap und gerösteter Mandeln miteinander. Fahrradgeklingel rund um den Platz, die wetteifernden Rufe deutscher und türkischer Verkäufer und ein Afrikaner mit seiner Trommel geben hier statt der Autos den Ton an. Im Einkaufskorb leuchtet es zunehmend farbenfroher. Aus knisternden Tüten steigt der säuerliche Geruch frischen Brotes und der gebrannter Mandeln auf, die sie für Inka gekauft hat.

Die ist noch immer nicht da, als Ellen in die Wohnung zurückkehrt. Kein Geräusch ist zu hören. Sie fühlt sich von allen Menschen getrennt, verlassen. Nachdem sie die Einkäufe weggeräumt hat, bleibt ihr noch eine Stunde, bevor sie Joana in der Galerie ablösen muss. Den Abend wird sie allein verbringen. Inka trifft sich wie immer am Wochenende mit ihren Freundinnen. Zu denen gibt es kaum gemeinsamen Kontakt. Der zehnjährige Altersunterschied, der sich im Zusammenwohnen mit Inka kaum bemerkbar macht – beim Treffen mit ihnen erscheint er fast wie der einer Generation. Bei der Vernissage war ihr das wieder bewusst geworden. Gelangweilt waren Inkas Freundinnen auf ihren Plateausohlen herumstolziert oder hatten mit ihren Lederabsätzen auf den Parkettboden geknallt, als müssten sie ihr Revier abstecken. Sie kennt die jungen Frauen nicht, und ihre Gesichter, ihr Gehabe, lassen ein Erkennen auch so ohne weiteres nicht zu: diese gleichgültigen metallenen Blicke und energischen dunkel-violett geschminkten Lippen, zwischen denen knallharte Feststellungen oder Kaltfröhliches hervorschnellt. Oder es hängt ein spöttisch hochmütiges Schweigen in ihren Mundwinkeln. Diese ausgestellte Coolness kennt Ellen von ihren Schülerinnen zur Genüge. Doch nimmt sich Ellen wieder einmal vor, Inkas Freundinnen einzuladen. Schließlich muss etwas an ihnen dran sein, wenn Inka mit ihnen befreundet ist.

Ellens Blick fällt auf einen Stoß zu korrigierender Hefte, aber sie will Bertis Notizbüchern nicht länger ausweichen. Das letzte Wochenende vor Hannes' Rückkehr, soll neben dem Malen zum Lesen genutzt werden.

Sie fragt sich, ob sie diesmal versucht, damit der aktuellen Situation zu entfliehen. Doch sie gesteht sich zu, dass der Erfolg und Korbers Angebot zu unerwartet und neu sind, als dass sie die Konsequenzen schon überblicken könnte.

Entschlossen greift sie nach Bertis Aufzeichnungen von 1983. Im Jahr zuvor waren die Eintragungen begonnen und beendet worden. Ihr Daumen gleitet über die Goldschnittkante. Die Seiten sind leer. Ellen nimmt nach einander die anderen Notizbücher zur Hand. Sie lauscht dem Rauschen der leeren Blätter, die ihr Kellergeruch in die Nase wehen, und dem klatschenden Geräusch, wenn der Umschlag zurückschnellt. Die Notizbücher stapeln sich neben ihr. Das von 1991 ist dicker als die anderen. Etwa in der Mitte teilen sich die Blätter. Scheinbar unvermittelt beginnen wieder Eintragungen. Kein einziger Tag mehr ohne sie. Oftmals sind Blätter dazugelegt. Hastig greift Ellen nach dem letzten Notizbuch. Unter dem Druck ihres Daumens spreizen sich die beschriebenen Blätter. Am 30.8.l992, einen Tag vor Bertis Tod, ist eine Karte zwischen die Seiten gelegt: ‚Meine Amme und ich'.

Ellen kann ihren Blick nicht von den aufgeschlagenen Seiten wenden. Faszination und Unruhe haben von ihr Besitz ergriffen. Sie nimmt das Notizbuch von l982 und die beiden letzten mit zum Schreibtisch. Sie schlägt noch einmal das erste von 1982 auf. Das ‚AUS' springt ihr entgegen. Sie blättert zurück, und stellt ihren Aschenbecher auf die auseinander gebogenen Seiten. Dann legt sie die erste der späteren Eintragungen daneben. Geschrieben, nachdem Berti im Koma lag.

Ich wollte sie sterben lassen!

Die gleiche Erstarrung wie damals. Die gleichen verhaltenen Atemzüge. Als säßen Dämonen auf ihrer Brust. Eine mühsame Bewegung, dann hat Ellen auch diese Blätter beschwert. Sie knipst die Lampe an, die ihrer Stärke wegen sonst feinsten grafischen Arbeiten vorbehalten ist. Sie hat sich nicht geirrt. Die Schriftzüge weichen fast völlig von einander ab. Nur ein Grafologe könnte sagen, ob das überhaupt Bertis sind. Ellen zieht das Band des Notizbuches heraus, denkt: Bänder lösen, sich der Mumie nähern – zittert, liest.

Mittwoch, den 6. März l991

Wichtig, wieder mit Eintragungen anzufangen, jetzt, wo mir Mutti und Vati die Werkstatt und die Boutique genommen haben. Sein Vorwurf: Ich solle Vernunft annehmen, Mutti richte sich mit der vielen Arbeit zugrunde. Sie tun, als wäre das Geschäft ihr Werk gewesen. Dabei ist jeder Entwurf, jede Modenschau, die Überwachung der Werkstatt – alles habe ich getan. Ohne mich ging gar nichts. Ich lag im Koma, wie sie sagen. Gestorben aber ist mein Betrieb. Die Auslieferung und Buchhaltung, das war Muttis Sache. Nichts sonst. Doch sie konnte es nicht lassen. Immer mischt sie sich ein. Nur Ellen sagt nichts zu alledem. Weder für noch gegen mich oder sie. Warum sollte sie auch. Sie hält sich aus allem raus und tut was sie will, und dennoch lieben sie alle. Aber alles können sie auch mir nicht nehmen. Ich habe meine Aufgaben und werde sie erfüllen. Dafür braucht es eiserne Disziplin, eine Planung, einen präzisen Stundenplan und Notizen, damit ich nichts vergesse. Zuerst das Abitur. Den Fernkurs, den sie mir zum Geburtstag geschenkt haben. Dazu die Malerei. In der Therapie waren alle von meinen Bildern begeistert. Meine Malerei! Darauf kommen sie nie, weil sie nachts schlafen und überhaupt unaufmerksam geworden sind. Male heimlich und verstecke die Bilder. Erst wenn ich genug für eine Ausstellung habe, sollen sie sie sehen. Eine Ausstellung, dass Ellen die Augen übergehen. Von wegen kleine Schwester! Ich werde sie alle zum Staunen bringen. Stolz werden sie auf mich sein – sogar Ellen. Das Malen in der Therapie, das einzige was gut war. Ansonsten, wofür? Damit uns diese sogenannten Fachleute mit Vorwürfen überhäufen? Vatis Wut darüber, kaum dass wir ihnen den Rücken kehrten. Und Mutti, sie fühlt sich missverstanden und gekränkt. Wenn das so weitergeht, wird sie mich irgendwann nicht mehr mögen. Nein, für das, was ich tue brauche ich Ruhe vor diesem Psychologengequatsche und auch dem der Ärzte. Und nicht mehr als meine vierunddreißig Kilo. Tun, als könnten sie in einen hineinsehen und alles beurteilen. Immer dasselbe. Und dass ich zu dünn bin! Blödsinn, schließlich sehe ich mich selbst im Spiegel. Ganz normal für meine hundertfünfundsechzig Zentimeter. Seit Jahren wollen mich alle zum Essen zwingen, dabei gibt mir gerade meine Disziplin Kraft. Das bringen sie alle mit ihren lächerlichen Diäten nicht fertig – auch Mutti nicht. Angeschrieen hab' ich sie heute, ob ich dick werden soll, um mich zu hassen ...

Unzweifelhaft Bertis Eintrag. Gemalt hat sie also auch, stellt Ellen mit resignierter Verwunderung fest, wie jemand, den nichts mehr wirklich in Erstaunen versetzen kann. Bilder, aber wo? Sie hat beim Umzug nicht viel aufgehoben. Ellens Blick geht von diesem Eintrag zu dem von 1982 hinüber, wandert zwischen beiden hin und her. Das nimmt sie mehr und mehr gefangen, lenkt sie von der Frage nach den Bildern ab.

1982: Die Buchstaben der Siebzehnjährigen schreiten geordnet, klar und lebhaft voran. Nach rechts gerichtet stürmen sie geradezu ihrem Ziel entgegen. Wie ein Raupenkörper bewegen sich m's, n's und u's über das Blatt, als wäre es liniert und – aber nein, für eine Raupe rücken die Buchstaben zu eng aneinander. Eher gleicht die Schrift einer Girlande, die nicht zur vollen Länge ausgezogen ist. Die schwungvollen starken Aufstriche geben dem Schriftbild bei aller Gehaltenheit Wärme und Lebendigkeit. Überrascht stellt Ellen fest, dass Bertis Schrift – von den mädchenhaft verträumten Einrollungen beim ‚a' abgesehen – denen gleichaltriger Jungen unter ihren Schülern ähnelt.

Ellen zögert einen Augenblick, bevor sie sich dem späteren Text noch mal zuwendet. Schon der erste Eindruck war beklemmend. Dieses Gerüst aus übertrieben hoch gezogenen Strichen. Die Girlande, gerissen, nicht mehr von kräftigen Aufschwüngen getragen. Erstarrt, als habe man sie nach einem Sommerfest bis in den Winter hinein hängen lassen, verlieren sich die engen schwachen Striche manchmal bis zur Unkenntlichkeit. Die Schriftzeichen erzählen, ohne dass es des Inhaltes bedarf, von Einsamkeit und Disziplin. – Nun ohne Kraft.

Zuletzt schlägt Ellen die Seiten vor Bertis Todestag auf.

1992: Knochig und steil stechen die Buchstaben empor. Die Worte schwingen nicht mehr aus, verlieren sich bleich auf dem Blatt oder werden durch ihre Enge unlesbar.

Ellen bringt es nicht über sich, sie zu entziffern. Gebannt schaut sie auf die Schriftzüge der ersten und letzten Eintragung, sieht die Schwester vor sich – deutlicher, als es die Erinnerung oder der Inhalt der Notizen je vermocht hat. Die Bewegungen der Schrift. Bertis Bewegungen. Ihr Wollen und Fühlen. Verzehrende und verzerrende Veränderungen haben sie in einem einzigen Jahrzehnt in ein anderes, fremdes Wesen verwandelt. Nichts könnte Berti lebendiger erscheinen lassen, und nichts die Erstarrung, das abgebrochene Leben so stark zum Ausdruck bringen wie das letzte unlesbare Wort: Ein Hochspannungszeichen, das seitenverkehrt statt dem Himmel entgegen zur Erde herabstürzt.

Das Telefon! Hannes. Später, nicht jetzt. Jetzt müsste sie von Berti reden. Könnte weder zuhören, noch irgendetwas Unterhaltsames erzählen. Die Küchenuhr schnurrt, dann schlägt sie rachitisch. Die Zeit bringt sich in Erinnerung. Sie muss Joana ablösen. Ellen geht ins Bad, um sich zu schminken. Aufmerksam folgt sie ihren Gesichtszügen: dem oval geformten Mund, den aufgerissenen Augen beim Wimperntuschen, deren übertriebene Schrägstellung beim Lidstrich, den herabhängenden Lidern beim Nachziehen der Augenbrauen.

Und dabei die manische Suche nach Ähnlichkeiten; und der zunehmende Widerstand. Ein inneres Aufbäumen, als ginge es um ihr Leben.

*

Trotz heftigen Herbststurms entschließt sich Ellen, mit dem Fahrrad zur Galerie zu fahren. Gerade deswegen. Wer sonst könnte ihr die bedrückenden Gedanken aus dem Kopf pusten?

Auf der Busspur des KuDamm's kommt sie trotz des Touristengewimmels gut voran. Vor der Gedächtniskirche biegt sie ab und fährt zum Zoo, dann seitlich am Eingang vorbei in Richtung Tiergarten. Plötzlich riecht es nach Bauernhof. Ellen steigt ab und sieht auf das Zoogelände hinunter. Tatsächlich tummeln sich unterhalb der Böschung Ziegen und Kühe, Hühner und Schweine. Nicht mehr wie früher Dromedare, deren Exkremente über die Nase Wüstenlandschaften vorzugaukeln vermochten. Für Sekunden hatten die schwülen afrikanischen Windstöße des Solano verschwommene Farbspiele in türkis und rosé herangetragen, und Sandkörner, die zwischen Augenlidern und Lippen rieben.

Ellen schiebt ihr Rad der vielen Spaziergänger wegen bis zum Schleusenkrug und dort noch an denen vorbei, die dicht gedrängt die Anhebung eines Ausflugsdampfers in der Schleuse beobachten. In ihrem Rücken brausen in beide Richtungen Fernzüge über die Eisenbahnbrücke. Wenige Schritte weiter eine Gabelung des Landwehrkanals. Das Wasser wird über leichtes Gefälle herangeführt und umschließt mit dem darauf folgenden Abzweig die winzige, von Enten bevölkerte Schleuseninsel, während Paddler und Ruderer ihn für ihren Samstagsausflug nutzen. Mit dem Bug zum Ernst Reuter Platz liegen bewohnte Hausboote. Das wäre was. Einfach auf und davon. Und das ganz sachte. Die verzerrte Musik eines Akkordeonspielers fliegt mit Laub und Papierfetzen auf. Blätter knistern zwischen den Speichen. Beißender Geruch weht vom WC-Container herüber. Endlich der Radfahrweg, Auge in Auge mit der Goldelse. Scharf in die Kurve gelegt, und unter ihren Flügeln hinweg ins Hansaviertel geradelt. Es wird Zeit.

Gähnende Leere in der Galerie. Nur Kaffeeduft zieht durch die Räume.

War überhaupt jemand da?

Nur der Hotelmensch, der den riesigen Komplex in Mitte baut.

Der gleich zwanzig und mehr Bilder von einem Maler kauft, um in jedes Hotelzimmer Originale ...

Hatte die Chuzpe, deine zu teuer zu finden. Wollte lieber mit Grabert verhandeln. Nu ja, hab' die zwei gleich telefonisch zusammengebracht.

Ölbilder eben, keine Aquarelle oder Grafiken ...

Genau das habe ich ihm ... aber lass man, da ist noch was anderes, sagt Joana geheimnisvoll.

Ellen ist nicht in Stimmung, nachzufragen. Da erzählt Joana schon von Jörgs Besuch am Vormittag, als hätten Bertis Schriftzüge ihn herbeigerufen.

Er ist wegen der Vernissage nach Berlin gekommen, musste dann aber seinen Vater ins Krankenhaus bringen. Deshalb hat er heute – wieder auf dem Weg zu ihm – hereingeschaut. Jetzt rollt er schon wieder in Richtung Ostfriesland, sagt Joana nach einem Blick auf die Uhr, und lacht kurz auf, als fiele ihr gerade einer der üblichen Witze ein.

Ellen hat die leere Fläche an der Wand entdeckt, weist mit dem Kopf dort hin, fragt, ob Jörgs Besuch oder das die Überraschung sei.

Ich weiß, ich weiß, ist gegen die Absprache, räumt Joana ein und streift mehrfach mit den Händen an ihrer aufgesteckten Frisur empor, als raufe sie sich die Haare. Aber bei ihm? Er wollte es unbedingt mitnehmen, sprach davon, dass er sobald nicht wieder kommen könne ...

Ein Widerspruch zu dem, was sie über die Erkrankung des Vaters gesagt hat. Joana bemerkt es gerade selbst, hebt die Schultern und schaut ergeben zu Ellen hinüber, die auf der Suche nach dem Foto des Bildes die Informationsmappe durchblättert. Raschelnd fliegen Bilder und Texte vorüber, holen ihr unvermittelt Bertis Schriftzüge vor Augen. Wenn

Annette recht hat, würde Jörgs Interesse an ihr die Schwester nicht freuen.

Das Foto des verkauften Bildes zeigt kein seltenes Motiv, und doch ein besonderes. Kein ‚Doppelgesicht' wie die Serie der Bilder eins bis sechs. Und doch hatte ‚Doubleface' als einziges mit den anderen an dieser Wand gehangen, wenn auch mit größerem Abstand.

Was das denn solle, hatte Inka gefragt. Und Joana, warum sie es nicht als siebentes in die Reihe aufgenommen habe.

Sie hatte auf später vertröstet und nur soviel versichert, dass ‚Doubleface' für sie kein Doppelgesicht sei. Zeit für ausführliche Erklärungen war beim Hängen der Ausstellung nicht gewesen.

Ellens Blick wandert erneut zu der leeren Fläche hinüber. Sie fragt sich, ob der Unterschied Jörgs Auswahl bestimmt hat, und er anders als die anderen den Titel – in seine Schneidersprache übersetzt – verstand: Ein Gewebe, eine Herkunft, und doch beide Seiten von verschiedener Färbung.

Das Foto gibt das Bild gut wieder: Kein Kopf, aus dem ein anderer wächst, keine zwei Gesichter, die übereinander geschoben eins ergeben. Das Geheimnis dieses Bildes entsteht nicht durch Doppelung und Verfremdung. Zwei Halbprofile sind einander zugewandt: die selbe Kopf- und Gesichtsform, der selbe Schnitt der Augen, der selbe Schwung der Lippen. Aber die Wesenszüge, denen die unterschiedliche Ausmischung der Farbe Kontur verleiht, sind von erstaunlicher Gegensätzlichkeit. In jedem der Gesichter zeigt sich eine ganz individuelle Ambivalenz und Spannung, ein ganz eigener Ausdruck und Blick in die Welt. Trotz äußerer Gemeinsamkeiten und gleicher Grundierung sind sie gänzlich verschieden.

Das Gefühl beim Malen: Nach und nach war die deprimierende Stimmung gewichen. Frische Luft weitete den Brustkorb. Ihre Arme hatten Bewegungsfreiheit. Die Hand mit dem Pinsel einen Schwung, den kein Gedanke hemmte. – Auch jetzt bei der Betrachtung des Fotos gelingt es ihr, sich aus Bertis Umklammerung zu befreien.

Auf dem Weg über die Tischplatte zu den Zigaretten tätschelt Joana Ellens Hand, dann hält sie ihr die Schachtel hin.
Ellen schüttelt den Kopf.
Noch ärgerlich?
Aber nein, mir geht nur so viel durch den Kopf.
Wenn du darüber sprechen willst …?
Stille, für eine Zigarettenlänge.
Ellen hat Gedankenfetzen zusammengesetzt, die sie auszubreiten beginnt: Da sei Korbers Angebot. Nicht nur eine ungeheure Anerkennung, auch eine ebenso große Herausforderung.
Warum malst du nicht einfach drauflos?
Ellen sieht Joana erstaunt an. Sie kreuzt die Arme vor der Brust, hält sich mit den Händen an den Oberarmen fest.
Joana greift im Aufstehen nach den Tassen und beugt sich dabei zu ihr herunter.
Auch noch einen?
Gern.
Dem süßlichen Zigarettengeruch mischt sich ein vertrauter Duft bei. Das gleiche Eau de Cologne – Joanas letztes Geburtstagsgeschenk an Inka.
Wasser läuft. Schritte sind zu hören. Geschirr klirrt. Die Alltagsgeräusche beruhigen Ellen. Wenn überhaupt, kann sie nur mit Joana offen sprechen.
Der Kühlschrank, auf dem die Kaffeemaschine steht, rumpelt, als wollte er sie abwerfen. Joana lässt sich wieder in den Sessel fallen.
Darf ich? Ellen angelt nun doch nach den Zigaretten.
Sie erzählt von dem morgendlichen Gespräch mit Inka. Und dass sie sich noch immer nicht davon frei machen könne, es den Eltern – vor allem der Mutter – recht zu machen. Wie die sich aufgeregt haben, als sie nur eine Halbtagsstelle als Lehrerin annahm, um sich daneben die Selbständigkeit mit grafischen Arbeiten aufzubauen. Bis

zuletzt haben sie das missbilligt. Dazu ihre eigenen existenziellen Ängste – wohl mit der Muttermilch eingesogen ...
Viel zu viel Muttermilch ...
Viel zu viel von allem. Zwei Jobs, Hannes und dann das Malen! Wie soll ich ...
Deine Aufzählung scheint mir verkehrt, falsch herum, fährt Joana dazwischen. Zuerst kommt das Malen, dann mit Fragezeichen die Jobs, und danach erst Hannes oder womöglich Jörg.
Also hat Inka ...
Joana unterbricht Ellen durch ihr unerwartetes Emporschnellen. Sie holt hinter einem Regal eine Flasche Sherry hervor, schwenkt sie verschmitzt lächelnd. Erstaunlich leichtfüßig kommt die gewichtige kleine Frau auf ihren schmalen hochhackigen Schuhen zurück. Zarte Fesseln lugen unter ihrem Bobo hervor, durch dessen Farbenpracht die Bräune ihres Decolté's besonders zur Geltung kommt. Dazu ein Leuchten auf den markanten Gesichtszügen, dessen Ausgangspunkt Ellen nicht orten kann. Ein wenig dieser Ausstrahlung wünschte sie sich.
Ein ziemliches Schlamassel das Ganze, stöhnt Joana, aber nun mal eins nach dem anderen.
Also, welchen Job aufgeben? fragt Ellen.
Am besten beide!
Joanas Lachen klingt amüsiert und herausfordernd. Sie prostet Ellen zu, als gehe es um die Männer, die sie allesamt Schlawiner nennt, wenn auch irgendwie unverzichtbar. Ellen hat automatisch nach ihrem Glas gegriffen, trinkt aber nicht.
Jetzt im Ernst, ruft sich Joana zur Ordnung, Werbeaufträge für die interessanten Auftraggeber erledigen, nur für sie, das wäre nicht verkehrt, ein zweites Bein sozusagen, aber hast du schon mal an eine Beurlaubung vom Schuldienst gedacht?
Und wovon leben? Die Werbung und die Bildverkäufe, dazu meine Ersparnisse, das geht bestenfalls ein Jahr gut, wendet Ellen ein.
Wenn du mit der Malerei wie gewünscht vorankommst

und merkst, dass du dir langsam einen Namen machst, dann könntest du zur Überbrückung deine Eigentumswohnung verkaufen und ...
Ellen hebt abwehrend die Hände.
Die Einstellung deiner Eltern, ich weiß. Alles gut und schön ... dennoch, erlaub' es dir!
Ellen denkt an den Verkauf des Elternhauses. Nach dem Tod des Vaters hatte sie es nicht mehr betreten. Ohne Abschied zu nehmen hat sie es verkauft. Professionelle Helfer haben alles Nötige erledigt. Die Truhe mit den wenigen Erinnerungsstücken hat Tante Grete mit ihrem Umzugsgut mitgenommen, um dann bei ihr im Keller abgestellt und vergessen zu werden.
Ich weiß nicht, ... stammelt Ellen, verschränkt die Hände im Nacken und presst Wangen und Kinn zwischen die nach vorn gezogenen Ellenbogen. Wieder ist ihr alles durcheinander geraten. ... Ich fühle mich unsicher wie ein Kind. In allem, auch Hannes gegenüber. Und sie spricht davon, dass sie wenig verbindet, dass er geradezu falsch für sie sei, und dennoch wäre da eine Vertrautheit, als wäre er schon immer da ...
Deshalb lieber folgsam sein und zu Papa auf den Schoß! beendet Joana statt ihrer den Satz. In der Kürze lakonisch, aber mit einfühlsamem Ton.
Ellen richtet sich kerzengerade auf, sitzt da, als lausche sie in sich hinein. Irgendwann zieht sie die Schultern hoch. Lässt sie müde fallen. Joana legt ihre CD auf. Sie hören und hängen ihren Gedanken nach.
Ich fühlte mich als Kind auch nicht geliebt, kommt Joana auf das unterbrochene Gespräch zurück. Sie spricht davon, dass ihre Eltern sicherlich das Beste für sie gewollt hätten, ihr aber weder Sicherheit noch Liebe geben konnten. Die Folge: festhalten, was man endlich gefunden zu haben glaubt ... – erst als Joana die Zigarettenkippe fast gewaltsam mit dem Daumen ausgedrückt hat, ergänzt sie – auch gegen besseres Wissen.
Ellen hat Inkas Vater vor Augen.

Der Wind lässt die Scheiben klirren und singt in hohen Tönen, die plötzlich mit einem Seufzer abbrechen.
Die Beziehung mit Hannes kostet mich alle Energie. Unentwegt kreisen meine Gedanken darum, wie ich richtig für ihn sein könnte, dabei …
Du versuchst, auch noch mit dem Verstand zu fühlen, wirft Joana ein.
Ich will innerlich und äußerlich unabhängig wie Inka sein. Das bewundere ich an ihr. Und ich war auf gutem Weg, bis ich Hannes wieder begegnete.
Ein Rückfall! Nicht weil sich Ellen in ihn verliebt, sondern weil sie ihn in die Rolle des besseren Vaters gesteckt habe, die sie nun abhängig macht, glaubt Joana.
Dabei mag Hannes mich, wie ich Inka mag – selbstständig und selbstbewusst. Doch wenn er mich entsprechend behandelt, fühle ich mich schnell unverstanden und verletzt.
Ellen gesteht, dass sie sogar das Gefühl habe, mit dem Malen Hannes Liebe zu verlieren, statt sie zu verdienen – zu gewinnen, verbessert sie schnell.
Verdienen, beharrt Joana sanft, wie bei deinen Eltern, deiner Mutter vor allem.
Ellen widerspricht nicht, bleibt ruhig. Sie ist dankbar dass da jemand ist, der weiß wovon sie spricht. Sie trinkt ihren Sherry. Joana schenkt nach. Wartet. Schweigt.
Als ich Hannes wiedertraf … gerade zu dieser Zeit war mir, als hätte ich alles im Leben falsch gemacht; so ähnlich wie jetzt. Ich war kurz davor alles hinzuwerfen und nur noch zu malen. Die Bewerbung für ein Arbeitsstipendium in Niedersachsen war abgeschickt.

Als wäre es gestern, steht ihr das unerwartete Wiedersehen vor zwei Jahren vor Augen; mehr als sechs Jahre nach der Romreise, deren Reiseleiter Hannes war. Auf der Hardenbergstraße, in Höhe der Hochschule, bei heftigem Novembersturm und strömendem Regen. Sie presste ihren Schirm

gegen eine Windböe, hielt ihn tief vors Gesicht, bemüht, den Sturm daran zu hindern, sich im Stoffgewölbe zwischen den Speichen zu verfangen, als ein Sportschuh die Pfütze vor ihr aufspritzen ließ. Der zweite Schuh näherte sich – eine Sekunde, und es würde einen Zusammenprall geben – also: abbremsen, stehen bleiben, den Schirm hochreißen. Der Windstoß, der in ihn fuhr, zwang sie zu einer halben Drehung mit Entschuldigungsgemurmel.
Ja, ja, schon gut.
Die Männerstimme brach ab, doch die Schuhe blieben in der Pfütze stehen. Irritiert blickte sie auf, sah Hannes, und hörte sozusagen seinem Erstaunen hinterher:
Ellen? I kann's net glauben.
Seine Haltung, seine Stimme – als stünden sie wieder auf der Via Appia und Hannes sagt: Ich habe mich in dich verliebt.

Aber sie standen im Regen, der sich gebärdete, als habe sich ein Gartenschlauch selbstständig gemacht. Kein Ort, um sich anzustarren und auch nur sekundenlang Erinnerungen nachzuhängen. Eine Kopfbewegung von Hannes in Richtung des 'Cafés am Steinplatz', und schon liefen sie ohne die Ampel zu beachten zwischen den Autos hindurch, und stießen die Tür des Cafés auf. Haare schütteln, Nässe verspritzen, Mäntel an den Riegel, den Schirm darunter. Keuchend standen sie einander gegenüber, lachten, noch ganz außer Atem. Ein kleiner Bistrotisch in der äußersten Ecke des Cafés war frei, als habe er sie erwartet, – und sie begannen, sich in eine Liebe hineinzureden.

Ellen schaut den Erinnerungen nach, denkt an Rom. Damals war sie ohne Antwort abgereist. Die Trennung von Robert war noch nicht überwunden. Und es gab Berti und die Mutter, die sie erwarteten. Diesmal aber kam er wie gerufen, so schien es ihr jedenfalls. Unerschütterlich in seinen Überzeugungen, seinen Interessen und seiner Zuneigung – bis heute. Ganz anders als sie. – Den Zuschlag für das Stipendium erhielt sie, brachte aber nicht den Mut auf, ihre Existenzgrundlagen aufzugeben; und auch nicht den, sich von Hannes zu trennen.

In den letzten drei Stunden – mit den Abschiedsworten: ‚Denk an die Reihenfolge und male!' von Joana in der Ausstellung allein gelassen, hat sie die Gemälde, an denen ihr besonders viel liegt, betrachtet und sich gefragt, was die von den anderen unterscheidet. Das war leichter herauszufinden als das, was ihnen Korbers Urteil nach fehlte. Ellen versuchte, mit seinen Augen zu sehen. Zurückversetzt in ihre Studienzeit, erinnerte sie sich seiner Anregungen. Das Zusammenwirken von Farben, Bewegung und Spannung, überzeugte sie. Fehlt es ihr an Courage, ist sie nicht beherzt und unerschrocken genug, das durch äußerste Verknappung der Darstellung auf die Spitze zu treiben? Es würde vom Betrachtenden verlangen, sich tiefer und fantasievoller auf ihre Bilder einzulassen.

Auf der Rückfahrt von der Galerie, unter dem blassen Vollmond und den gusseisernen Laternen durch den Tiergarten, dann den leergefegten Kurfürstendamm hinauf, entwickelt sich eine Bildidee. Sie muss es versuchen! Eine Woche Herbstferien liegt vor ihr. Eine grundierte Leinwand steht auf der Staffelei. – Bertis Tagebücher müssen warten.
Nur noch bei Hannes anrufen, dann wird sie bis zum Morgen malen. Die ganze Woche. Tag und Nacht.
Hannes sprüht am Telefon, erzählt von all dem, was er Anregendes und Aufregendes mit seinen alten Freunden gesprochen und unternommen hat.
Und du? Was war mit der Ausstellung, fragt er schließlich. Hast gar nichts davon … und dann das kaputte Telefon … war's nicht wie erhofft?
Ellen berichtet von Korbers Angebot, nicht aber von den notwendigen Konsequenzen, und nur zurückhaltend von den Verkäufen.
Wunderbar! Na, wenn ich zurück bin …

163

Endlich mal wieder ein langes Wochenende für uns, freut sich Ellen.

Nicht bös' sein ... ein paar Tage später ... Meran ... vor dem Winter noch einmal Sonne und Wärme tanken.

Hannes' begeisterte Stimme weckt den Wunsch in Ellen, ihn zu begleiten, bei ihm zu sein – am liebsten gleich jetzt. Jäh überfällt sie heftiges Verlangen nach ihm. Im nächsten Augenblick ist ihr ebenso glühend und zwingend das Bild vor Augen, das in ihrem Innern Gestalt angenommen hat. Schon gehört es wie ein Embryo zu ihr. Aber sie hat keine neun Monate, sie hat nur diese wenigen ungestörten Tage.

Ach ja, Meran, ruft sie Hannes zu, was meist du, wenn ich das nächste Wochenende nachkäme? Die verkauften Bilder ... ich könnte einen Flug buchen.

Lass uns vernünftig sein!, sagt Hannes hastig und schiebt ein Lachen hinterher, das verlegen klingt. Da muss ich schon ... du vergisst, ich fahr' mit dem Auto ... hab' meine erste Vorlesung am Dienstag.

Ellen ist froh, dass sie ihm nicht gegenübersteht. Den Tränen nahe, hätte sie nicht verbergen können, wie ihr durch sein schnelles Abwinken zu Mute ist. Und doch spürt sie neben der Kränkung auch Erleichterung, nicht vor die Entscheidung für Hannes oder das Malen gestellt zu sein. Diese Widersprüchlichkeit ähnelt dem Irritierenden in Hannes' Lachen, das sie noch hört, als sie den Hörer längst aufgelegt hat. Doch ihre Augen folgen der ockerfarbenen Grundierung auf der Leinwand und ihren zufälligen Formen. Mit zitternden Fingern befühlt sie, ohne den Blick von der Staffelei zu lassen, verschiedene Pinsel, drückt den ausgesuchten in die Farbe, um dann mit einem Pinselstrich Bewegung auf die Leinwand zu bringen; eine geschwungene Linie, eine Gestalt.

*

Sonnenschein und Geschirrgeklapper locken Inka in die Küche.
Aus dem Bett gefallen? Sie kuschelt sich gähnend in eine Ecke der Küchenbank.
Drei Stunden Schlaf und trotzdem hellwach.
Ellen holt die aufgebackenen Brötchen. Die Wärme, die dem geöffneten Backofen entweicht, und der Duft frischen Brotes durchziehen den Raum. Als Ellen von Jörgs Ausstellungsbesuch und Neuerwerbung erzählt, ist Inka hellwach.
Der hat sich verliebt!
Ja, stimmt Ellen überraschend zu, in meine Malerei. Endlich mal einer!
Das will ich doch hoffen. Aber im Ernst! Du bist seine Berti, die in reiferen Jahren.
Das mit meiner Kunst würde schon genügen, um Berti eifersüchtig zu machen. Mein Gott, ihre Bilder – aber wo können die sein?
Was sagst du?
Berti hat gemalt.
Auch das noch, stößt Inka hervor.
Stand im Notizbuch. Aber die Bilder ... wo ... ich habe keine Ahnung?
In der Truhe?
Na ja, Ellen ist skeptisch, vielleicht irgendwo dazwischen geraten ... ich kann ja noch mal nachsehen.
Und sonst? Inka schaut die Freundin aufmerksam an. Ellen scheint es, als hätten sich auf deren Iris all die offenen Fragen versammelt, die sie selbst quälend zwischen Staffelei und Computer, Schulheften und Wochenendplanungen mit Hannes einzwängen. Sie legt die Hände auf die Ohren.
Was ist denn? Ich spreche von deiner Ferienwoche. Was hast du vor?
Malen, sonst nichts; auch über die Ferien hinaus. Stockend spricht Ellen davon, dass sie unbedingt mit Korber arbeiten will – muss. Ihre Stimme gewinnt an Festigkeit, als sie von Joannas Vorschlag einer Beurlaubung aus dem Schuldienst

erzählt, von dem dann geringeren Risiko, denn immerhin
... man kann nie wissen ... ihre Entwicklung als Malerin ...
nicht gleichbedeutend mit Erfolg ... und überhaupt, wie
wird sie darüber in einem Jahr denken. Und länger reichen
ihre Ersparnisse und die Einnahmen aus den Bildverkäufen
nicht.

Als sie endet, liegt das Innenleben ihres Brötchens zerzupft auf ihrem Teller.

Beurlaubung, davon redet mein Herr Vater ja immer, der kennt sich da aus, sagt Inka und beginnt von den Möglichkeiten zu sprechen, wie der Verlust an Geld ausgeglichen werden kann, denn sie kennt Ellens Existenzängste. Sie spricht von dem Geld für die verkauften Schalen, dazu durch neue Aufträge und ihrem Honorar, mit dem sie sich künftig mehr an den Wohnungskosten beteiligen wird.

Ellen sieht die Freundin überrascht an.

Das von der Hochschule, spricht Inka ein wenig atemlos weiter, muss von Semester zu Semester neu beantragt und bewilligt werden, aber warum sollten sie erst damit beginnen, wenn sie ...

Das hast du gleich bei der Ausstellung mit der Professorin besprochen? wundert sich Ellen.

War gestern mit ihr verabredet. Keine riesige Summe, aber immerhin.

Die Uhr rasselt keuchend, dann schlägt sie neunmal. Zeit für Inka, in die Werksatt zu gehen.

Während Ellen die Küche aufräumt und das Geschirr abwäscht, betastet sie in Gedanken jeden in der Truhe verstauten Gegenstand. Alles Dinge, von denen sie sich aus Pietätsgründen nicht hat trennen können:

Zuoberst Bertis erste Schneiderpuppe, in Leinentücher gewickelt. Dann die Marionetten ‚Ellen und Berti'. Ellen erinnert sich der spitzfindigen Dialoge, die Berti und sie geführt hatten, wenn sie in die Rolle der jeweils anderen geschlüpft waren. Oft den Tränen nahe vor Spaß, Schmerz oder Wut. Ellen weiß noch, dass sie die Marionetten mit dem weichen, weißen Schal umwickelt hat, der ihre Kinderhälse oder Ohren bei Erkältungen wärmte. Eukalyptus- und Mentolgeruch durchtränkt. Darunter das Nerzcape, Mutters ganzer Stolz. Nichts für sie. Schließlich eine Schachtel mit Sport- und Armeeabzeichen des Vaters.

Nichts hat mit dem Gesuchten zu tun oder weißt darauf hin. Zuunterst Mutters braunes Köfferchen aus Kriegstagen. Wie alle Mädchen – meistens kleinere, die ihre Puppensachen darin hätten aufbewahren können – hatte sie ihn, angefüllt mit den wichtigsten Papieren und Wertsachen der Familie, auf dem Weg zum Luftschutzkeller und zurück zu hüten gehabt. Eine Gepflogenheit in allen Familien. Griffbereit stand er von einem Bombenangriff zum nächsten neben der Flurgarderobe. Ellen hat nur Bertis Tücher hineingelegt. Bei dem Gedanken stellt sich ein verwirrendes Gefühl ein, eine Wiederholung dessen, was sie empfand, als sie den Kinderkoffer in die Truhe legte – sein Gewicht!

Schon sind die Finger aus dem Abwaschwasser gezogen, der Schaum abgewischt, die Hände an den Hosenbeinen trocken gerieben. Der Griff nach dem Schlüssel und die Treppe hinunter gestürmt; etwas vorsichtiger die steile Stiege zum Keller hinab. Sie öffnet den Verschlag, die Truhe, das Köfferchen. Sie schiebt ihre Hand unter die Tücher, ertastet Bertis Gebiss, das sie damals in ein samtenes Stück Stoff eingeschlagen und unter die Tücher geschoben hat, wo kariertes Futter sichtbar wird. Sie befühlt es, lässt ihre Finger am Rand des Bodens und der Seiten entlang gleiten, und folgt den Linien des Musters. Wo Stoff und Leder sich treffen, fühlt sie eine zusätzliche Naht. Oder ist der Stoff eingekippt? Ihre Fingerkuppen haben Mühe in die Ritzen zu gelangen und den hineingedrückten Stoff zu lockern. Wie ein Deckel lässt er sich ablösen und darunter: Tuschzeichnungen in DIN-A-4 Format.

In Ellen und um sie herum Stille. Ohne zu erkennen, starrt sie auf das oberste Blatt, bis in einer der Wohnungen über ihr die Toilettenspülung gedrückt wird, und sie das Geräusch wie ein Platzregen aufschreckt. Sie legt Bertis Zahnprothese in die Innentasche des Kinderkoffers zurück, und trägt ihn in die Werkstatt hinüber.

Inka arbeitet über die Drehscheibe gebeugt. Tangomusik aus dem Radio durchzuckt den Raum wie schwüles Sommergewitter. Ellen stellt das Köfferchen auf den ausgeklappten Tapeziertisch. Unter ihrem Daumendruck schnappen die Schlösser auf, knallen die Verschlüsse gegen das Metall. Inka schreckt auf, sieht herüber. Ellen wartet bis sie neben ihr steht, dann schlägt sie den Kofferdeckel zurück, hebt den doppelten Boden an und holt vorsichtig einen Stoß Bilder heraus.

Es gibt sie also wirklich!

Inka ist verblüfft. Ellen lässt sich auf einen der Stühle fallen. Beide betrachten das zu oberst liegende Bild. Inka räumt den Tapeziertisch frei, damit Ellen einige der Blätter ausbreiten kann. Sie legt fünf nebeneinander. Abbildungen, Farben – unglaubliche Kontraste. Ellen tauscht die Bilder gegen andere aus, dann, nachdem sie sie betrachtet haben, noch einmal. Sie wechseln kein Wort. Ellen denkt an die Notizbücher, die sie nie unbefangen zur Hand nimmt. Immer muss sie das vor sich rechtfertigen. Die Bilder dagegen, diese naiven oder stilisierten Abbildungen, die eine unerhört überwirkliche, im Wechsel unschuldige und animalische Erlebniswelt offenbaren, überwältigen sie, noch bevor diese Scheu aufkommen kann. Sie wird von ihnen angezogen und abgestoßen, ohne dass sie sich von ihrem Anblick losreißen kann.

Die Blätter zeigen eine strenge Teilung, als wären zwei Bilder aneinander geklebt. Auf die farbigen Flächen sind flache, schattenlose Figuren gegeneinander gesetzt. Im kräftigen Farbteil aggressive und bizarre Abbildungen von Menschen, Tieren und Dämonen, im gegenüberliegenden zarte durchgeistigte Wesen. Engeln gleiche Lichtgestalten oder solche, die mit ihren Alabasterkörpern an Marienstatuen erinnern. Höllenbrut und unbefleckte Empfängnis, geht es Ellen durch den Kopf. Die Bildhälften beziehen sich aufeinander oder verbinden sich auf infame Weise. In den letzten Bildern immer filigranere Figuren, die an Modejournale denken lassen. Die Natur ist selten abgebildet. Wenn, dann als schroffes düsteres Gebirge, oder als grüner Hintergrund, der mit feinen präzisen Federstrichen durchwirkt, eher einer geklöppelten Spitzendecke als Feldern und Wiesen ähnelt. Die Gewichtung von Farben und Figuren hätte die Bilder geradezu umkippen lassen, wäre da nicht die gewaltige Spannung die von ihnen ausgeht.

Ellen ist dankbar, dass Inka geschwiegen hat. Auch als sie die Bilder zurückgelegt haben, gibt es kein Verlangen sich auszutauschen.

So soll es bleiben. Bei dem Gedanken, andere könnten die Bilder sehen, sie interpretieren, womöglich einer Kunstrichtung zuordnen, spürt Ellen, wie das Sichtbarwerden dieser gleichzeitig zügellos-wilden und kindlich-verklärten Innenwelt ihre Einzigartigkeit verliert. Unruhe ergreift sie, zieht wie eine bedrohliche Wetterfront auf. Blitze jagen ihr durch den Kopf. Ihr Puls rast. Ihr Körper wird von feuchter Schwüle überzogen. Nur ihr Herz – ein blauer Eisberg.

Berti wollte die Bilder ausstellen! Tut sie ihr Unrecht, wenn sie sie vor anderen verbirgt?

Ellen sieht die Betrachtenden vor sich, sieht, wie sich ihre Pupillen an den Abbildungen festsaugen, bis sie sich satt gesehen haben, während ihre Münder sie Wort für Wort wiederkäuend verzehren.

Und da ist Berti – dem Schatten einer Weidenrute gleich – die ihr Selbst aufgezehrt hat.

Nein, das ist nicht für Fremde bestimmt. Ellen lässt den angehaltenen Atem wieder strömen. Setzt sich auf und schüttelt energisch den Kopf. Als Erste tritt sie aus dem Schweigen. Sie holt die Marionetten und erzählt, dass ihre Eltern sie hergestellt haben. Der Vater den Kopf aus Pappmaché, die Drähte etc., die Mutter Haare und Gewänder. Inka ist begeistert und findet, dass ihre Kurskinder damit gut zu unterhalten und zu bändigen wären. Ellens Gesicht entspannt sich. Aber nur kurz, bis sie wieder in der Wohnung ist, denn da ist noch etwas, was sie beschäftigt.

Seit ein, zwei Stunden ist Hannes von München aus mit dem Auto unterwegs nach Meran. Ellen wählt sein Handy an. Das Rauschen der Autobahn lässt sie zusammenfahren. Bevor sie etwas sagen kann, hört sie Hannes' Stimme:
Du wirst begeistert sein, nicht nur von mir – sein Lachen dunkel, tief im Kehlkopf – der Blick von unserer Terrasse auf die Stadt, das Hotelzimmer …
Mit wem spricht er? fragt sich Ellen.
Du musst drücken … nicht mich, – lacht – die Taste … links … oben, hört Ellen Hannes Stimme, hält sie in ihrer Hand.
Mal sehen … verflixte Technik …
Eine Frauenstimme, kokett, in gespielter Verzweiflung. Gestochenes Hochdeutsch. Töne wie Nadelstiche.
Ach komm, da schau doch … ich zähle bis … eins … zwei …

In Ellen zählt es weiter: drei, vier, fünf, langsam, mit gleichmäßigen Pausen. Das Gesicht in die Hände vergraben lauscht sie ihrem stolpernden Herzschlag. Rundum ist alles verstummt; schwer, weich und dunkel, als habe man ein Tuch über sie geworfen.
Wo bist du? hört Ellen sich rufen. Gib ein Zeichen! – Entfernte Töne. Ein Flüstern. Stimmen. Unterdrücktes Jauchzen.
Warum bist du denn weggelaufen? ruft sie verzweifelt gegen den Wald aus Stille an, dessen helle und dunkle Konturen durch ihre gespreizten Finger sichtbar sind.
Habe ich mich geirrt – verirrt? Versteckt zwischen Vorhangfalten weiß sie nicht mehr wo sie ist. Die furchtsamen und freudigen Empfindungen des Suchens und Gesuchtwerdens verschlingen sich ineinander. Doch die Angst,

nicht gesucht, nicht gefunden und am Ende vergessen, zurückgelassen zu werden, gewinnt die Oberhand, löst Panik aus. Endlich sieht sie die Mutter, weit entfernt. Sie hält Berti in den Armen, die vor Freude, gefunden worden zu sein, mit den Beinen strampelt. Aber statt nun nach ihr zu suchen, läuft die Mutter mit Berti davon. Ihre Freude hat alles andere vergessen gemacht.
Aber das kannst du doch nicht!
Ellens Aufschrei, lautlos, ein nach innen gerichteter Ton.

Eine Mitfahrerin, an der Autobahn aufgelesen, schließt sie früherer Erfahrungen wegen aus. Auch der vertraute Ton, den nicht einmal die Nebengeräusche verdeckt haben, spricht dagegen. Sie hat Hannes' Stimme im Ohr, als spräche er zu ihr, als könnte es gar nicht anders sein. Und das kann es doch auch nicht!?
Wie einen Vers, den sie irgendwann für eine andere Gelegenheit gelernt hat, reiht sie die Worte:
Ich wollte dir eine gute Reise wünschen, aneinander, gerade bevor es der Fremden gelingt, das Handy statt ein- auszuschalten.

*

Ellen tritt von der Staffelei zurück und erschrickt. Sie hat die Freundin nicht kommen hören.

Sorry! Hab' schon heute früh reingesehen,...

Inka spricht, ohne den Blick von der schwebenden Gestalt auf der Leinwand zu lassen. Ein einziger breiter Pinselstrich. Hautfarben. In den oberen, kleineren Schwung schmiegt sich eine rote Kugel; darüber Wolkengebilde von unglaublicher Tiefe.

...hast dagesessen wie ein Insekt, das in einen Bernstein eingeschlossen ist. Aber nun ... das Bild ...

Ellen legt einen Zeigefinger an die Lippen, will keine Interpretation.

Wollte dich zum Essen holen. Bilder toter Maler lassen sich zwar besser als die lebender verkaufen, aber ... wie siehst du überhaupt aus? Ziemlich mitgenommen.

Über Ellens Nasenwurzel gräbt sich eine Falte ein.

Keine Sorge, nur ... soll ich meiner Mutter nicht besser absagen?

Warum denn das?

Das Bild! Du hast wie besessen gemalt, und wie ich dich kenne, wird es tagelang so weitergehen. Und da dachte ich ...

Ellen ist gerade noch rechtzeitig eingefallen, dass Inkas Mutter sie beide zu ihrem Geburtstag erwartet. Sie schüttelt verneinend den Kopf.

Aber da ist noch etwas, erschrick nicht.

Ja?

Man hat deine Tante ins Krankenhaus gebracht. Ins ‚Maria Trost' in Lankwitz. Ein Schwächeanfall.

Ellen ist aufgesprungen.

In ihrem Alter ... – Inka hält sie am Arm fest – beruhige dich. Um diese Zeit hält sie wie immer ihren Mittagsschlaf. Da hat sie nichts von deinem Besuch.

Ellen setzt sich zu Inka in die Küche, reißt ein Stück vom Fladenbrot ab und ermuntert die Freundin, von ihren Vorhaben zu erzählen. – Nur selbst nichts sagen müssen.

Inka spricht von der begonnenen Arbeit an der ‚Hochschule der Künste' und von neuen Formen und Glasuren für Weinkelche. Sie kramt einen Zettel aus der Hosentasche, und legt ihn vor Ellen auf den Tisch.
Und das geht?
Inka lächelt zuversichtlich.
Erstaunlich, wenn man bedenkt, ... Ellen sucht nach Worten. Zerbröselt das Brot. Bewegt die Krumen auf ihrem Teller hin und her.
Geh nur.
Entschuldige, ich meine ...
Inka schiebt die Freundin durch die Tür.
Fahr' vorsichtig, und grüß' deine Tante.

*

Am Wochenende gerieten sie bei Inkas Familie in das übliche Chaos. Joana sucht Gläser. Der Vater den Korkenzieher. Auch deshalb sei Sekt vorzuziehen, murmelt er verdrießlich, als er schließlich den von Inka mitgebrachten Lieblingswein des Geburtstagskindes einschenkt
Auf die Mutter von Janze! prostet er – wieder ganz Herr der Lage – seiner Frau zu. Alle tun es ihm gleich.
Das war's! Mehr Geburtstagszeremonie wäre spießig.
Das erste Halbjahr 2001 in Italien, genauer gesagt bis Pfingsten, wendet er sich an Ellen, geht natürlich in Ordnung. Hoffentlich wird es dir nicht zu einsam.
Ellen sieht Inka fragend an und die wütend ihren dozierenden Vater, der von Joana unterbrochen wird.
Ich war's.
Italien! Am liebsten gleich! denkt Ellen. Nur Tante Grete könnte sie zurückhalten, doch die wird wohl kaum noch das Weihnachtsfest erleben.
Die Beurlaubung zum Jahresanfang wird allerdings nicht ganz einfach sein. Sie werden sich zieren – von wegen im laufenden Schuljahr und so, fährt Inkas Vater ungeachtet des Einwurfs von Joana fort. Eine psychische Erschöpfung

durchblicken zu lassen – die ohnehin über kurz oder lang unweigerlich zur Krankmeldung führen würde – wird aber genügen. Natürlich könnte ich auch mit deinem Schulleiter sprechen, bin mit ihm seit Uni-Zeiten befreundet, bietet er an.

Tu das, du kennst dich ja bestens aus, sagt Inka spitz.

Ihr Vater fragt mit süffisantem Unterton nach, warum die Tochter denn nicht mit nach Italien fahre.

Geht nicht. Der Honorarvertrag mit der Hochschule, die leeren Regale nach der Ausstellung, Bestellungen, erklärt sie ebenso eifrig wie ernsthaft. Und ob Ellen das überhaupt will ... fahre später, wenn sie das Alleinsein satt hat.

Gut, gut, wehrt der Vater ihre Begründungsversuche ab, ich dachte ja nur.

Ich weiß nicht, ob ich das überhaupt annehmen kann, sagt Ellen, auch um Inka aus dem Geplänkel mit dem Vater zu befreien.

Natürlich kannst du, lässt sich deren Mutter hören.

Ist genau das Richtige – in jeder Hinsicht, sagt Joana mit einer Entschiedenheit, die Ellen gut tut.

Ellen sieht Inka nicht an. Sie fühlt deren ruhigbesorgten Blick, der ihr seit Tagen folgt, scheut ihn. Natürlich spürt die Freundin, dass sie ihr etwas verschweigt. – Hannes' Worte am Handy und die Karte, die heute eingetroffen ist.

Überraschend schnell, noch vor der italienischen Grenze aufgegeben. Deren flüchtige Schriftzüge, die so sehr seiner Sprache entsprechen. Abdrücke eines aufgeregt hüpfenden Vogels. Erstmals hatte er für die besondere Art seines Grußes: D.D.i.i.l. – Dein Dich immer innig liebender ... – keinen Platz gefunden. Nur sein ‚Ha', ein verwischter Kringel, fliegt statt seines Namenszuges hinter dem letzten Wort auf, als habe der Vogel eilig mit den Flügeln darüber geschlagen. Und so fühlt sie sich – geschlagen. Das Fehlende wirkt als schriftliche Bestätigung, dass das am Handy Gehörte ernst zu nehmen ist, auch wenn Hannes von nicht mehr als einer ‚technischen Panne' geschrieben hat. Gerade deshalb. Oder war seine Grußform von jeher nichts als eine

Floskel, gut für jedwede Liebesbeziehung? Kindisch von ihr, sie für etwas Besonderes zu halten. Unter Ellens Haut vibriert die Irritation von einst, als sie die Abkürzung erstmals buchstabierte, entschlüsselte und gleichzeitig versuchte, die widersprüchliche Übersetzung ihrer Empfindungen zu deuten. Vorbehalte grummelten damals im Magen. ‚Immer!' Langsam formte sich das Wort in ihr, sie hörte seinen Klang, schrieb es angestrengt wie eine Erstklässlerin: auf und ab – *immer* – eine ungelenk auseinander gezogene Schlangenlinie. Die Buchstaben wurden enger und enger, schnurrten zusammen wie ein papiernes Geschenkband. – Es gibt dieses ‚Immer' nicht. Hat es nie gegeben!

Was ist? Ist dir nicht gut? Inka greift über den Tisch nach ihrer Hand, die Worte hastig und laut hervorgestoßen, als habe die Freundin sie schon mehrfach angesprochen.

Bin ganz okay, beeilt sich Ellen zu versichern.

Joana bietet Ellen an, sie nach Hause zu fahren. Sie will ohnehin noch etwas im KaDeWe besorgen. Inka will nur bis zur Werkstatt ihrer Partnerin vom Kunstmarkt mitgenommen werden. Also nimmt sie am Besten gleich auf dem Beifahrersitz des poppigen Polos Platz. Für Ellen hat Joana die hintere Tür geöffnet. Die angewinkelte gelbe Fläche neben der roten Vordertür – zwei Teile, eine Front – aneinandergesetzt wie Bertis Bilder. Joana fährt zügig. Aus den Rinnsteinen spritzt Wasser bis zu den Fenstern hinauf. Ellen wischt sich energisch über die Augen.

*

Kurz darauf vor der Staffelei, der geschwungenen hautfarbenen Linie auf der Leinwand – ihrer Berti gegenüber – findet Ellens Verzweiflung erstmals Worte, zaghafte, tonlose:

Da schwebst du nun, abwesend über allem. Dabei hättest du leben können – und auch wir. Stattdessen hast du Mutter nachgeholt; hast das als Kind Gesagte wahrgemacht.

Und Vater blieb allein. Hätte seine Liebe Mutter nicht ohne deinen absoluten Besitzanspruch vielleicht doch erreicht? Und ich? Die Sorgen der Mutter um dich geteilt, angehört und getröstet, geraten und geholfen, dich wieder und wieder aus den Kliniken geholt, wofür? Damit du mager bleiben und durch die Blicke anderer statt durch Nahrung leben konntest? Ich hätte dich ernst nehmen, Mutter vor dir schützen, dich einer Therapie überlassen sollen. Nicht auf deine Drohungen hören, dass du dir wieder – und diesmal erfolgreich – die Pulsadern öffnen, Tabletten schlucken, dich aus dem Fenster stürzen würdest. – Und schon gar nicht hätte ich in Mutters Augen sehen dürfen. Ich hätte nein sagen müssen. Nicht nur einmal, als Vater dir dann statt meiner half. – Nein, immer, immer wieder nein!

Und du frohlockst! Denkst du, Vater und ich wären aus Liebe zu Mutter willfährige Werkzeuge gewesen, und nun Schuld an deinem und ihrem Tod? Nein, die Schuld trägst du, du allein. Meine Schwäche lässt sich nicht leugnen, aber jeder hat sein Leben selbst zu verantworten, auch du. Nicht die Eltern für dich, die Freunde, die Umstände – ich!

Und du frohlockst! Darin erkenne ich dich. Deine Sturheit, deinen Eigensinn, deine Herrschsucht. Jahr für Jahr haben die zugenommen, doch sie nützen dir nichts. Ich kenne deine Achillesferse. Ich kann dich zerstören!

Ellen reißt den Arm hoch. Der Pinsel ist wie eine Harpune auf die Leinwand gerichtet.

Du glaubst mir nicht? Irr dich nicht. Du ahnst nicht, wie

geduldig ich auf deinen Tod warten konnte, als du im Koma lagst. Wenn nicht das Geräusch aus der Küche ... die Mutter ...
 Du konntest es nicht.
 Die Worte, woher? Die Stimme? Ellen spürt eisiges Prickeln unter der Haut, die den Körper straffer und straffer umspannt. Die verengte Kehle presst mühsam und schmerzhaft Satz um Satz hervor:
 Mutter ist tot! Sie kann mich nicht hindern. Höre gut zu! Du hast nichts erreicht. Nichts, hörst du! Keiner hat dich für dein Hungern geliebt oder bewundert. Keiner!
 Wir haben uns vor deinem Körper erschreckt, geekelt sogar, und dein verändertes Wesen hat uns abgestoßen. Niemand hat es mit dir ausgehalten. Oder war außer uns, die wir dazu gezwungen waren, jemand da? Eine Freundin, ein Freund. Dein Hungern war sinnlos! Versteh doch! Umsonst, alles umsonst!

 Berti ist tot und soll es bleiben. Ich wünsche sie mir nicht zurück. Ellen erschrickt vor ihren Gedanken, die ihr Gefühl nicht zurück nimmt. Sie macht eine Bewegung, als könnte sie beides abschütteln, einen heftigen Schritt vorwärts, bei dem sie gegen den kleinen Koffer stößt. Sie schleudert ihn gegen die Staffelei, dass die Leinwand erzittert, tritt auf den Deckel, auf Bertis Bilder. Es knackt. Das Gebiss! Ellen bückt sich, reißt die Verschlüsse hoch, kippt den Inhalt aus. Die Bilder rutschen den Boden entlang, dazwischen die Zähne, die über die Dielen hüpfen – hohl, tönern. Sie bückt sich, rafft die Bilder zusammen, zerreißt sie, bis der Boden zu ihren Füssen von Papierfetzen bedeckt ist, trägt sie auf den Balkon, lässt sie neben den Grill fallen, läuft hektisch hin und her, und wirft die letzten Stücke gleich auf den Rost, zündet sie an. Legt Stück um Stück nach. Es qualmt. Flackerndes Licht huscht über die Brandmauer, die den Balkon begrenzt. Stimmen im Hof. Irgendwo eine Feuerwehr.
 Berti? B e r t i !
 Der Winterhimmel hat die Farbe verkohlten Papiers.

Wieder im Zimmer, steht Ellen lange vor der Staffelei. Erschöpft, schweigend. An den gesenkten Schultern hängen schwer die Arme; wie leblos die Hände. Sie betrachtet die Gestalt auf der Leinwand. Ein Pinselstrich hat sie hervorgebracht, der mehr auszudrücken vermochte, als all ihre Bilder zuvor.

*

Morgensonne. Vogelgezwitscher vor den Fenstern und ein Rauschen, als läge sie am Strand. – Der Ventilator des Computers, den Ellen am Abend zuvor nicht ausgeschaltet hat.
Den Abschiedsbrief an Hannes in eine Art Fabel gekleidet, anders hat sie es nicht fertiggebracht.
Meine ich es nicht ernst? Will ich einer versöhnlichen Antwort den Weg ebnen? Beschämt erinnert sie sich an das Selbstmitleid und ihre Tränen beim Schreiben.
Auf dem Monitor das Winwordzeichen ‚W'- Fabel. Zwischen Tap 1 bis 13,5 gezwängt der von Ellen entworfene Abschiedsbrief.
So geht das nicht. All das Beschönigen und Entschuldigen spricht von der Angst, ihn zu verlieren. Dabei geht es darum, ihn aufzugeben. Schließlich geht es um Verrat! Wieder einmal, sie erinnert sich:

Ihr Ohr an der dünnen Wand zwischen Träumen und Wachen.
Lass mich!
Hast es versprochen.
Nichts hab' ich.
Aber ja, wenn sie mein Wohnprojekt annehmen.
Gib endlich Ruhe.
Das Schweigen der Eltern – hart und kalt wie die Wand am brennenden Ohr. Irgendwann ein Wimmern – anschwellend, aufbegehrend. Ein Wolfsgeheul!
Schlag nur, schlag zu, wie du Ellen schlägst. Meinst du, ich

wüsste es nicht. Nur der Familie wegen, der Nachbarn …
Ellen presst ihre Hände auf die Ohren.

Die Mutter hat es gewusst. Hat es zugelassen. Und ihre Empfindungen haben unbewusst darauf reagiert. Bei jedem Streit, mit jedem Schlag des Vaters, hat die Liebe zur Mutter ab und der Hass auf den Vater zugenommen.

Hat sie Hannes überfordert? Warum sollte er die Rolle des ‚besseren' Vaters annehmen und ausfüllen können? Und sie? Liebt sie Hannes' väterliche Ausstrahlung, die Gefühle, die sie in ihr auslösen, womöglich mehr als ihn selbst?
Über Nacht hat die Abschiedsfabel ihre Gültigkeit verloren. Ellen beginnt den Text zu verbessern. Hält nach kurzer Zeit inne. Ändert erneut. Liest erneut. Geht mit dem Cursor auf Bearbeiten. Alles markieren. Markierung löschen. Mausklick folgt Mausklick. Auf dem Monitor erscheint die Frage, ob die Fabel wirklich gelöscht werden soll. Der Computer traut ihr nicht. Sie bestätigt mit ‚Ja'. Was sie verloren hat, lässt sich nicht wieder herstellen, in dem sie es aufruft – ihn anruft.

Statt ihrer ruft Hannes an, gerade in ihre Abschiedsgedanken hinein.
Wann sehen wir uns? fragt er unbekümmert, zwei Tage eher als vorgesehen aus Meran zurück. Und dieser Überraschungsmoment ist es, der Ellen ihr inneres Gespräch mit ihm fortsetzen lässt.
Ich habe dir doch von Professor Korber erzählt, von seiner Ermutigung weiter zu malen und …
Lass uns darüber sprechen, wenn wir uns treffen, ja?!
Das ist nicht möglich. Ich gehe nach Italien …
Wieso? Wann? Und Korber? Hannes ist verwirrt.
Regle gerade alles Notwendige.
Bis eben hat sie noch nicht einmal etwas wegen der Beurlaubung unternommen. Und überhaupt, wie sollte sie mit Korber arbeiten, wenn sie nach Italien ginge? Und doch ist

es die Wahrheit. Sie wird vieles ändern, aufgeben, wie sie es vorgehabt hat, bevor sie Hannes wiedersah.

Verstehe ... eher nicht ... na ja ... vielleicht meldest du dich ... du weißt ja ...

Verwehte Worte. Nicht einmal jetzt können sie zu einem ganzen Satz verschmelzen, zu einer angemessenen Antwort, einer Aussage – einer wichtigen. Eine, die alles noch einmal zurückdrehen könnte?

Ja, nimmt Ellen Hannes' letztes Wort auf und weiß, dass sie das nicht tun darf. Lange nicht. Noch ist sie sich ihrer selbst nicht so sicher, wie sie es sein möchte.

Knacken in der Leitung. Erschrecken ganz nahe dem Erstaunen. Zwillingshaft. Zwei Seiten einer Münze, die sie in die Luft geworfen hat. Zahl oder Adler? Gut, fliegt sie also!

Noch flattert alles, was sie regeln muss, durcheinander. Sie sagt es eindringlich vor sich hin, wiederholt es, als wäre es eine Beschwörungsformel: Stunden mit Korber vereinbaren. Nur noch die interessanten Werbeaufträge, um davon und vom Ausstellungserlös und Erspartem so lange es geht zu leben und in erster Linie zu malen. Auf jeden Fall nie mehr unterrichten! – Schon fühlt sie sich wieder als das Kind, das den Ratschlägen der Eltern nicht folgt. – Doch sie weiß, eine Beurlaubung wäre verlogen. Es braucht eine endgültige Entscheidung. Sie muss, sie wird die Stelle kündigen. Und Italien? Später, wie Inka es ihrem Vater gesagt hat. Inkas Vater! Sie muss ihn anrufen und ihn daran hindern, sich bei ihrem Schulleiter für die Beurlaubung zu verwenden.

Der Schlag der Küchenuhr holt sie aus ihren Gedanken. Es wird Zeit, zu Grete ins Krankenhaus zu fahren.

*

Tante Grete war in ein Einzelzimmer verlegt worden.

Außer Berti hat Ellen nie einen Menschen so elend gesehen. Unter eitriger Verkrustung ein haarbreiter Schlitz für die Augen. Der Adamsapfel spitz wie ein Schnabel, der aus den Hautlappen hervorhüpft und zusammen mit den über die Bettdecke tastenden Händen verrät, dass sie Ellen bemerkt hat.

Eine Hand deutet auf die Bettkante. Ellen setzt sich, und nimmt Gretes fahrige Finger zwischen die ihren. Ein beinahe unmerklicher Gegendruck begrüßt sie. Ein zweimaliges Zucken der Lider. Sie hat Ellen erkannt. Mokiert sich womöglich über ihren Aufzug; Kittel und Mundschutz. Das sähe ihr ähnlich.

Grete macht Anstalten, etwas zu sagen. Ein Gurgeln, dann fällt der leicht angehobene Kopf ins Kissen zurück. Schräger nach hinten als zuvor. Zwischen den trockenen Lippen, die von einem weißblättrigen Rand nachgezeichnet sind, steigt aus der Tiefe des Rachens ein Röcheln empor. Ihre Augäpfel haben die Verkrustung abgeworfen. Sie kugeln jeder ihrer unmerklichen Bewegungen nach, bis ein milchiges Netz sie einfängt. Die Lider senken sich.

Gretes Hände liegen in Ellens. Gewichtslos wie Schatten. Nichts ist mehr zu halten.

Ellen sieht sich im Zimmer um. Eines der Oberlichter ist geöffnet. Die Blumen auf dem Tisch verströmen ihren Duft mit einer Intensität, die den der Krankheit nicht aufkommen lässt.

Es ist fast Mitternacht, als Ellen sich verabschiedend über die Tante beugt. Deren gelbe Haut glänzt unter fiebrigem Schweiß. Der rasselnde Atem weht ihr den Geruch des Todes ins Gesicht.

Wiederholte Klingelzeichen! Beim Erwachen bleibt Ellen im Gespinst eines Traumes hängen. Sie spürt, dass die filigrane Erinnerung trügt. Da webt keine Spinne ihr Netz im goldenen Licht des Spätsommers. Vielmehr sitzt sie lauernd in dessen Mitte. Bewegungslos. Und zieht sie mit jedem Gedanken, näher zu sich heran. Ganz nahe sind Fühler und Giftdrüse.

Das Telefongeläut bricht kurz ab, beginnt aber sogleich wieder. Scheinbar lauter als zuvor. Ellens Blick geht zum Wecker, den sie nicht gestellt hat. Bis fünf Uhr morgens hat sie an der Staffelei vor Bertis Bild gesessen. Es betrachtet. Zwiesprache gehalten. Erinnerungen zuerst an Grete, bald nur noch an Berti nachgehangen. Jetzt ist es acht.

Die Stationsschwester ist am Apparat. Ihrer Stimme sagt mehr, als Ellen den Worten entnehmen kann. Ellen wiederholt die Nachricht, fragt, warum man sie nicht gerufen habe. Darum hat sie ausdrücklich gebeten.

Die Tante sei einfach hinüber geschlafen, antwortet die Schwester in einem Ton, der an die automatische Ansage in einer Warteschleife erinnert. Ellens Empfindung, wie hinter Glas. Doch gleich darauf erfüllt sie ein unerwartetes Glücksgefühl. Obwohl es ihr befremdlich erscheint, vermag es ihr Unbehagen, das vom Aufschrecken aus dem Schlaf geblieben ist, zu löschen. Denn diesmal hat sie Totenwache gehalten. Wenn auch nicht an der Seite der Tante, sondern an Bertis. Vor der Leinwand. Zwei Schwestern. Ein Kind neben dem anderen; verängstigt und erschöpft. Ein vergessener Ton war in ihr angeklungen und mit einem Zweiten verschmolzen, eine farbige Klangfolge entstanden, deren Töne sich trotz melodischer und rhythmischer Kontraste ergänzten.

Und die sind es, die Ellen hört, als sie an Gretes Totenbett sitzt; eine lange Stunde. Auch deren friedvolles Aussehen löst nach und nach ihre Anspannung. Zitternde Schatten berühren ihr Gedächtnis. Szenen von Vergangenem gewinnen nach und nach Kontur, solche, die sie bisher vor Tante Grete, aber auch vor sich selbst verborgen hat. Bewegte Bilder reihen sich aneinander. Ellen schließt die Augen, um sie deutlicher wahrzunehmen; dabei fürchtet sie sich davor…

Eine alte Frau, vom Geräusch des auf den Hof einfahrenden Autos angelockt, trat vor die Haustür. Die Hände seitlich an den Kopf gelegt, strich sie am Haar entlang, das zu einem Knoten verschlungen war. Dann senkte sie die Arme, und sah den Ankömmlingen entgegen. Berti war ausgestiegen und schleppte sich zusammengekrümmt in deren Richtung. Ellen eilte an der Schwester vorbei, um die Vermieterin zu begrüßen, und zu erklären, dass Berti das Autofahren schlecht bekäme.

Die war inzwischen grußlos im Haus verschwunden, während Ellens Mutter deren Worte mit einem um Entschuldigung bittenden Lächeln unterstrich. Die Alte begleitete sie, um die Ferienwohnung zu zeigen. In der Küche öffnete sie den Geschirrschrank, stellte den Kühlschrank an, zeigte den Stromzähler, schrieb den Kilowattstand auf einen Zettel. Unentschlossen sah sie auf Bad- und Schlafzimmertür.

Lassts euch guatgeha, sagte sie, drehte sich abrupt um und ging.

Berti lag, das Halstuch übers Gesicht geworfen, im Schlafzimmer auf einem der Betten, während Ellen das Gepäck aus dem Auto holte. Mutter packte die aus Berlin mitgenommenen Vorräte in Kühlschrank und Speisekammer. Dann brachte sie Berti ein Joghurt.

Sie will nichts, sagte sie, als sie sofort wieder zurückkam.

Sie muss, wie soll ich denn …

Ellen fühlte Zorn aufsteigen, den es sonst nicht mehr gab. Aber wie sollte sie weiterfahren, wenn nicht alles in Ordnung wäre; wenigstens so wie sonst.

Ellen zog Berti den Schal vom Gesicht. Musste sich Mühe geben, behutsam zu sein. Berti rollte sich wortlos zur Wand.

Ich werde kochen, damit wir gemeinsam essen, bevor ich fahre, sagte Ellen. Etwas Leichtes – dachte Schnelles – und dass sich Mutter derweil ein wenig ausruhen könnte.

Tiefkühlspinat, Rühreier, Kartoffelpüree.

Ellen wäre es recht, wenn die Mutter derweil die Beine hochlegte, aber die deckte bereits den Tisch.

Berti kam nicht, als Ellen rief. Sie ging zu ihr. Redete, bettelte, schleppte die Trotzige schließlich an den Tisch.

Zwei Teelöffel nahm die Schwester vom Spinat; ebenso viel vom Kartoffelpüree. Das Rührei wies sie mit angeekeltem Gesichtsausdruck zurück. Sie verrührte alles, nahm eine Gabelspitze davon. Nippte. Einmal, zweimal. Ellen war erleichtert, dass sie überhaupt etwas aß. Das Mittagessen verlief schweigend. Alles war auf der Fahrt x-mal durchgesprochen. Die Telefonnummer von Ellens Hotel in Rom hatte sie in den Taschenkalender der Mutter geschrieben.

Berti ließ sich nochmals die gleiche Menge wie zuvor auftun. Aß.

Unauffällig, wie sie meinte, sah Ellen auf die Uhr. Wenn sie den Zug verpasste, würde sie keinen Anschluss in München haben. Sie spürte den Blick der Mutter. Vorwurfsvoll. – Weshalb sie überhaupt … schließlich sei es hier erholsam, warum also in die Ferne schweifen. – Ja sie weiß, aber bei der Studienreise nach Rom geht es diesmal darum, ihren Hunger zu stillen, einen ganz anderen als den Bertis.

Ellens letzte Reise lag vier Jahre zurück. Noch mit Robert. Im Jahr darauf hatten sie sich getrennt.

Ellens Beine fühlten sich bleischwer an, als könnte sie gar nicht anders, als hier sitzen zu bleiben. Berti war an ihr vorbei gehuscht. Überrascht schaute Ellen ihr nach. Zufällig in den Dielenspiegel dem Bad gegenüber. Die Tür war nicht wie Zuhause von selbst zugefallen. Berti steckte den Finger in den Hals und beugte sich über das Toilettenbecken.

Wie elektrisiert zuckte Ellen zusammen, sprang auf. Schon war sie neben Berti, riss sie zurück und zu sich herum, starrte in ihr bleiches Gesicht, das von Abwehr entstellt war.

Wenn du erst morgen … hörte Ellen die Mutter von nebenan.

Als wäre dann irgendetwas anders. Das Erbrechen von Berti – eine zusätzliche Variante. Nicht mehr. Alles wie immer. Wie seit Jahren.

Nein, ausgeschlossen, rief sie, ließ die Schwester los, rannte zurück, an der Mutter vorbei den Flur entlang und zerrte ihre Jacke vom Bügel, der scheppernd zu Boden fiel. Ein Tuch rutschte aus dem Jackenärmel, flog auf den Kiesweg. Der Beutel mit Proviant und Zeitungen verhakte sich an der Klinke der Gartenpforte. Soll er doch, nur nicht aufhalten lassen, weiterlaufen, immer weiter, immer schneller. Diesmal soll mich keiner hindern, nicht wieder, immer wieder, diesmal will ich … Ellen schluchzte, würgte an den Worten.

Sie sah sich nicht um. Wenn die Mutter dort stünde …

Der Gedanke lähmte ihre Beine. Ihr war, als hätte sie Anlauf zu einem Hürdensprung genommen, während die Mutter sich an sie hängte, sie festhielt, zurückzog. Stoßweiser Atem. Schluchzen. Seitenstiche. Der Zug war erreicht. Die Flucht gelungen.

Rom, ersehnte Stadt! – In den ersten drei Tagen neidete Ellen den anderen Touristen ihre Unbeschwertheit. Den Kellnern und Händlern sogar ihr flinkes, singendes Italienisch. Selbst dem Reiseführer, Hannes Seemüller, der es fließend sprach; besser als Deutsch. Denn wenn er etwas erklärte, deutete er nur an, sprach halbe, verwischte Sätze, als wäre allen alles bekannt.

Und so taten die Oberlehrertypen ja auch.

Doch seine zerfaserten Sätze, die außer um die üblichen Besichtigungsorte auch um verborgene Ecken und Abgründe flatterten, waren den anderen um Meilen voraus.

Flirrende Hitze. Schleier vor Augen, die dem Licht das unerträglich Grelle nahmen und Melancholie über Pantheon und Kolosseum warfen. Schattenspiele auf den Plätzen. Der unvergessliche Blick von der Spanischen Treppe hinunter auf Petersplatz und Dom. Erst die Freskendekoration der Loggia in der Villa Farnesina, die Meisterwerke der Engelsburg – all das Altbekannte nun im Original, – ließ Ellen in Rom ankommen und vergessen.

Beim vierten Besuch an diesen Orten traf sie den Reiseführer allein. Fachsimpelnd waren sie weitergegangen. Von einem ‚Alten Meister' zum anderen. Stunden vergingen. Ihre Begeisterung feuerte sie gegenseitig an. Bei ihm spürte Ellen eine Art Besessenheit.

Als sie vor ihrem Hotel ankamen, hatten die anderen Reiseteilnehmer längst ihre abendliche Halbpension eingenommen. Beide hatten sie erleichtert aufgeatmet und wie Verbündete gelacht. Auf der winzigen Terrasse vor dem Speisesaal fanden sie Platz. Hunger verspürten sie nicht. Salat, Brot und Wein waren gerade richtig, um das Gespräch fortzusetzen. Lange. Gegen Mitternacht waren sie die einzigen Gäste.

Sie könnten gerne bleiben, hatte der Ober gesagt, als er ihnen eine zweite Flache Chianti brachte, aber er …, wenn sie keine Wünsche mehr hätten,…

Mit einem fröhlichem ‚buona notte' im Duett versicherten sie, nichts mehr zu brauchen.

Ellen hatte nur andeutungsweise vom Ende einer Beziehung gesprochen, dagegen ebenso ausführlich wie er von ihren verschiedenen Jobs, der Malerei und den damit verbundenen Zielen. Er erwies sich als hingebungsvoller Zuhörer. Ganz gegen ihre Art hatte er Ellen dazu gebracht, auch von Berti, von deren Urlaub mit der Mutter in Franken, ihrer Krankheit und davon zu sprechen, was das für die Eltern und sie bedeute. Von Hannes' Seite gab es keine unangebrachte Unterbrechung, weder ungefragte noch vorschnelle Urteile oder Ratschläge. Ab und an eine einfühlsame Nachfrage, die Ellens Gedanken hier und da vom gewohnten Weg abbrachte und neue Perspektiven aufzeigte, die es Wert schienen, gelegentlich genauer ausgeleuchtet zu werden. Als er irgendwann den Weg zu den ‚Alten Meistern' zurückfand, war Ellen ihm dankbar. So konnte sie wieder Distanz gewinnen. Zu ihm und zu ihrem Alltag in Berlin.

Ellen und Hannes hatten sich erst getrennt, als ein Sonnenfinger über die Silhouette der Häuser strich und seine orangefarbene Spur zwischen Himmel und Dächern hinterließ. Die Straßen und Gassen hatten wie eine schlafende Schlange zu ihren Füßen gelegen, während aus dem nahen Park erste Vogelstimmen zu hören waren.

Am Tag darauf – mitten auf der Via Apia – kaum zehn Schritte den anderen voraus, blieb er unvermittelt stehen, sah Ellen an und sagte ernsthaft:
Ich habe mich in dich verliebt.
Es klang, als wäre Hannes über sich selbst erstaunt. Er hatte völlig zusammenhängend unmissverständliches Hochdeutsch gesprochen. Doch seine Liebeserklärung war unerwidert geblieben. Ellen wollte, aber sie konnte Worten nicht glauben. Und für andere Zeichen war die Zeit zu kurz.
Seit sich Robert von ihr getrennt hatte, war sie allein geblieben. Hannes war der Erste, dem sie sich geöffnet und bei dem sie sich gewünscht hätte, anders reagieren zu können. Und sei es nur für die noch verbleibenden Tage in Rom.

Mit dem Rücken in Fahrtrichtung sitzend, ließ Ellen keinen Blick von der fliehenden Landschaft. Das verbrannte Grün des Südens blieb wie auf einem Laufband zurück. Dann raste der Zug durch das Gebirge, an steilen Berghängen entlang, durch Tunnel; beklemmend auch das. Und für die herbstliche Üppigkeit Bayerns, deren Farben sich ihr leuchtend durchs Fenster entgegen warfen, war Ellen blind gewesen. Unablässig hatte sie daran denken müssen, wie sie Mutter und Schwester antreffen, und wie es weitergehen würde. Auch mit ihr! Mitgefühl und Erbitterung hatten miteinander gerungen.

Auf dem Hof war es wieder der Hund, der Ellens Kommen ankündigte. Kläffend sprang er um das Auto herum. Die Alte war es, die aus dem Haus trat. – Nicht Mutter. Nicht Berti.
Die Frau bat sie herein und bot einen Platz in der Guten Stube an. Unruhig glitten ihre gichtigen Hände an den Schür-

zenrändern entlang. Als Ellen sich gesetzt hatte, verschränkte sie ihre Finger wie zum Gebet. Still wie in einer Kirche war es. Der süßliche Geruch gewachster Dielen; betäubend wie Weihrauch. Irgendwann ein Räuspern. Stockende Worte in fränkischem Dialekt. Ellen hatte eher dem Klang nach verstanden, was sie sagte.

Berti war gleich am Tag nach der Ankunft gestorben. Mutter und Vater – Vater? – längst wieder in Berlin. Fassungslosigkeit. Eisige Stille. Ellen schrie auf! Nicht hysterisch, eher instinktiv, um ihre Fühllosigkeit zu durchdringen. Erschrocken irrten die Augen der Alten durch den Raum, hielten sich schließlich am Kruzifix über der Tür fest, unter dem Ellen bald darauf in die Diele hinaustrat.

Nein danke, sie wolle nicht übernachten. Sie müsse zu den Eltern.

Die Alte nickte und atmete tief. Rasselnd. Erleichtert.

Ellen fuhr weinend durch dichte Nebelschwaden. Die Scheibenwischer kämpften gegen die Feuchtigkeit an, die sich auf die Frontscheibe legte. Ihr Rhythmus erschlug jeden Gedanken. Ellen orientierte sich an den Rückleuchten der Lastwagen, fuhr mit weit aufgerissenen Augen. Die geschwollenen Lider schmerzten. Nach gut einer Stunde veränderte sich das Fahrgeräusch. Die ehemalige Grenzstation Rudolphstein lag hinter ihr. Die alte DDR-Autobahn dröhnte. Der Wagen holperte und schlingerte, als wäre ein Reifen geplatzt. Geräusch und Bewegung störten Ellen auf, setzten ihre Gedanken in Gang. Ein quälender Versuch, das letzte Gespräch mit Berti zu erinnern, der Ellen fortan begleitete, sobald sie allein mit dem Auto fuhr. Monatelang. Doch sie erinnerte sich nur an Alltägliches. Worte. Bemerkungen. Bruchstücke, die keinen Sinn ergaben, wie auch immer Ellen sie zusammenfügte. Diese zurückliegende Unaufmerksamkeit schmerzte, als wäre sie die Ursache für Bertis Tod.

Die Mutter hatte als selbstverständlich vorausgesetzt, dass Ellen ohne Aufenthalt sofort nach Berlin zurückfahren würde. Sie erwartete sie mit gedecktem Frühstückstisch.

Drei Fotografien lagen neben ihrem Gedeck:
Berti aufgebahrt. Bertis Sarg. Bertis Grab.
Diese Dokumentation ihrer zehntätigen Abwesenheit trieben sie ziellos durch die Straßen. Nicht zum Friedhof. Nicht an Bertis Grab. Diesen Ort gab es in ihrer Vorstellung für die Schwester noch nicht.

Anders als Berti, wird Tante Grete erst gut zwei Wochen nach ihrem Tod beerdigt.
Goldocker der Weg bis zur Grabstelle. Rascheln unter festen Schritten. Nackte Birkenarme streichen durch die klare Luft. Über den Spitzen fliehendes Gewölk im Himmelsblau. Ellen riecht Schnee.
Sie hat statt der Erde eine Rose auf das Grab fallen lassen. Als sie sich umwendet, greift eine Hand in das bereitstehende Gefäß, entnimmt Sand. Ellen sieht nur die Hand, deren Finger zur Handfläche gebogen eine Schale bilden. Der Daumen berührt die erdigen Fingerspitzen, streicht behutsam über sie hin, als prüfe er die Konsistenz von Getreide oder Gewürz. – Hannes!? Der weiß nichts von Gretes Tod. Die Hand wird gedreht, verwandelt sich in ein Schneckenhaus. In Bertis Hand.
Warum haben die Eltern mit ihrer Beerdigung nicht auf mich gewartet? Bis zu der Nacht in der Tante Grete starb, habe ich mir nicht vorstellen können, dass Berti tot ist. Erst als ich sie neben mir spürte, mit ihr fühlte, erlebte ich den Verlust.

*

Kaum dass Ellen zu Hause ist, meldet sich Jörg. Er entschuldigt sich für sein langes Schweigen, möchte sie treffen, sagt, dass das mit dem Bild zusammenhänge, und dass er mit ihr darüber sprechen müsse. Vielleicht habe sie Zeit für einen Spaziergang um den Grunewaldsee. Wann? Jederzeit. Doch wie immer sei er nur kurz in Berlin.
 Ellen zögert. Malen wird sie heute nicht. Und etwas über das Bild zu erfahren ist besser, als noch tiefer in bedrückende Gedanken zu versinken.
 Sie treffen sich am späten Nachmittag vor dem Jagdschloss Grunewald, streifen wortkarg im Schlosshof herum. Die Gemäldesammlung kennen sie beide. Sie schauen in die alten Stallungen hinein, doch die Gewehrsammlung interessiert sie nicht. Sie laufen am Gasthof Paulsborn vorbei zum gegenüberliegenden hügligen Ufergelände.
 Das Bild, der Titel …, kommt Jörg auf den Grund der Verabredung zu sprechen.
 Nur von ihm, einem Schneider zu verstehen, sagt Ellen schmunzelnd, setzt sich auf einen Baumstumpf am Wasser und schaut einer Entenfamilie zu.
 Ich brauchte das Bild, um mir beide Gesichter einzuprägen. Immer wieder seien sie ihm zu einem verschmolzen, fährt er fort. Erst als er sich dem Gemalten ganz anders genähert habe …
 Statt den Satz zu beenden, rollt er eine Fotokopie des Bildes vor Ellen aus. Bertis Gesicht hat er mit einiger Fertigkeit retouchiert. Nicht verwunderlich bei jemandem aus der Modebranche. Die asketische Form ist leicht gerundet, die Falten von Nase zum Mund mit weichem Stift nur angedeutet, die Lippen ein wenig voller. Die Augen ernst, doch mit einem kleinen Lächeln. Das schwarze Haar bis auf die Schultern. Die 18-jährige Berti. Daneben unangetastet das zweite, von Ellen gemalten Halbprofil.
 Dieser Weg zurück … als würde ich Berti noch einmal verlieren.

Hinter Ellen stehend, hat er sich der Kopie des Bildes zugeneigt.

Am Ende eine Leinwand, zwei Gesichter, ... Sein Atem streift ihren Nacken. ... schillerndes Gewebe hier wie da. Doch das Entscheidende – die Farbe beider Seiten, ist eine völlig andere. Die gleiche Konsistenz und doch ganz verschieden.

Ellen spürt seine Hände auf ihren Schultern.

Ließe sich mit dieser Sicht von ‚Doubleface' nicht leben?

Jörgs Stimme hat sich der Dämmerung angepasst. Seine Finger sind in zarter Bewegung, als befühlten sie Stoff.

Ellen errät Wünsche und Grenzen. Das ist nicht schwer, erinnert sie an Robert. Jörgs Hände haben ihre Schultern umfasst. Je länger sie schweigt, umso fester wird ihr Druck.

Plötzlich kann sie nur noch an diese Hände denken. Augen können lügen, aber Hände? Wer achtet auf sie, wenn sie von Liebe sprechen oder Abwehr ausdrücken, wenn sie Empfindungen nachspüren, streicheln oder schlagen. Hände sind wahrhaftig, ohne etwas zu wissen. Die seinen, unvertraut und bekannt zugleich. Besitz ergreifend!

Mond und Abendstern sind über dem See aufgezogen. Die Gestirne – nicht von heute, von früher. Sichtbar, und doch nur das Nachglühen einer längst erloschenen Wirklichkeit. Darin liegt für Ellen etwas Schwindelerregendes, das sie zwischen Ehrfurcht und Furcht schwanken lässt. Ihr zerzaustes Ich zieht sich zurück.

*

Die Tage sind kurz, es dämmert schon. Der Wind schiebt die Wolken wie schmutzigen Schnee über den Himmel. Vögel zirpen in hohen Tönen, als müssten sie eine Eisschicht durchdringen.
Ellen greift nach Bertis letztem Notizbuch. Erst danach wird sie sich aufs Malen konzentrieren können. Doch auch die inneren Gespräche mit Hannes lenken sie ab. Und ihr unsinniges Warten. Der Blick in den Briefkasten, auf den Anrufbeantworter, das Abhören und Lauschen auf jedes Telefongeläut. Vergeblich.
Ich habe es so gewollt!
Und sie hat gewusst, dass Hannes sie ernst nehmen würde.
– Zu ernst?

In den letzten Stunden ist ihr kaum etwas gelungen. Auch in den letzten Tagen nicht. Dabei malt sie in jeder freien Minute, selbst wenn es nur Fingerübungen sind – Skizzen auf Leinwandresten. Morgen wird sie endlich Korber anrufen. Einer wie er wartet nicht ewig.

Ellen schlägt das Notizbuch von 1992 auf. Die schwarzen Balken der Tagesdaten treffen sie, als hielte sie eine unerwartete Traueranzeige in der Hand. Unerwartet? Unsinn! Nichts rechtfertigt diese Empfindung, schilt sie sich, aber auch gar nichts.
Sie blättert, überspringt, liest an, doch immer wieder schieben sich eigene, oft verwirrende Gedankenfetzen dazwischen, die sie hin und her treiben ohne etwas zu erhellen oder das Gelesenen zu ergänzen. Fetzen eben! Aber dann steigt eine Erinnerung vor ihr auf, an der Ellen, obwohl sie sich davon loszureißen versucht, wie an einer Dornenhecke hängen bleibt.

Von dir war ja nichts zu erwarten, hatte die Mutter damals ihr Erstaunen beantwortet.
Nicht nur die Eltern, auch Berti saß am Küchentisch beim

Essen. Ellens Bedenken wegen, hatte diesmal der Vater die Schwester in ‚Staatsstreichmanier' aus der Klinik geholt.

Berti lächelte Ellen entgegen, als wollte sie gelobt werden. Mit ihren tiefliegenden Augen, und der über den Wangenknochen und der scharf geschnittenen Nase gespannten Haut, glich ihr Gesicht einem Schädelmodell aus dem Biologieunterricht.

Ellen hatte kein Wort über die Lippen gebracht. Der Vater schaufelte ohne aufzusehen Unmengen in sich hinein. Die Mutter ignorierte ihn und ihre Bewegungen, mit denen sie ihrer Ältesten die Schüsseln reichte, waren runder und weicher als sonst und signalisierten, dass nun, da Berti zu Hause war, alles wieder in bester Ordnung sei.

Die Kohlrouladen, die sie mit Berti zubereitet hatte, waren riesig und dampften den Geruch des angedünsteten Kohls in die Nase. Ellens Lieblingsessen. Tatsächlich ein Grund, die Schwester zu loben. Doch der Anblick ihrer Mahlzeit schnürte ihr die Kehle zu.

Berti hatte ein, zwei Esslöffel Magerjoghurt in ein winziges Auflaufschälchen gefüllt, dann ein Salatblatt, das Viertel einer Tomate und zwei Gurkenscheiben auf ihrem Teller verteilt. Eine Anordnung, die für sie den Salatteller ersetzte. Als sie den Joghurt zu essen begann, hatten die anderen bereits Salat und die Hälfte des Hauptgerichts verzehrt. Berti löffelte andächtig mit einem Eierlöffel, drückte den Joghurt gegen den Gaumen, ließ einen hell tönenden Knall hören, schmeckte genussvoll und bewegte danach die Kiefer, als gäbe es etwas zu beißen. Bevor sie mit gleicher Hingabe die Gurkenscheiben verzehrte, wurden sie in vier Stücke zerteilt; das Tomatenviertel nur einmal. Zuletzt das Salatblatt, sorgfältig aufgerollt und in feine Streifen geschnitten.

Der Vater stierte mit leicht geöffnetem Mund fassungslos auf jeden ihrer Bissen, als würde sie Würmer essen.

Die Augen der Mutter verengten sich. Er solle sich zusammennehmen, fuhr sie ihn an. Schließlich tue Berti genau das, was er zur Bedingung gemacht habe, bevor er sie aus der Therapie befreite. Sie nähme mit ihnen zusammen das Mittagessen ein. Was wolle er mehr!?

Vaters Brustkorb hob sich gleichzeitig mit den Augenbrauen. Doch statt heftig zu werden, griff er nach seiner Serviette, wischte über sein vorgeschobenes Kinn, und drückte sie dann mit einem Kraftaufwand zusammen, als gelte es Nüsse zu knacken. Gleich darauf rauschte sein gestauter Atem aus geblähten Wangen, während er mit entschiedenen Griffen den Stoff faltete, und durch den Serviettenring zog.

Du hast den Nachtisch vergessen, sagte Berti in einem Ton, der sich dem Vater auf kaltglatter Schlangenhaut zu nähern schien. Vor dem letzten Wort hob sie den Kopf, zischelte, und senkte ihn sofort wieder, als wäre nichts geschehen. Ihre Augen hafteten an ihrem Hauptgericht, dem Viertel eines mit Magerquark behauchten Toasts, den sie einmal längs und einmal quer aufteilte.

Vati wartet doch nur, bis du fertig bist, beeilte sich die Mutter zu versichern, nicht ohne ihm einen ihrer glasharten Blicke zuzuwerfen.

Jedes der vier Toasthäppchen wurde auf dem Teller hin und her bewegt. Mit dem einen nahm Berti einen Krümel, mit dem anderen einige milchige Tropfen vom Quark auf, bevor sie es endlich auf die Gabel gespießt ihrem Mund zuführte. Dazwischen dreimal der Griff zum Wasserglas, das sie aus einem Krug auffüllte.

Sie verhungert neben uns, murmelte die Mutter Ellen zu. Sie wussten beide, dass Berti bestenfalls am Morgen und Abend noch einen Kräcker zu sich nahm. Eine Bröselei über Stunden. Natürlich aß Berti nichts von dem Eis mit Früchten, das sie in hohen Gläsern servierte.

Ich koste eben mal, sagte sie und nahm eine Walderdbeere, die Ellens Glas zuoberst der Sahne schmückte.

Ja, ein Paar Pfund nur, und alles ist in Ordnung, sagte die Mutter und strahlte zustimmend, als habe Berti Anstalten gemacht, der Schwester den Nachtisch wegzuessen.

Ellen erbrach sich.

Sie schaffte nur noch, den Kopf zwischen die Beine zu

hängen. Ohne zu würgen quoll es aus ihr heraus, prasselte auf die Fliesen, spritzte gegen Stuhl- und Tischbeine.

Berti und die Mutter sprangen auf, griffen nach den Servietten und bückten sich, um das Erbrochene am Weiterfließen zu hindern. Dann holten sie Scheuertücher und Lappen, und ließen Wasser in einen Eimer laufen, dem sie reichlich Sagrotan beimischten. In einem weiteren schäumte Essigreiniger auf.

Der Vater blieb in stoischer Ruhe sitzen. Ebenso Ellen, obwohl das Erbrechen zum Stillstand gekommen war, benommen und mit einem Wundschmerz, als wären Gedärme und Speiseröhre überdehnt. Ihr Magen war hohl und heiß.

Berti und die Mutter wischten um ihre Füße herum, darunter weg, rieben Schuhe und Strümpfe ab, strichen mit nassen Lappen nach Tisch- und Stuhlbeinen, auch an Ellens Hose hinauf, entfernten, rieben, durchnässten sie bis auf die Haut.

Wie eine Katze, die man mit Wasser bespritzt, schreckte Berti vor dem Geruch des Essigwassers zurück – dem zweiten Reinigungsgang – lange bevor Ellen ihn wahrnahm. Im gleichen Verhältnis, in dem das Fleisch von Bertis Knochen schmolz, hatten sich ihre Sinne bis zur Unerträglichkeit geschärft.

Auf dem Boden kniend, lang gestreckt, säuberten Berti und die Mutter die Fliesen und nahmen das Wasser auf. Weit vorgebeugt warfen sie die Scheuertücher aus, und zogen sie wie Netze zu sich heran, bis sie wieder auf ihre Fersen zu sitzen kamen. Eine gleitende Bewegung, die beim Nachtrocknen mit einem weichen Tuch nicht mehr durch Auswaschen und Wringen unterbrochen wurde. In diesem Rhythmus rutschten beide durch die Küche. Und sie würden das gleich darauf nochmals mit einem Glanzmittel tun. Dessen war Ellen sicher. Mit ihren langsam vor- und zurückfließenden Bewegungen verbanden sich Laute, Worte, Sätze. Nicht, dass sie sich unterhalten hätten. Es ging nicht um Rede und Gegenrede. Nicht um Fragen und Antworten.

Es war eher ein Wechselgesang. Und wie bei einem Fluss, der in der Ebene die Geschwindigkeit verringert und Geröll absetzt, war er tief in Ellen verwahrt geblieben:

Die Krankheit gehört mir,
Ich bin die Krankheit!
                    Sie wollen uns trennen,
                    Wer wird für dich sorgen?

Wir sind eins, sie
Können uns nicht trennen.
                    Ich soll dich aufgeben!
                    Was würde aus dir – aus mir?

Jahre hatte der Fluss die Worte unter immer neuem Gestein verschüttet. Erst jetzt, wie im Gefälle einer Stromschnelle empor getragen, waren sie hervorgetreten.

Während sich die anderen für einen Mittagsschlaf zurückzogen, erledigte Ellen den Abwasch. Als sie danach die Tür zur Diele öffnete um zu gehen, sah sie sich Bertis Spiegelbild gegenüber. Ihre Füße schienen in Schnee versunken. Sie hatte ihr Nachthemd fallen lassen.
In ihre Betrachtung versunken, bemerkte sie die Schwester nicht. Und die zögerte, wusste nicht ob und wie sie sich bemerkbar machen sollte. – Berti, mit ihrer Schamhaftigkeit!
Bei dem Gedanken, wie sie sich ohne jedes Geräusch zurückziehen könnte, streiften Ellens Augen über Bertis Vogelkopf mit dem dünnen Flaum, die hervorspringenden Halswirbel, das weiße Fischgerippe des Rückens, die Wirbelsäule mit der schattenhaften Behaarung Neugeborener hinab, bis zu Hüfte und Becken, die zusammen das Relief einer Fledermaus abgaben, und weiter die skelettdünnen Beine hin-

unter, wo die wunden Fersen aus dem gebauschten Nachthemd aufleuchteten.

Berti war noch immer in ihren Anblick vertieft. Sie hob die Arme in die Waagerechte, breitete sie Flügeln gleich aus, und ließ sie im Rhythmus hin und her wiegender Hüften schwingen – unendlich behutsam. Ebenso stiegen gleich darauf ihre mageren Beine aus dem luftigen Weiß.

Ellen streckte unwillkürlich die Arme aus; fürchtete, Berti könnte stürzen. Ihre Arme, ihre Hände wollten sie an sich ziehen, sie wärmen und wiegen, füttern und waschen, und die mit Öl betupften Fingerkuppen über ihre transparente Haut gleiten lassen …

Ellen meint das Öl zu riechen: Rosenblätter in Jojobaöl. Hannes hat es für sie mischen lassen. Sie spürt seine Finger auf ihrer Haut – vertraut wie sein Atem, der im Schlaf über den Rücken streicht. – Strich!

Berti hörte nicht auf, sich zu betrachten, murmelte:
Was sie nur wollen, fühle mich gut, bin ganz okay.

Ihr Gesicht hatte sie zwischen die Handflächen genommen, die Finger von der Stirn an den Wangenknochen entlang bis zum Kinn herabgleiten lassen.

Mein Gesicht, rund, ganz rund ist es, hörte Ellen die Schwester flüstern, und dass sie nicht die wäre, die die anderen sähen.

In diesem Augenblick trafen sich ihre Augen.

Bertis, schilfgrün mit gelben und braunen Sprenkeln – stumpf, verschlammten Seen gleich. Und Ellens, die in wässrigen Augäpfeln schwammen. Für den Bruchteil einer Sekunde berührten sie sich im Wechsel von Scham und Verzweiflung …

*

Ganz ähnlich empfindet Ellen, wenn sie Bertis Notizen liest. Und doch suchen ihre Augen die nächste Zeile, um weiter zu lesen. In der beklemmenden Stille des frühen Abends, die die Erinnerung hinterlassen hat, gibt es eine innere Stimme die davon spricht, dass sie das Berti und sich schuldig ist.

– *Mein Schatten auf dem Berberteppich. Wüstensand. Endlos. Ein schräger, blatt- und astloser junger Baum: lang und dünn. Der Monsun ist gegen ihn angestürmt. Ein bizarres, schönes Bild. Ein Kunstwerk.*

– *Nachts malen. Im Sommer treibt mich die blendende Helle unter die Tücher. Da hocken die Hungerfantasien, peinigen mein Hirn mit ihrem Geflüster. Mein hohler Körper brennt. Still daliegen muss ich, dagegen anreden: Wie schön es ist, bewundert zu werden. Der Hunger, mein Helfer. Und wie gut ich mich fühle in meinem Körper, in diesem Hohlraum unter der Haut. Das hab ich geschafft: Bin die kleinste Maruschka, im Leib der größten.*

– *Das Glas Milch in die Blumentöpfe gekippt. Schadet ihnen nicht. Vertragen sogar Kakao. Und Mutti ist viel zu froh, um etwas zu merken.*

– *Iss, iss,… Hat sie es gesagt? Hab' es deutlich gehört. Ein Specht scheint hinter der Stirn zu klopfen. Gleich darauf: Lass es, lass es! Mit spitzem Schnabel geschlagen. Das Salatblatt! Zerzupft in 'zig Stückchen. Ein langer Genuss. Kieferngemahl eines Wiederkäuers. Dazwischen ein Glas Wasser. Schluck für Schluck. Lausche diesem harten Geräusch nach, damit Zeit vergeht. Und der Schafskäse in Ellens Salat. Sein Geruch durchwühlt meinen Magen.*

– *Schon wieder ein Buch. Hab das letzte noch nicht gelesen. Ellen ist enttäuscht. Kann ja nicht mal tun als ob. Sie will drüber reden. Lehrerin eben! Komme nicht mal bis zur dritten Seite; außer bei Kochbüchern. Die hab ich mir zum Geburtstag gewünscht. Ellen findet das einfallslos, denn sie hat mir schon im letzten Jahr welche geschenkt. Und die Eltern zu Weihnachten. Aber was sollen mir ihre Bücher? Schon nach einer Seite sehe ich statt Buchstaben nur noch Torten, Braten, Überbackenes. Und überhaupt, warum isst man in Ellens Büchern so selten? Könnte mir sonst die Gerichte wenigstens vorstellen,*

sie auf meinen Teller häufen. Nicht lange. Ich weiß, dann würde es: Lass, Lass es ... in mir zu summen beginnen, zu dröhnen, und mich statt des Essens anfüllen. Wie mit Gas, zum Platzen. Mein Gesicht, ich fühl es, ein Ballon.
– *Nachts der Kräcker. Das war falsch. Ja, ich weiß. Ja! Ja! Ja! Hundertmal Ja! Das mach ich, das schreib ich, wie früher in der Schule, zur Strafe. Hundertmal: Ich weiß, dass ich nachts keinen Kräcker essen darf! Ich weiß, dass ich nachts keinen Kräcker essen darf! Das macht alles kaputt. Dann kann ich keine schwebende Lichtgestalt sein. Ich weiß, dass ich nachts keinen Kräcker essen darf! Ich weiß, dass ich nachts keinen Kräcker essen darf.*
– *Mein neues Programm: Zwanzig Kniebeugen vor dem Essen, dem Schreiben, dem Malen. Zwanzig danach. Dazu die Leiter hoch und runter. Zehnmal mit Tempo! Kommen sie dazu, denken sie, ich hole etwas aus meinem Schrank, von ganz oben. Aber ich muss mich zwingen. Bin ganz kaputt. Mehr als auf der Strecke Steglitz – Charlottenburg, noch vor wenigen Monaten. Nachts, wenn sie schliefen, kreuz und quer durch die Stadt, auf immer neuen Wegen. An Würstchenbuden vorbei – Rostbratwurst, Currywurst, Wiener und Bouletten mit Salat oder Brot, Zwiebelgeruch, – auf dem Weg zu immer anderen Apotheken. Kein Problem, etwas zu bekommen. Weiß, wie man mit denen reden muss. Jetzt ist es schwierig. Der Vorrat nicht mehr groß. Die Kinder kann ich nur nach Bekunistabletten schicken; ebenso den Jungen, der die Fernsehzeitung bringt. Bleibt für die Medikamente nur der kiffende Postbote und im Notfall der Taxifahrer – doch Studenten lassen sich gut bezahlen.*

Das Geld. Endlich ein weniger beschwerender Gedanke. Woher? Aus dem Geschäftsverkauf? Ellen erinnert sich an das Hin und Her, als Berti Geld davon wollte. Bargeld für sich. Keiner konnte sich erklären wofür. Mit der ihr eigenen Sturheit bestand sie darauf. Und zuvor? Ellen erschrickt bei dem Gedanken, dass die Mutter zweimal ihr Portemonnaie vermisste und dem Vater Geld in der Brieftasche fehlte. Kollegen waren in Verdacht geraten. Von ihr hat Berti sich hin und wieder etwas für Geschenke zu Geburtstagen und Weihnachten erbeten, die sie nie besorgte. Nur Blumen.

Wann und wo sie die kaufte hat niemand gewusst.

– Mit geschwollenen Knöcheln von nächtlicher Tour zurück. Müde, aber glücklich. Habe ihnen mal wieder ein Schnippchen geschlagen. Laufen, laufen, laufen! Die Kalorien im Voraus abrennen. Ein Teelöffel Joghurt, der verdiente Genuss nach der Qual. So müssen sich Olympiasieger fühlen.
– Drei Stunden für den Frühstückskräcker. Eine tolle Leistung. Kleinste Brösel. Zweiunddreißigmal gekaut. 352mal. Dabei die Vorstellung von Vanillepudding, Schinkenknacker, Pizza. Verdammtes Geschreibsel! Mir fällt nichts mehr ein. Ist nur dazu gut, dass die Zeit vergeht, ohne immer ans Essen zu denken. Den Hunger vergessen. Darauf warte ich, wenn ich zu schreiben beginne. Aber wenn ich beim Warten denke, dass das Schreiben diese Gedanken wegmachen soll, dann laufen sie im Kopf schon wieder rund, und der Hunger lacht sich ins Fäustchen. Stunden dauert das Schreiben. Immer kommt der Hunger dazwischen. Verlangt, dass ich auf etwas verzichte. Als Strafe für den Mangel an Disziplin? Um noch stärker als die anderen zu sein? Er hat ja recht. Vater stopft alles in sich hinein: schmatzend, hochrot. Der Schweiß fließt von seiner Stirn und Fett trieft aus dem Mund das Kinn hinunter. Kotzen, das bleibt mir, wenn sie mir etwas aufzwingen, jetzt mit ihnen am Tisch.

Das war es! Natürlich! Ellen hält den Atem an, als habe sie einen Esslöffel Chillisauce geschluckt. Blindheit. Ihr Geruchssinn dagegen hatte sich nicht täuschen lassen, schon gar nicht von dem Sagrotangeruch, der oft in Rachen und Augen biss. Aber die Übersetzung. Gestammel. Suchen. Ein totales Blackout. Ein tiefer Seufzer. – Ganz sinnlos, denkt sie ärgerlich, als habe sie sich eine Sentimentalität erlaubt.

– Dieser Lärm! Ihr Fernseher! Ich, überempfindlich? Schwerhörig sind sie. Wollen es nicht wahrhaben. Und da soll ich mich dazusetzen? Tu ich nur bei Kochsendungen. Mich interessieren ihre Promis nicht, will nur sehen, was sie kochen und essen. Will mitessen sozusagen. Mutti findet, dass sich das zur Sucht auswächst, das mit den Kochsendungen. Wie Fußballgucken bei Vater, habe ich gekontert.

Die Kühltruhe. Ich höre es. Da geht jemand ans Eis. Walnuss? Schokolade, sehr schwarz, sehr fett, viel zu fett. Die Klappe fällt zu. Sobald Mutti am Vormittag einkaufen geht, sehe ich weiter fern, wenn es diese Sendungen gibt; außer mittwochs und freitags. Dann muss ich den Jungen mit der Fernsehzeitung und den Postboten abpassen. Am Tag senden sie meist nur Wiederholungen. Egal. Vorfreude und Vorgeschmack gleichen das aus. Wenn nur das Geflüster nicht wäre. Die Kommentare zu allem, wenn sie merken, dass ich zum Kühlschrank will. Herrgott, ich tu's ja nicht! Die Stimme und die im Fernseher. Eine über der anderen, als wäre das Radio unscharf eingestellt.

– Ellen meint natürlich andere Filme. Gut gemeint. Doch mir geht's da wie mit den Büchern. Beim letzten Mal habe ich im Stillen den Inhalt des Kühlschranks aufgezählt. Ist immer vollgestopft. Das ist beruhigend. Danach noch den in der Tiefkühltruhe. Nachts hab ich mein Erinnerungsvermögen geprüft. Dabei gleich die Fächer gründlich ausgewischt. Tat not. Alles okay! Mein Gedächtnis funktioniert. Und doch frage ich mich manchmal, ob ich verrückt werde? Die Stimmen, lauter und lauter, die reden unentwegt vom Essen und dann wieder dagegen, und ich weiß nicht, woher sie kommen, aus mir, vom Fernseher, von ihnen am Tisch?

– Seit ich nichts mehr tue, steht die Zeit still. Tag und Nacht gibt es nicht mehr. Schreibe ich nicht, bin ich unter meinen Tüchern. Und da gaukeln sie mir vor, was ich nicht essen darf. Ich will etwas schmecken, doch ich presse vergeblich die Zunge gegen die Höhlung. Und die leere Kehle schluckt, würgt – nichts. Im Kopf beginnt das Flüstern: Iss-iss und lass-lass. Ich weiß ja, ich muss es schaffen, wenigstens bis zum Mittag. Mutti kocht. Auch das hat sie mir genommen. Das kannst du nicht! Du siehst doch selbst, wie schwach du bist! Muttis fürsorgliche Stimme. Immer dieser Satz: Das kannst du nicht! Ich hätte sie schlagen mögen. Ich! Sie! So bin ich. Nichts wert. Nichts geschafft. Mir bleibt nur das Hungern. Das schaff ich. ‚Das kannst du nicht', soll sie nie nie mehr sagen.

Selbstverständlich wie ihr hechelnder Atem hatte der Satz ‚Das kannst du nicht' zur Mutter gehört. Ellen hat gar nicht darauf geachtet. Für sie gehörten die Worte zu einer Litanei, mit der die Mutter zu reden begann, um Notwendiges zu begründen. Alles was sie tat, ist aus Liebe zu Berti geschehen, hingebungsvoll bis an die Grenze ihrer Kräfte; oft über sie hinaus.

Ellen erinnert sich an die Schulzeit, an Schularbeiten, die die Mutter mit oder für Berti erledigte, an Streitigkeiten mit anderen Kindern, die Mutter beilegte, an Gespräche mit Lehrern und Ausbildern, wo sie um gutes Wetter bat, Verständnis heraufbeschwor. Mehr und mehr Beispiele fallen ihr ein. Am Ende der Verkauf des Geschäfts.

Doch für Berti hatte all dies nur die eine Botschaft enthalten: Du bist die Kleine, bist nicht fähig irgendetwas gut und richtig oder überhaupt zu tun.

Ellen durchforscht ihre Erinnerungen, um Bertis Sichtweise zu widerlegen, wenigstens abzuschwächen. Stockt, als sie an deren Liebe zu Jörg denkt, fragt sich, wie weit die Mutter sich eingemischt hat.

Sie haben sich geliebt, waren zärtlich miteinander. Aber sie haben nicht miteinander geschlafen! So wird es gewesen sein. Das passt zu dem seltsamen Gefühl, das Jörg bei ihr auslöste, als er von dieser ‚Ersten Liebe' sprach. Und passt zu Mutters Sorge und Einfluss. Was blieb Berti? Für nichts konnte sie sich allein entscheiden – nur für das Hungern.

Ellen hat das Notizbuch vor sich abgelegt, als wäre es zu schwer geworden, um es zu halten. Sie greift nach der Tasse mit schwarzem Tee, der noch vom Morgen neben der Liege steht. Sie trinkt in kleinen Schlucken. Der Tee schmeckt bitter.

– Ich höre sie beide in der Küche. Statt meiner hilft Ellen Mutti beim Kochen; wahrscheinlich bereitet sie den Salat zu. Ob Ellen ahnt, was das für mich bedeutet? Hat sie mich deshalb bei der Begrüßung so aufmerksam angesehen, als sie fragte, ob es mir recht sei? Ist es nicht! Aber ich habe geschwiegen. Was glaubst du denn, wie es ist, das nicht mehr zu können, wieder der Versager zu sein. Lebenslang die Zweite.

Du dagegen die Erstgeborene, das Wunschkind, Sonntagskind. So ganz Ihr Kind. Ihrer beider Kind.
– Die große Schwester. Das Vorbild. Was glaubst du, wie ich mich in der Schule fühlte? Die Lehrer sahen mich an, meinten aber dich: fleißig, begabt und begeisterungsfähig. Klassenbeste. Sie dachten ich wäre wie du. Ich war nur ebenso fleißig, unermüdlich, aber das reichte nicht. Wie habe ich dich bewundert! Ich wollte wie du sein, besser als du. Etwas ganz Besonders! Doch mir blieben nur Albernheiten und der Sport. Da gab es schon mal Medaillen. Die strebtest du trotz deines Könnens nicht an. Und bei den Eltern galten sie nicht viel. Ebenso wenig das bewunderte Mannequin. Obwohl aus der Branche, fand Mutti es irgendwie anrüchig, dass ich mich ‚anbot', wie sie das ausdrückte. Meine Stärke seien die Entwürfe. Dabei begann mit den Modenschauen alles: die Werkstatt, das Geschäft, die Anschaffung des Autos. Und ich verdiente viel mehr als du. Ich, deine kleine Schwester! Und ich war tatsächlich stolz darauf. Vergaß Muttis Hilfe. Dabei wäre ohne sie nichts gegangen. Mehr und mehr hat sie mir mit der Zeit abgenommen. Zum Schluss das Geschäft – verkauft! Geschah mir ganz recht. Hab' sie enttäuscht. Immer wieder. Krankheit. Rückfälle. Du nur einmal, als du mit Robert ein Verhältnis hattest. Natürlich haben die Eltern sich Heirat und Enkel gewünscht. Aber sie sprachen einfach nicht darüber. Bestimmt auch nicht miteinander. Taten einfach, als würde es wie Masern vergehen. Und das ist es ja dann auch. Doch bis dahin, wie glücklich du warst. Es brauchte keine Worte. Deinen Augen, deinem Lachen war es anzumerken. Und ich? Warum sollte ich, kann ja niemanden glücklich machen.
– Du bist einfach abgehauen – seinetwegen wahrscheinlich, – und hast mich mit ihnen allein gelassen. Wie sollte ich die Lücke füllen? Sie nehmen mich nicht ernst. Du bist ihre erwachsene Tochter. Sie lieben dich nicht nur mehr, sie respektieren dich.

Der letzte Satz verschwimmt vor Ellens Augen. Tränen laufen, ohne dass sie sich dagegen wehrt. So hat sie es nie gesehen, nie gefühlt; im Gegenteil.

Nur in einem hat Berti recht. Sie war für die Eltern immer die Kleine, das liebe Dummchen. Schutzbedürftig, und gerade deshalb von der Mutter über alle Maßen geliebt. Aber auch vom Vater. Er hat sie beide geliebt. Wohl deshalb hat er sich kaum ein Jahr nach Mutters Tod auch davongemacht. Er wollte nicht mehr. Eine schwere Erkältung, eine Lungenentzündung. Das hat genügt. An mich hatte er nur noch die Frage, ob wir uns gut sind, um sterben zu können. Ich nahm seine Hand, drückte sie, behielt sie in der meinen. Es brauchte keine Worte. – Anders bei Berti!

Das grelle Lampenlicht leuchtet Bertis Worte schattenlos aus – gnadenlos.

– Ich kann mich eigentlich gar nicht beklagen. So lange ich wie auf dem Bild der Kahlo ihr hilfloses Kind bleibe, ist Mutti für mich da. Sie will nur mein Bestes. Das bin ich gar nicht wert. – Mein Zorn, meine Hysterie! Und doch schaffe ich, was anderen nicht gelingt. Wie!? Davon dürft ihr nichts wissen. Meine Hungerwelt gehört mir. Ohne sie bin ich nichts. Doch der Hunger ... Sein Kettenhund bin ich, kläffe, winsle, unterwerfe mich ihm, seiner schmerzhaften Folter.

Wüsstet ihr von meiner Qual, ihr würdet alles anders machen. Therapien, Kliniken – keiner holte mich da raus.

Bertis Hungerwelt! Schmerzen, Qual! Nein! Das haben wir nicht gewusst. Das ändert alles. – Hätte alles geändert, korrigiert sich Ellen und starrt durch das Fenster hinaus in die Nacht, wo die Baumkronen im Sturm ächzen, die Blätter zur Erde taumeln, und der Wind sie auf und durcheinander wirbelnd über das Kopfsteinpflaster hetzt, bis sie am rauen Verputz haften oder sich an Zäune klammern.

Zu spät. Alles umsonst. Alles falsch.

Ellen springt auf, läuft los, rennt. Die Treppe hinunter, durch aufspritzende Pfützen, über die Straße, ins Auto. Die Scheibenwischer schurren aufgeregt über die getrocknete Scheibe.

Das ist doch verrückt. Aus den Kliniken geholt, statt aus ihrer qualvollen Hungerwelt. Zum Verrücktwerden ist das!

Das runde Rot der Ampel! Die rote Kugel auf der Leinwand. Der Kopf ihrer Berti, in die obere Wellenlinie geschmiegt.

Niemals! Falsch, ganz falsch.

Ellen gibt Gas, fährt in das Rot hinein. Grölende Jugendliche ballen Fäuste. Die Einzigen auf KuDamm und Tauentzien. Die tote Konsummeile, durchzuckt vom Licht vergeblicher Reklame, die sich in Regenlachen ersäufen will.

Seitenverkehrt muss die Wellenlinie auf die Leinwand gebracht werden. Zuoberst, wie auf dem gestreckten Ende eines Stahlseils, die Kugel. Ein zurückgeworfener Kopf. Ein stummer Schrei.

Herzrasen, als würde ihr Inneres von einer Tachonadel aufgespießt und mit rasender Geschwindigkeit hin und her gerissen.

Vor dem Wagen eine Gestalt, verschwommen wie alles. Die Bremsen quietschen. Das reklamebunte Wasser spritzt bis zu den Scheiben hinauf.

Untertauchen. Unsichtbar, weg, einfach weg sein. Keine Fragen mehr. Keine Selbstvorwürfe; diese Nagetiere in all den Jahren. Jetzt beißen sie zu. Heißhungrig. Unstillbar, wie Bertis Hunger.

Der Wagen jagt scheinbar ohne ihr Zutun durch die Stadt. Zurück zur eigenen Wohnung, zu Inka, dann zu Joanna und Hannes, sogar zu Robert. Jedes Mal abgebremst – dann vorbei gefahren. Was sagen, was erklären, was überhaupt wollen?

Sie fährt ins Nirgendwo.

Von einer Bundesstraße gelangt sie auf einen Abzweig, einen schadhaften Plattenweg aus DDR-Zeiten. Knapp die Breite für zwei Autos. Links und rechts abfallend. Geröll. Buschwerk. Bäume fliegen vorbei. Scharfes Fernlicht blendet, macht sie blind. Der Wagen schlingert, scharrt an einer Begrenzung entlang, als ein entgegenkommendes Fahrzeug auf gleicher Höhe ist. Sie reißt das Steuer herum. Der Wagen findet seine Spur, rast weiter. Die weißen Streifen an den Bäumen bilden eine ununterbrochene Linie. Gestrüpp peitscht die Kotflügel. Das Radio hämmert Technomusik. Sie dreht lauter auf, noch lauter, bis sie das regelmäßige

Plapp, Plapp des Straßenbelags nicht mehr hört. Von Schlagloch zu Schlagloch geschüttelt, hat sie nur noch das Dröhnen der Musik und ihres Herzschlags im Ohr. Der gedankenlose Rausch der Geschwindigkeit stürzt sie immer schneller in die Finsternis.

Unerwartet ein Stocken, ein Stoß. Die Räder plattern und scharren übers Geröll. Der Wagen schlittert in Schieflage weiter, bis er abrupt zum Stehen kommt.

Ellens Kopf schlägt aufs Lenkrad. Benommen bleibt sie sitzen. Irgendwann presst sie die Hände auf die Ohren. In ihr nichts als Leere. – Und der Tank ... ja, sie weiß.

*

Um sich zwei Wochen von einem Erschöpfungszustand zu erholen, braucht es nicht die Toscana; schon gar nicht bei Winteranfang. Stattdessen fährt Ellen ohne Vorbereitung und Zeitaufwand – sozusagen von einer Minute auf die andere – vom Zoo mit dem Regionalzug nach Stralsund. Ruckend und ratternd vereint er Wehmut und Hoffnung zu sentimentaler Stimmung. Unerträglich, wäre Ellens Kopf nicht vom Wunsch nach Klarheit erfüllt.

Der Zug fährt in Richtung Spandau über Finkenkrug hinaus. Ellens Blick trifft auf Erinnerungszeichen. Birken, die Hannes so liebt. Schwarzweiß gescheckt umstehen die Stämme mit ihren entlaubten Ästen den finsteren Wald, bis er sich an die Schienen drängt. Dunkel. Schweigend. Erst in Löwenberg wieder hoher blauer Himmel mit weiß gestrichelten Wolken.

Sie ist froh, Inkas und der Ärztin Rat gefolgt zu sein. Und nicht zuletzt Joanas, die ihr ihre Ferienwohnung am Bodden vor Devin anbot. Inka hat das überrascht, denn seit Joanas Eltern tot waren, besaß sie ihre ‚Insel', wie sie die Wohnung nannte, ohne bisher jemanden einzuladen, um mit ihr oder allein dort Urlaub zu machen.

Auf eine spartanische Ausstattung ist Ellen vorbereitet worden. Nur das Lebensnotwendige. Keinerlei Luxus.

Wenn du da bist, wirst du verstehen, warum ich sie für dich gerade richtig finde, hat Joana gesagt.

Darüber hat Ellen nicht weiter nachgedacht. Sie hat einfach nur weg gewollt, nichts mehr von all dem Gedanken- und Gefühlskarussell wissen wollen, der Vergangenheit, die sie immer wieder einholt, der Trennung von Hannes, den Entscheidungen und anstehenden Veränderungen, um endlich malen zu können … Sie hat regelrecht schlappgemacht.

Die Bahn zockelt und schaukelt, wiegt Ellen hin und her, macht sie schläfrig, bis ein unerwartetes Ziehen, Zerren und Pfeifen sie aufschrecken lässt. Der Zug jagt für einige Zeit wie ein wieherndes Fohlen voran. Die nächste Station ist Bachstein: Irgendwo eine Fabrik, Türme, Rauchfahnen,

Metallabfälle zu Bergen gehäuft. Nebengleise winden sich durch diesen Irrgarten, und in Ellens Kopf klopft im Rhythmus der Räder die Aufzählung all dessen, wovon sie sich trennen, was sie ändern will. Erst als die Gleise wieder durch die Weite gepflügter Felder führen – Gemälde entstehen vor Ellens innerem Auge, beleben die Landschaft – kehrt ein gleichmäßiger Herzschlag zurück. Die Beruhigung ähnelt wenige Stunden später der, die von den regelmäßigen grellen Leuchtzeichen der Bojen ausgeht. Kein Mond. Keine Sterne. Nur diese Bojen als Orientierung in der Schwärze der ersten Nacht am Bodden, die sie von Joanas Wohnung aus sieht.

Die Ausstattung besteht aus wenigen alten Möbeln: Ein Bett, ein Bücherregal, ein Tisch, an dem sechs Stühle stehen. Je einer ehemals für Vater und Mutter, einer für das Kind Joana. Die übrigen für andere Familienangehörige oder Menschen, die Zuflucht suchten – wie jetzt sie.
Zwei Leuchter für den Sabbat auf dem Tisch. Unauffällig in der Ecke zwischen Schrank und Fenster – dem ersten Blick Fremder entzogen – ein Bild, eine Bibel. Der Gebetsplatz Richtung Jerusalem; seit 2000 Jahren.
Davon hat Joana einmal gesprochen: Mehr braucht ein Jude nicht, um zu Hause zu sein. Alles andere ist Ballast, wenn er aufbrechen muss.
Für Ellen überzeugend und beschämend zugleich. Sie mit ihrer Existenzangst und all den Dingen, die sie braucht, um sich ihrer selbst zu versichern.
Erst gegen Morgen in tiefen Schlaf gefallen, erwacht Ellen gegen zehn Uhr. Als erstes wirft sie einen Blick aus dem Fenster. Die Schatten der dreistöckigen Häuser teilen die Wiese bis zum Bodden in helle und dunkelgrüne Felder. Die Wäsche darüber klatscht im Wind. Ein matt ockerfarbener Gebüschgürtel, dahinter das Wasser. In klaren Konturen windet sich das gegenüberliegende Ufer, und die Halbinsel streckt herausfordernd ihre Zunge heraus.
Ein starker Kaffee, ein Butterbrot, schon ist sie die Bö-

schung hinunter gelaufen ans Wasser. Ein modriger Fischgeruch hängt in der Luft. Die Boote unter ihren Persennings dümpeln dem Winter entgegen. Ihre Schatten fallen senkrecht. Schneiden in die Wasseroberfläche, auf der lautlos die Enten wippen. Ein Schwan schüttelt sein Gefieder. Das Geräusch lässt an winterstarre Betttücher denken, die der Wind an knarrender Leine bewegt. Der Schwan fliegt – oder läuft er übers Wasser? Ellen folgt ihm am Strand entlang, bis zur Wohnung zurück.

Sie betrachtet die Bücher im Regal; nimmt die mitgebrachten aus der Reisetasche.

Immer wieder habe ich Berti Bücher geschenkt. Warum nie eines über Magersucht? Aber hätte Berti das nicht ebenso wenig gelesen wie die anderen? Und die Mutter? Die hätte es gegen sich gerichtet empfunden. ‚Nun auch du', hört Ellen deren singende Stimme – klagend und anklagend zugleich.

Auch ich habe sie nicht gelesen. Ich hätte sie danach einfach bei ihnen liegen lassen und auf ihre Neugier hoffen können. In jedem Fall aber hätte wenigstens ich um Bertis Hungerwelt gewusst. Stattdessen den eigenen Erfahrungen vertraut. Du liebe Güte. Zwei, drei Fastenwochen. Die erinnerten nur an Willenskraft und euphorische Stimmung. Im Laufe der Jahre hielt ich Bertis Hungern für einen bösartigen, gegen die Familie gerichteten Akt, ohne mir erklären zu können, warum sie das tat. Und auch nach ihrem Tod … Ich sah nicht wirklich was mit ihr geschehen war. Ich begriff es als etwas, was mir geschehen war: die bedrückenden, verlorenen Jugendjahre, die Entfremdung von der Mutter, die Ruhelosigkeit, die mich über Bertis Tod hinaus beherrschte. Ich sah mich als Opfer. Ich funktionierte, aber ich fühlte nichts. Ich handelte ohne Mitgefühl und ohne Vernunft.

Ellen blickt zum Fenster hinaus. Vor ihr die Landschaft, eine Abstufung von Grautönen. Und die See, eine zähe, bleierne Fläche.

So hatten die Eltern nicht gedacht und gefühlt. Anrührend Mutter, wenn sie Berti gut zuredete: Wenn du isst, wird die Magersucht mit jedem Bissen ein Stückchen kleiner. Und Vater konnte nichts anderes als zu schimpfen und Drohungen auszustoßen. Er konnte sich nicht gegen die Verbündeten durchsetzen, tat am Ende was sie wollten.
Irgendwann hatten wir aufgegeben, hatten die Krankheit sowohl im täglichen Umgang, als auch bei Gesprächen ignoriert. Und in diesem Stillschweigen, so scheint es mir, hatte sich die Magersucht endgültig einrichten, ausdehnen und behaupten können.
Wir ließen Berti dahinvegetieren, qualvoll, statt eine Therapie ... Ein immer wieder verrückt machender Gedanke!

Ellen springt auf, stößt den Stuhl zurück, reißt den Anorak vom Haken. Sie stürmt zum Bodden hinunter. Den Strand entlang. Vor ihr, unterhalb der Böschung, ein mit Moos überwachsener Landungssteg auf morschen Stelzen. Ungenutzt. Unbegehbar?
Eine Therapie ... ein Weg, wir haben es nicht einmal versucht.

Ellen läuft, rennt, schneller und schneller werdend vom Ufer weg, bis es nur noch als blasser Streifen hinter ihr liegt.
Zurück in der Wohnung streift sie die verschwitzte Kleidung vom Körper und stellt sich unter die Dusche. Heiß. Kalt. Dann steht sie im Bademantel am Fenster. Schaut in die frühe Dunkelheit. Ein Kindheitsgefühl berührt sie. Keine Angst, nein, die hat sie nicht empfunden. Im Gegenteil. Die Nacht war ein Schutz, sie verbarg sie samt ihren Träumen. Nachts musste sie den Vater nicht fürchten. Sie hat gern lange wach gelegen, ganz anders als jetzt, wo sie froh ist, wenn der Tag schnell seinen eisernen Vorhang fallen lässt.

Die ersten Tage bekommt sie Kopf und Herz nur frei,

wenn sie mit dem Motorboot des Nachbarn über das Wasser rast.

Atem schluckend. Atemlos. Dem Wind zugewandt. Jedem Wetter ausgesetzt. Je stürmischer und kälter, umso besser. Stille, ruhigere Tage folgen. Von keinem Telefonat unterbrochen; in der Wohnung gibt es keinen Anschluss. Ihr Handy hat sie zu Hause gelassen. Aus Furcht vor unkontrollierbaren Empfindungen hört Ellen nicht einmal Musik. Sie setzt ihre Wanderungen am Ufer entlang bis zur Halbinsel fort. Manchmal sieht sie Spaziergänger in der Ferne, denen sie ausweicht. Einzig beim Einkaufen hört sie die eigene Stimme. Die Wünsche des Bäckers für einen guten Tag genügen ihr. Vertraute Wärme, wie die Semmeln unter dem Arm.

Ellen träumt jede Nacht. Beim Erwachen bleiben meist nur Traumfetzen hängen: Inka, inmitten fantastischer Keramikgefäße auf dem morschen Steg am Bodden. Und dazwischen Bilder von ihr. Doch die verlieren nach und nach ihre Farbe, umstehen sie schließlich als weiße Leinwände – eng, immer enger, bedrängend. Irgendwann Korbers Vogelkopf, der sich in Hannes' verwandelt und abwendet.

An diesem Tag kommt seine Karte. Ellen ärgert sich. Die Postnachsendung hat sie nur veranlasst, um schnell zu erfahren, ob man sie zum gewünschten Termin aus dem Schuldienst entlässt. Das war zur Beruhigung gedacht. Und nun Hannes' offizielle Einladung zu einem Vortrag, ergänzt mit seinen fliegenden Schriftzeichen:
Und danach a schöns Weißbier trinka? Sonst laß dir a guate Ausred einfalln. – Mi reits.
Es gereut ihn. Das von Hannes. Und niemals sonst hat er Dialekt geschrieben. Der Vortrag ist am kommenden Samstag in zwei Wochen. Zeit genug, um es zu überlegen. Unsinn, was gibt es zu überlegen? Sie denkt an die schmerzlichen Selbstgespräche Hannes' wegen. Nein, sie will zwiespältigen Gefühlen nicht mehr nachgeben, will das auf fata-

le Weise immer noch Vertraute aufgeben, um endlich Raum für sich zu gewinnen.

Als sie die Karte zerrissen in den Abfall wirft, fühlt sie sich besser. Jetzt noch eine Motorbootfahrt, und sie wird wieder im Lot sein, denkt sie, und ist schon auf dem Weg.

In der darauffolgenden Nacht träumt sie von einem Sturm, der in viereckige Leinwände fährt, und sie wie Segel aufbläht. Als Raasegel am waagerechten Baum befestigt. Als Sprietsegel mit einer diagonalen Stange in den Wind gehalten. Sie greift in die Taue, zieht sie zu sich heran, damit die Leinwände nicht aufgewirbelt und zerfetzt werden können. Ihre Handflächen werden vom Hanf wund gerieben, aber sie gibt nicht nach, hält die Leinwände, lässt sie nicht los. Wirft sich mit ihrem ganzen Gewicht auf den Spriet. Obwohl das Boot immer mehr Fahrt gewinnt, weicht ihre Furcht der Gewissheit, dass sie es schafft.

Mit einem ungewöhnlichen Glücksgefühl wacht sie auf.

Acht Uhr. Aquarellwetter! Gelbe Sonnenstreifen kämmen durchs Gras. Der Sund im Morgennebel, mit rosé und goldener Farbspur am Horizont. Die dunklen Konturen des gegenüberliegenden Ufers und der Halbinsel, als wären sie einander näher gerückt, wollten sich die Hände reichen.

Eine unbändige Freude begleitet sie durch den Tag, macht auch die nächsten leichter. Sie ist immer seltener niedergeschlagen und wenn, dann kann sie diese Stimmung bald überwinden; meist reicht es, in die Landschaft hinaus zu stürmen.

Der vorletzte Morgen in Devin ist diesig. Nur schwarze Konturen in der Ferne. Das Wasser grau-violett. In der Nähe des Ufers ein matter Roséstreifen. Die Seevögel verharren unbewegt, und schicken ihr nörgelndes Kindergeschrei zu Ellen herüber, das sie an die kleine Schwester erinnert ...

Schwankend auf rundlichen Beinen, mit rudernden Armen

dem Wasser entgegen. Das hatte die Zweijährige gelockt. Mit jedem Verbot mehr. Wieder einmal war sie durch die Gartenpforte entkommen. Es galt sie einzuholen, bevor ... Ameisengekribbel unter der Bauchdecke. Gänsehaut trotz Sommerhitze. Tränen hinter den Augäpfeln. Ellen war stehen geblieben, hatte die rechte Faust in die Taille gedrückt, und mit dem Fuß aufgestampft. Da bewegte es sich orange – ein winziger Fleck zwischen dem Dünengras. Ungeachtet der Seitenstiche rannte sie weiter. Gleich darauf aber hatte sie Berti erneut aus den Augen verloren. War sie über den Kamelbuckel hinweg? Ellen war die körnigglatte Düne hinauf gelaufen, zurück gerutscht, fast im Sand versunken. Den schleppte sie in immer schwerer werdenden Schuhen nach oben. Dann erst verschnaufte sie und hielt Ausschau, Sie sah die Schwester, rief!

Ga, Ga ... wehte der Wind zurück. Die Wellen stürzten übereinander, schäumten auf, rollten grollend heran. Das Getöse verschluckte Ellens erneuten Ruf.

Erst als die Ausreißerin schon mit den Füßen im Wasser anlangte, holte Ellen sie ein.

Ga, Ga! Übermütig klatschten Bertis Hände ineinander. Jauchzend überschlugen sich die Töne. Und als sie Ellen sah, sprangen die Grübchen noch tiefer in die Wangen. Aufgeregt zeigte sie auf eine Ente, die mit den Flügeln schlug, als wollte sie den kreisenden Seevögeln wetteifern.

Ga, Ga?

Wie kommt die nur darauf, schien Berti zu fragen und bückte sich nach einer Feder.

Die Möwe will ein Adler sein, die Ente eine Seeschwalbe, erklärte Ellen stolz.

Und Berti? Hatte sie ihren Worten gelauscht, oder galt der versonnene Gesichtsausdruck der Feder in ihrer Hand? Daumen- und Ringfingerkuppe glitten langsam den Schaft empor und strichen behutsam über die weiche weiße Fahne. Dann wechselte deren Spitze in die andere Hand, um mit den Fingern – nach einem Blick auf Ellen, als frage sie, ob man das dürfe – wieder herab zu gleiten, wogegen sich die Fahne sträubte. Ihre zuvor glatte geschlossene Form löste sich auf, zerfaserte. Die Feder hatte ihre Schönheit verloren. Sie ähnelte einem der ausgeblichenen Fischskelette am Strand. Bertis Lächeln mit geöffneten Lippen war nach und nach einem schuldbewussten Ausdruck gewichen. Ihre Finger aber verharrten weiter in gleicher Haltung, als spürte sie ihrer Entdeckung nach. Ellen ging in die Hocke, umfasste die Schwester. Die wollte sich dem Griff entwinden, stemmte sich gegen sie, zappelte in ihrem Arm, zog an ihren Zöpfen. Tränen sprangen Ellen in die Augen. Berti sah es, lachte spitzbübisch und griff fester ins Haar.

Mutti hat es verboten. Das Wasser … gefährlich …, hatte Ellen die Ungestüme ermahnt, die sich schmeichelnd anschmiegte. Mutti macht sich Sorgen. Komm, wir laufen schnell zurück.

Ellen hatte energisch Bertis Hand ergriffen. Eine Weile trippelte die willig neben ihr her, dann ließ sie sich ziehen, weinte still vor sich hin, bis sie auf der Düne die Mutter sahen. Aufgeregt rief Berti ihr ‚Ga,Ga' hinauf. Und die Mutter rannte, rutschte, flog ihnen mit ausgebreiteten Armen entgegen, und fing sie beide darin auf, drückte sie an sich – sie beide.

*

Ein Heiligabend, wie man ihn sich nur wünschen kann. Und Inkas dreißigster Geburtstag dazu. Der Schnee hat schon vor Tagen seine weißblaue Hülle über alles geworfen, und die gefrorene Erde hat sie nicht schmelzen lassen.

Wie immer hat Inka ihre schrägen Freundinnen zum Brunch um elf Uhr in die Werkstatt eingeladen. Als gegen vierzehn Uhr alle wie verabredet aufbrechen, ist Show angesagt. Auf der Straße fiepen statt nachbarlicher Rehpinscher Handys, und ab geht's zur nächsten Party oder zur familiären Weihnachtsfeier. Letzteres gesteht man nur Augen rollend und mit hochgezogenen Brauen.

Switchen ab in alle Winde, sagt Inka lachend, schließt die Tür und schaltet die Spots aus. Nur noch die Kerzen erhellen den ebenerdigen Raum. Während Inka Espresso zubereitet, geht Ellen in die Wohnung hinauf, und kommt wenig später mit einer Weihnachtstüte wieder. Ein kleiner Tisch mit zwei Stühlen steht vor dem Fenster. Ellen hängt ihr Geschenk an Inkas Stuhllehne, und setzt sich auf den Stuhl gegenüber, an dessen Lehne bereits ein Päckchen mit goldener Kordel befestigt ist.

Seit sie zusammenwohnen, beschenken sie sich vor dem Weihnachtstreffen bei Inkas Eltern; zumeist mit Keramik oder einem Bild, das besonders gefallen hat. Bei Inkas Familie sind Weihnachtsgeschenke als Konsumterror verpönt.

Nachdem Inka die doppelten Espresso gebracht hat, lassen sie die Geburtstagsfeier Revue passieren. Erst dann packen sie die Geschenke aus. Ellen hält einen hauchdünnen Weinkelch mit langem, fragilem Stil in der Hand, wie sie aus Keramik noch keinen gesehen hat. Inkas neuer Entwurf. Das erste Stück.

Wie schön, murmelt Ellen bewundernd, aber auch schuldbewusst. Anders als sonst, hat sie sich nach den Fortschritten von Inkas Vorhaben nicht einmal erkundigt.

Da waren gleich nach ihrer Rückkehr aus Devin die vielen

Veranstaltungen in der Schule gewesen: Basar, Weihnachtsfeiern, nicht zuletzt die Theateraufführung unter ihrer Regie; ihr Abschied als Lehrerin. In den letzten vier Wochen ist sie selten zu Hause gewesen. Aber auch Inka war kaum da. Für sie ist Weihnachten Hochsaison. Oft hat die Zeit nicht einmal für ein gemeinsames Frühstück gereicht. Und wenn, dann – und das bemerkt Ellen erst jetzt, – war es immer nur um ihre Pläne gegangen. Inka hat das Thema einfach nicht losgelassen, vermutlich damit sie an ihren Absichten festhielt. Und das hat sie.

Pack' aus, ... jetzt du, sagt Ellen und wartet, dass Inka die Tüte auspackt.

Die willst du doch wohl nicht ... die Marionetten? Inka schaut die Freundin fassungslos an.

Du mochtest sie spontan. Und ich dachte an deine kleinen Chaoten.

Ich weiß nicht! Inka ist überwältigt und befangen. Sie hält das Holzkreuz mit den Fäden, lässt die Berti-Marionette auf den Boden gleiten und zwei Schritte auf Ellen zu bewegen. Auch die hat ihre Marionette auf den Boden abgesetzt. Mit durchgeknickten Knien steht sie da, hat den Kopf zu Inka erhoben und verlangt mit quengelnder Stimme nach einem neuen Namen. Schick soll er sein, in, top, geil.

Aber ja, die bisherigen sind viel zu altmodisch, piepst Inkas Marionette und schüttelt sich klappernd.

Die ungelenken Bewegungen, die Fäden, die ab und an zu verheddern drohen, all das hat seine Entsprechung in den tastenden Worten, mit denen Inka und Ellen neue Namen suchen, ausprobieren, sich aber nicht entscheiden können.

Was Hannes betrifft, hat sie es gekonnt, nur sprechen darüber, dass kann sie erst jetzt. Sie wollte sich ihres Entschlusses ganz sicher sein, erklärt sie Inka, die überrascht ist, und nun ebenso betroffen wie Ellen zuvor, dass sie nichts davon mitbekommen hat. Sie sehen sich nicht an, schauen durch das Fenster auf den Hinterhof hinaus, auf scheckige Mauern und Mülltonnen, die die blattlose Pergola im Win-

ter nicht verbergen kann. Die lichtdurchlässige Gardine mildert den Blick, zerlegt alles in unscharfe Umrisse. Nach zwei, drei Minuten lässt Inka ihre Berti-Marionette auf Ellen zugehen. Eine unsichere Bewegung lässt sie gegen deren Knie fallen, sich vorsichtig anschmiegen, ruckartig den Kopf heben und stockend und leise, sehr leise sagen:
Das tut weh. Ich weiß.
Eine Weile ist es still wie zuvor. Ellen und Inka lassen sich Zeit, hängen die Marionetten ebenso umständlich wie sorgfältig an die Stuhllehnen. Dann nehmen sie sich in die Arme.
Danke, sagt Inka, aber ich bin noch immer nicht sicher, ob es richtig ist, dass ich sie …
Also wie immer, um siebzehn Uhr bei deinen Eltern, schneidet Ellen ihr das Wort ab.
Diesmal hat sie für den gemeinsamen Weihnachtsabend nach dem Besuch bei Inkas Eltern, schon alles vorbereitet. Wie sie es sich vorgenommen hat, kann sie in der verbleibenden Zeit zum Friedhof fahren.

*

Mit seinen hohen Kiefern den Hauptweg entlang, empfängt er Ellen wie ein Dom. Ihr Atem fliegt weißwolkig zwischen den Lippen hervor. Sie verlangsamt den Schritt. Findet das Grabmal der Eltern unter einer Schneehaube geduckt. Die Zweige der Sträucher mit Eisperlen behangen; winzigen Weihnachtskugeln gleich. Ellen legt ein Gesteck mit gelben Rosen vor den Grabstein, die Lieblingsblumen ihrer Mutter. Zwei Reihen weiter, schräg gegenüber, Bertis Grab. Auch dafür hat Ellen einen Rosenstrauß gekauft. Welche Blumen die Schwester mochte, daran erinnert sie sich nicht.
Sie folgt dem unberührten weißen Band des Weges. Aus entgegengesetzter Richtung kommt eine Spur großer Schuhabdrücke auf sie zu. Jemand ist vor Bertis Grab hin- und

hergelaufen. Jörg, als er seine Eltern besucht hat? Ellen hebt den Blick.

Nichts! – Kein Grabhügel. Kein Grabstein. Nur eine mit Schnee bedeckte Fläche, die von der Nachmittagssonne beschienen wird. Sie fragt sich, ob sie sich geirrt hat, in einen falschen Weg eingebogen, womöglich vorbeigegangen ist?

Sie läuft über die fremden Abdrücke im Schnee, biegt zur Grabstelle der Eltern ab, strebt am Ende des Weges wieder Bertis Grab zu. Der Kreis schließt sich. Zwei Spuren nebeneinander, als wäre sie nicht allein gegangen.

Vor ihr die schneeige Fläche in der Nachmittagssonne. – Grabhügel und Stein sind verschwunden.

Ihr Blick streift das verwitterte Kreuz des Nachbargrabes. Sie liest Name, Geburtsdatum. Geboren 1934. Gestorben 1974 – vor mehr als zwanzig Jahren. Aber Berti doch nicht! Eine Verwechslung. Nicht Bertis, die andere Grabstelle war abgelaufen.

Ellen hetzt den schmalen Weg entlang, dann die Allee bis zum Eingang zurück. Umsonst. Natürlich ist das Friedhofsbüro Heiligabend geschlossen.

Gegenüber der Grabfläche setzt sie sich auf eine Bank. Sie versucht sich an Bertis letzten Blick zu erinnern, als könne sie sich dadurch der Schwester vergewissern. Es gelingt nicht. Es hat zu viele letzte Blicke gegeben. Und ebenso viele Spuren in den vergangenen Monaten. Wie die der Stare, die über den Schnee hüpfen. Ellen lässt das an Schriftzeichen denken – an Berti's Notizen, an die Inschrift des verschwundenen Grabsteins:

‚Nur Gott allein weiß warum ... '

Ellen schaudert, springt auf. Wir hätten es wissen können, müssen, stößt sie hervor und steht mit drei Schritten vor der weißen Fläche, – diesem weichen Tuch, unter das sich die Schwester wie zu Lebzeiten zurückgezogen hat –, und bedeckt sie schützend mit ihrem Schatten. Ruhig steht sie da. Lange. Die Zeit hat kein Maß. Nicht das Gestern, noch das Morgen zählt. Sie spürt in die Tiefe. Fühlt Bertis Nähe.

So wie es ist, ist es gut:
Der aufgeschüttete Hügel abgetragen.
Der Grabstein fortgeschafft. –
Seine Inschrift verstellt nicht mehr die Sicht.

Ellen schaut über das verschneite Gelände. Die Grabbegrenzungen aus Buschwerk teilen es in weiße Rechtecke auf. – Hunderte gespannter Leinwände warten auf sie.

*

Ina Dentler lebt in ihrer Geburtsstadt Berlin. Ausgebildet u.a. in Schauspiel, Sozialwesen und Supervision, leitete sie zwanzig Jahre ein Internat für behinderte Auszubildende, bevor sie sich allein dem Schreiben widmete.

Veröffentlicht hat sie neben Erzählungen in Anthologien den Roman ‚Kindheit in Berlin 1945-1953'.
Max von der Grün schrieb dazu: *„Ich habe das Buch sofort und in einem Zug gelesen. Es ist in der heutigen Zeit wichtig, die Vergangenheit darzustellen, insbesondere für die junge Generation. ... Sie haben etwas Wichtiges geschrieben."*

Die Veröffentlichung des Romans „Dreizehn Mosaiksteine" – über die Grenzen der Integration eines ausländischen Adoptivkindes – ist in Vorbereitung.

demand. Das literarische Programm

Jutta Weber-Bock
Liebesprobe
Roman

Gran Canaria im Frühherbst. Birgit Rabe hat für ihren Geliebten Pierre Faulimel und sich einen Mountainbike-Urlaub auf den "Glücklichen Inseln" organisiert.
Sie will endlich Klarheit, hofft, durch die intensive Nähe des täglichen Beisammenseins auf den Radtouren durch die Insel den Geliebten endlich ganz für sich zu gewinnen.
Als Pierre immer noch unschlüssig bleibt, Frau und Kinder zu verlassen, fordert ihn Birgit ultimativ zur Entscheidung auf.
Pierre, ständig in Furcht vor Entdeckung seines Liebesabenteuers, will Birgit nicht verlieren. Seine Zugeständnisse lassen sie hoffen, und alles scheint sich zum Guten zu wenden. In den "Elysischen Gefilden" nähert sich Birgit mehr und mehr dem Mythos der Insel, doch Pierre verunglückt und verleugnet die Geliebte erneut. Als sie ein letztes Mal bereit ist, sich auf seine Forderungen einzulassen, macht sie jedoch eine schmerzliche Entdeckung.

172 Seiten

ISBN 3-935093-37-3

„Dieser Roman weckt Verständnis dafür, wieso eine Frau ein Leben als Geliebte eines Mannes über Jahre aushalten kann, er zeigt ihre Hoffnungen, aber auch, welchen Preis sie zahlen muss. „Liebesprobe" ist ein Roman, der den Leser mit jedem Kapitel immer tiefer in seine Fänge zieht, ihn mit leiden und lieben lässt und erst am Ende der Handlung, in der Katastrophe, verändert wieder frei gibt."
city-trends

demand. Das literarische Programm

Anna Breitenbach

Fremde Leute
Roman

Anna Breitenbach, eine „Autorin von hoher Authentizität, sprachlicher Klarheit und detailreicher Beobachtungsgabe...Die „kunstvolle Sinnlichkeit" ihrer Prosa lässt den „mildsüßen Pfirsichduft der eigenen Kindheit riechen". In ihrem Roman *Fremde Leute* „schildert ihre kindliche Ich-Erzählerin in Sätzen voller samtpfötiger Satire Familiengeschichten aus einem Leben, das nie stattgefunden hat. Unspektakulär, kleinbürgerlich und so sinnlich, daß man dort am liebsten ein bisschen wohnen bleiben möchte".
(Esslinger Zeitung)

„Fremde Leute: Der Text macht Lust aufs Weiterlesen: - Eine Familienkonstellation mit beklemmenden sexuellen Untertönen".
(Stuttgarter Zeitung)

„Anna Breitenbach verbindet epische Genauigkeit, psychologisches Feingefühl, die poetische Kraft einer auf kunstvoll schlichte Weise lyrischen Prosa und die liebevolle Zuneigung der Autorin zu ihren Figuren auf unprätentiös-faszinierende Weise: ein Klang, in dem unser aller kindliches Wissen und unsere kindliche Sehnsucht nach einer besseren Welt mitschwingen."
(Aus der Begründung der Jury zur Vergabe des Thaddäus-Troll-Preises 2001 an Anna Breitenbach für ihren Roman „Fremde Leute").

184 Seiten

ISBN 3-935093-06-3

Alle Bücher des demand verlags sind im Buchhandel erhältlich oder im Internet bei allen wichtigen online-bookshops. Informationen zum Verlagsprogramm unter: www.literaturbuero.de